尧山壁

散文精选

尧山壁 —— 著

河北出版传媒集团

河北教育出版社

图书在版编目（CIP）数据

尧山壁散文精选 / 尧山壁著. −− 石家庄：河北教育出版社，2024.5

ISBN 978-7-5545-8583-2

Ⅰ.①尧… Ⅱ.①尧… Ⅲ.①散文集−中国−当代 Ⅳ.①I267

中国国家版本馆CIP数据核字(2024)第110124号

尧山壁散文精选

YAOSHANBI SANWEN JINGXUAN

著　　者　尧山壁
封面题签　黄　绮

策　　划　胡仁彩
出 版 人　董素山
统　　筹　刘贵廷
责任编辑　任晓霞　赵莉薇
装帧设计　于　越
出版发行　河北出版传媒集团
　　　　　河北教育出版社　http://www.hbep.com
　　　　　（石家庄市联盟路705号，050061）
印　　制　保定华升印刷有限公司
开　　本　787mm×1092mm　1/16
印　　张　20.5
字　　数　213千字
版　　次　2024年5月第1版
印　　次　2024年5月第1次印刷
书　　号　ISBN 978-7-5545-8583-2
定　　价　58.00元

序　言

王聚敏

　　尧山壁先生是当代我国最富成就的散文家之一，他的创作批量大，精品多，有独异的语言风格，至今已有十多篇作品入选大中学语文课本。其作品总体上有三大艺术特征："近观"视角表达的史学品格，幽默诙谐的美学风范和主事写作、细节入文的行文风格。本书内容由人物、风情、游记三部分组成，而根据文本表达需要，上述艺术特征在这三部分作品中分别有不同的侧重和体现。山壁先生的散文写作，基本上是一种主事型风格，记人写事，记人以写事，写事以记人。但由于作者对生活的表达，采取的是不同于常见的"俯视""遥视"的"近观"视角，即赵树理式的"作为老百姓写作""感同身受"的视角，故其笔下的人物、风情和风景，不同于"十七年"散文中的"老泰山""磨刀人"和"新人新事的社会主义风景"，而是最大限度地表现了二十世纪四十至六十年代人们日常生活的真实，恢复并再现了被"十七年"散文过滤掉的那部分生活。作者写生活深处，触社会痛点，故其文有艺术感染力量，复有史学价值。

本书"人物"部分，一写亲友，二写老一辈艺术家、文学家，三写平凡人、小人物，文笔洗练、老到、传神，时带幽默。《母亲的河》《老枣树》《理发的悲喜剧》《一台织布机》等，细节入文，催人泪下，撼人心扉。但作者并没有单纯陷入"爹亲娘爱""爷慈奶疼"式的情感小圈子而不能自拔，而是触及了"抗日""泥洋河""革命"等更多的时代内容和社会内涵。所以我认为，这些篇目已经成为继朱自清《背影》之后亲情散文写作与欣赏的"新经典"。亲情书写以外，作者还写了顾随、汪曾祺、谷峪、贾大山和一些小人物、普通人物，如汪老师、珍姨等等。作者写人记事，如画家作画，寥寥几笔，传神达貌，穷形尽相，富具场面感、镜头感。无论写亲人还是写他人，极少用形容词和夸饰性语言，而多用动词，从容泰然，寓评价和抒情于叙事之中，遂使对象活灵活现，若在眼前，如谷峪的"傻笑"、汪曾祺的"行吟"和贾大山的"酒瘾戏趣"，无不令人难忘。

本书的"风情"部分，其笔法虽依然是"记人写事"，但侧重点旨在表现二十世纪四十至六十年代的乡间日常生活。作者笔下的大多数人和事，是传统散文特别是"十七年"散文都不曾有过的，故作者在对当代散文表达空间的开掘上，颇具"开拓"之功。比如《火的记忆》《吃蚂蚱》《过兵》《村剧团》《一条驴腿》等，最大限度地表达了乡村日常生活的"基质性"和"全息性"，作者的幽默性情在这部分也得以淋漓的呈现。读过之后，我们才能真正明白，什么是先于政治经济和意识形态而存在的"基质性"的日常生活，什么是流淌于其中的复杂多样的生命律动。读毕此部分文字，你会明显感受到尧山壁散文风格的总体基调是"寓文于野，寓雅于俗"，极具幽默性、世俗性和民间性。如果说这部分文字呈现的是尧山壁"质""野"和民间世俗性的一面，那么本书第三部分"游记"，则呈现的是尧山壁文字的典雅、诗意和性情恣肆的一面。

我曾有《论游记写作之难》一文，论及当今大部分游记作品要不陷入"移步换景"流水账式记录，要不则"有史事无史识"，走入史料堆砌而不能自拔。山壁先生在情、景、史（料）三者之间，以情带景，景以情遣，用情稀释史料。在风景意蕴的表达上，作者不取"十七年"游记的那种"游而不忘"视角，也不取"阶级斗争思维"式的"今昔对比"视角，更不取"人化自然"式的"劳动美学"视角，而是将思维的触角深入生命和文化层次。请欣赏他《陶醉壶口》中的文字："壶口，天下第一壶。盛满了互助大曲，盛满了西凤、杜康，盛满了汾酒、竹叶青，盛满了陕北的米酒。当年灌醉了李白、王之涣，灌醉了光未然、冼星海，今天又灌醉了我，灌醉了我们大家。壶口，我陶醉了。"此"诗情"不同于二十世纪五六十年代那种政治审美的"用诗心写散文",而是对中华文化的思索与追问。再领略他《黄巢峡记》文字的优美:"望天一条线,云崖倾扑,几欲合拢,把人挤扁;看地一道沟,下临深渊,涧急浪大,尖石倒立,巨齿獠牙,一失足粉身碎骨……天上的涧,地上的天,默默相亲,心心相印,亿万斯年,一成不变。而空中的人,说说笑笑,指指点点,却是匆匆过客。"此处对生命的思考,颇具哲学意味。而《鸡鸣驿》《愧对紫金山》《对台戏》《石头的生命》等中外游历之作,在对史料的处理上,作者能举重若轻,左右逢源,洒脱自如,因而既有"史事"更有"史识",厚重而好读。

一部"散文史就是散文本体建构的历史"(孙绍振语),尧山壁散文无疑以其上述艺术上的"这一个",卓有建树地参与了当代散文的建构和发展,并在散文史上留下重重的一笔。他的散文虽属"主事型",但又情、事、理协调共济,感性与理性互融互冶,并没有陷入"抒情审美一元化",而是抒情、叙事、说理的高度完形。

本书的前期策划及篇目的甄定,原由刘绍本老师担任,刘老师费心劳神,未料中途谢世,作者遂嘱我续貂写序。两位先生都是文章大家,又都是我的老师,故既高兴又诚惶诚恐,画眉深浅,入时有无,敬请读者评正。

2024 年 3 月 20 日

目 录
CONTENTS

人
物

母亲的河

　　无论走到哪里，我身后总跟着一条河，它像一条带子结结实实地系在游子身上。这就是老家门前那条小河，在县地图上只是一条断断续续的蓝线，乡亲们都叫它泥洋河。

　　我记事时，泥洋河已经变成了一条干河，可乡亲们都说，它曾经是一条水量丰富、四季长流的河。它西出太行山，东入大陆泽，虽然全长不足百里，也不能行船，可它乳汁般的河水浇灌了一方土地，养育了一方百姓。乡亲们还说，这条河与我家最有缘分，西来之后特意拐了个弯，贴近我家门口。抗日战争开始，父亲在上游打仗，常常顺水漂来一些酸枣叶子、柿树叶子。细心的母亲在河边看到了，就猜出是他鞋脚破了，烟叶断了，打点停当，托交通员拐弯抹角送去。父亲在下游打仗，偶尔在河边看到顺水漂来的麻秸秆儿、蔓菁缨儿，就理解奶奶结实，孩子平安，从而放心地去参加战斗。

后来，父亲一次回村执行任务，被敌人包围了。敌人捆绑了十几名乡亲，要他们交出父亲，否则杀头在即。父亲为了解救乡亲，引开敌人，毅然冲出村来，跳进小河，快游到对岸时，突然中弹沉下去了，鲜血染红了河水。那一年泥洋河发了特大洪水，大水涌进村子，涌进院落，涌上乡亲们的心头。天连阴不晴，雨绵绵不停，乡亲们说那是母亲的泪水、悲恸的思潮。

说也奇怪，第二年泥洋河奇迹般地水断了，河干了，河床露出冷漠的白沙。实际上是自然气候变化，冀南三年无雨，赤地千里。可乡亲们都说那是母亲泪水流尽了，一个正值芳龄的妻子失去了雨露滋润，一个嗷嗷待哺的婴儿失去了阳光恩泽。母亲心灰意冷了，曾经是芳草如茵的心田与河床一起变成了沙漠。乡亲们盼望英雄归来，在河上搭了一座石桥。妻子渴望丈夫归来，常常站在河边凝望。可是逝去的人回不来了，逝去的水回不来了，干干的河床、冷漠的河道，是母亲也是故乡土地上永远弥合不了的一道伤痕啊！

敌人扬言要斩草除根，到处追捕我母子，好心的亲友劝母亲跳出火坑，往前迈一步，那就是改嫁。狠心的族人为了甩掉包袱，多得一份家产，变卖了属于我们名下的二亩水地，那是绝人后路。母亲抱着我东躲西藏，夜行晓宿，沿路乞讨。多少人看母亲怀抱瘦得不成形的我摇头叹息："这孩子好难成人哪！"有一天，飘着沙尘，母亲迷了路，摸进一个村子，一打听是金店村，二十四孝中郭巨埋儿的地方。母亲犯了忌讳，紧紧抱着我一口气跑出十八里，来到了泥洋河边，扑倒在地痛哭起来："我的人啊，不管千辛万苦、刀山火海，我也要把孩子养大成人，交给你呀！"

在那人吃人的年月，孤儿寡母生存下去谈何容易！剩下的二亩碱地成为我们母子的命根子。寡妇门前是非多，母亲难死也不求人，耕耩锄耪全是自己来，比别人多下三倍的辛苦，而只得别人三分之一的收成。三五斗粮食哪里够糊口？逢秋过麦，背起我到东泊里拾庄稼。有一年沿河到十里外的东泊里拾麦子，母亲把我安放在树荫凉儿里，自己去拾麦子。母亲只顾拾呀拾呀，拾了很多，忘记了树荫下的我。等想起跑回来，树荫早转过去几尺远，我被晒在太阳地里。六月的太阳很毒，把我晒成了红萝卜。不知哭了多久，哭累睡着了，泪水都蒸发干了，剩下满脸横七竖八的盐霜道道儿。回家路上，母亲后边背着麦子，前边抱着孩子，沿着泥洋河走，越走越重，哪个也舍不得扔。一步一步挪呀，十里路足足挪了两个时辰，泥洋河滩留下她深深的脚印，到家都鸡叫头遍了。

好不容易把我养大成人，母亲送我去尧山上中学，去邢台上高中，去天津上大学。每次我都是沿着泥洋河走的，每次母亲都是站在村边那座石桥上，望着我越走越远。

大学毕业了，本来确定我留在天津工作。天津是九河下梢，有宽阔的海河，还靠近渤海。但是我心里只有一条泥洋河，三次申请回乡工作，不批准就要求"拥军优属"。我终于回来了，可以经常回到泥洋河边，可以经常安慰母亲了。可是好景不长，三年之后，省里又要调我回天津，又是搞专业创作，在别人是求之不得，可我千方百计推辞，理由是照顾母亲。组织部门真下功夫，专门去找了我母亲。母亲一听大为生气，第一次见她对我那样发火，狠狠地教训了我一顿："养鸟为飞，娘好不容易把你养大，可不是为了关在笼子里。娘需要你，国家更需要你，为了我耽误了前程，你死去的爹会埋怨我鼠目寸光。"

我又依依惜别泥洋河，回到了省城。二十五六岁了，我还没有搞过对象，除了想搞一番事业外，我太感激母亲了，不愿意把心里的爱再分配。"文革"开始，我被当作修正主义苗子批判，事业无望了，架不住母亲再三相劝，我草草地结了婚，生了个男孩。不久，我和爱人都进了学习班、干校，母亲又把我的第二代抱回老家抚养。这孩子又是在泥洋河边长大的。他很乖，天天跟着奶奶在河边玩耍，端着小木枪在桥上走来走去，保卫爷爷。老年人喜欢隔辈人，母亲比当年疼我还疼她的孙子。孩子到了上学的年龄，我不忍心把他领回来，怕伤了他奶奶的心。可是村里教育确实糟糕，会耽误孩子的一生，无异于又一次郭巨埋儿的愚孝。我反复考虑了好多天，终于想出了好主意，用三岁的女儿把她哥哥换回来。妻子是个明白人，掉了两次泪终于答应了。可是转眼间，女儿上学的年龄又到了，我无计可施，终日愁眉不展。最后是妻子跑回去，左说右劝，把母亲接到省城，还把父亲的烈士证书带来挂在墙上，让她天天看着。

一辈子孤苦伶仃受尽人间苦难的母亲终于享受到天伦之乐。看着进进出出的儿子、媳妇，嬉嬉闹闹的孙子、孙女，她确实高兴。妻子悄悄地说："看他奶奶发福了，脸上的皱纹都舒展了，还哼两句歌什么的。"我知道，那不是歌，是一种叫作秧歌的地方戏，我从小听惯了的。母亲是苦命人，也只会哼几句苦戏，什么《秦雪梅吊孝》《三娘教子》《卷席筒》之类。过去是伤心时以歌当哭的，现在心情不同了，常常哼走了调儿。

住了一个月，母亲的情绪发生了变化，常常一个人望着窗外的杨树出神，有时还捡回几片杨树叶子来。妻子说母亲饭量小了，皱纹又多起来，琢磨是哪儿惹老人家不痛快了。一家三代人生活习惯不同，难免勺子碰锅沿。比如母亲常常埋怨，炒一顿菜放的油够她在家吃一个月的。扔掉的菜帮儿她捡回来包了团子，孩子们嫌没味道。母亲也会数落："花四五百元买那电视干啥？还不如帮你舅舅盖房子，人家过去周济过咱。"

我知道母亲是个开通人，过去的事不放在心上，她的心又回到家乡，回到泥洋河边了，那石桥才是父亲实实在在的烈士证书。她老人家住在四楼，上学上班的都走了，没有婶子大娘串门说话，怕要憋闷坏了。一天我下班回来，见母亲一个人坐在马路边上，面对车水马龙，自己在那儿打盹儿。我的心颤动了，终于同意放她回去，回到她的泥洋河。

母亲走了以后，我放心不下，那条泥洋河整天魂牵梦萦地往回拽我。一天，我终于回到了阔别多年的故乡。一下汽车，我愣住了，生我养我的村庄与泥洋河呢？眼前一片树林挡住了视线。我紧走几步，绿树丛中一座石桥，正是父亲的桥哇。树的两边该是泥洋河了，现在绿荫遮天。白沙变成了沃土，一棵棵白杨都有大碗口粗，横竖成行，整整齐齐，挤满了河道，形成了一条防风护村的林带。多年没回来，村里出了能人，有如此高明的设计，真要感谢他啊！正赞叹间，迎面走来一位老人，是我远房伯伯，笑眯眯地说："愣什么，你猜这树都是谁栽的？是你娘啊，再没有人比她对这条河琢磨得透了。她把那几年县里发的抚恤金全都买成了树秧，一棵棵亲手栽，横平竖直，用绳子拉，像纳鞋底一样认真。树苗发芽，她一天天守在河边，提防猪羊，哄不懂事的孩子，真比小时候带你们还操心哪。"

我眼睛发热，血往上涌，三步两步跑到家里，大喊一声："娘！"母亲没有像往常那样急忙跑过来，接过背包嘘寒问暖，忙吃忙喝。她正戴着花镜给一个婴儿扎针，只是停下来深情地看了我一眼，笑笑，又扎起来。给孩子扎针治病是姥姥家祖传的，用妇女做活儿的针按穴位挑筋放血，配以不同药面。我小时候头疼脑热，没少领略母亲的针法。我凑上跟前，喃喃地说："都啥时候了，还扎这土针，当心感染了。"母亲拿针在我眼前晃了晃，是中医针灸用的银针，一手还捏着酒精棉球。不等母亲开口，候诊的女人们认识不认识的都朝我说开了。这个说："你娘的手艺可神了，看孩子老经验，大病小灾都能扎好。不收钱不收礼，积福行好哩。"那个说："可不能叫你娘走了，咱这一方人离不开她。上次走了一个月，村里好像塌了天，天天有人砸你家的门。你是公家人，可不能只顾自呀。二婶子不光是你家孩子的奶奶，还是全村孩子的奶奶哩。"我说出了自己的担心，她们更七嘴八舌地说开了，说人心都是肉长的，有一次母亲感冒，全村家家都来看望，供销社的罐头、点心都脱销了。可母亲又舍不得吃，和药面一起分发给看病的孩子们。

饭后，母亲的义务诊所还是门庭若市，顾不上跟我说话，我一个人溜出门来，钻进林带。树下三五成群的娃娃正在嬉闹，我贪婪地欣赏着自己不曾有过的幸福童年。枝头鸟儿们叽叽喳喳唱着悦耳的歌，呼唤我心灵深处对人生的种种感受。我真的觉得自己像一只鸟儿飞回到诞生的树上，飞翔在熟悉的林中，禁不住要唱起歌来。

母亲看来不会再走了。也好，人各有志，让她永远生活在泥洋河边，生活在石桥边，生活在父亲身边吧。她的根在这里，她的土壤在这里，她的苦乐在这里，她的天地在这里。我了解母亲，支撑她艰难一生的力量绝不能用贞节二字概括，而是一种生活的信仰、人格的力量。不是吗，她养育了我和我的孩子，如今又把爱撒向了人间。

几天后我走了，带走了一条河，一条绿色的河，一条母亲的河。它的波涛时时注入我的体内，冲动心的轮机，我的眼睛比过去亮了。

理发的悲喜剧

理发对于一般人像吃饭穿衣一样寻常，对于我却有着极不平常的经历，是一出多幕悲喜剧。每次理发，它总在我头脑中重演一次，过一次电影。

理发，在我的故乡叫剃头，我从小就怕。

我的童年是在一个极为偏僻的乡村度过的，方圆几十里也没有一个剃头铺，只有逢年过节才偶尔见到一个走村串户的剃头挑子。俗话说"剃头挑子一头热"，一边是凳子，一边是火盆。乡下人不大讲卫生，一盆水能洗几个、十几个头，最后剩下一盆浑汤和一盆底子黑泥。就这样，一般庄户人也很少舍得找剃头把式，因为剃一次头要花两三升高粱的价钱，大多数人没那份福气。通常是一条街伙用一把剃头刀，剃头刀利用率越高，钢刃消耗越快，最后是一把钝铁片子在脑袋上刮蹭。大人尚且龇牙咧嘴难以忍受，何况娇嫩的孩子们。尤其是我，每次

剃头像杀猪一样，号叫半天，所以总是长发蔽目。母亲心疼我
上火，特别是夏天捂一头痱子，便用做活儿的剪子给我铰，结
果头上青一块白一块，别人笑话我是花狸虎，我再不让铰了。
母亲又卖了半匹土布，买了一把剃头刀，学着给我剃头。每一
次都是连吓唬带哄，把我摁到凳子上，眼前摆好瓜果梨桃，不
剃完不准吃。我是含着眼泪吃，母亲花的代价也很大，都是嘴
上省出来的。在我们家乡一带，农民一年到头吃渣子窝窝，就
是用高粱做粉条，去了淀粉，剩下的渣子捏成窝窝，口涩不算，
还硬实似铁。我每剃一次头，锅里就少几个窝窝头。

　　直到在镇子上高小，我的头还是回去由母亲剃。那时城市
里的分头、背头才开始流传到农村。同班的学生大部分留起了
分头，可我都当了组长，头上还顶着个"茶壶盖儿"。那是农村
儿童一种古老的发式，像电影《少林小子》中那帮孩子一样，
脑袋周围剃光，脖子后头留一绺"九十毛"，头顶上留巴掌大一
块桃形长发，像女人的刘海儿一样耷拉在脑门儿上。据说桃形
取"寿"的意思，留此发型是为了孩子成人，一般都从胎毛留
到八九岁，又叫"桃儿"，而且我的乳名也叫老桃。小时候，我
爱我的桃儿，母亲常常把它梳成朝天一炷香，还扎上红头绳，
插上一朵野花。长大了，我不喜欢它了，越看人家头发越精神，
越看自己的桃儿越寒碜，哭闹着要把桃儿换成分头。母亲说什
么也不答应，有一天我自己拿剪刀要剪掉它，这一下可犯了母
亲的大忌讳。她像发疯了一样扑过来，夺了我手中的剪子，抱

着我失声痛哭起来，哭得那样伤心。

我头上的桃儿是母亲的命根子，根根头发都牵动着母亲那颗伤痕累累的心。

我是家里的独苗。父亲是当地很出名的八路军连长，在我落生十四天时壮烈牺牲了。敌人扬言斩草除根，到处追捕我母子。母亲抱着我东躲西藏，流浪四五个县，后来被抗日县政府收留，所以我在襁褓里就跟着过游击生活。1942年环境残酷，我被寄养到舅父家里。母亲月子里饱受惊吓，没有奶水，我靠高粱糊糊喂大，又黄又瘦。母亲二十多岁守寡，守着我这一根弱苗，生怕有个闪失对不起父亲，一年到头苦扒苦拽，连明彻夜纺花织布，维系我的生命。实在没办法就求助于迷信，把我的"桃儿"作为精神支柱。从小相依为命，我也最爱我的母亲了。此后我再也不敢动自己头上一根毫毛，那个桃儿就叫它长到老吧。

1952年暑假，我考上了隆尧省立中学。全班五十名同学年岁相差很大，大的胡子拉碴，已经有了老婆孩子；小的鼻涕滴答，晚上还尿床。排起队来，由高而低，一条斜线。报起数来，有的瓮声瓮气，有的奶声奶气，好像风琴上一排琴键发出的不同音阶。懂事的大哥哥和淘气的小弟弟相处得很好，其中也少不了青少年们特有的顽皮与嬉闹。

开学半月以后，同学们嬉闹的眼光集中到我戴的帽子上。我的帽子并不特别，是家做的紫花土布帽子。特别的是，我的帽子一天二十四小时总捂在头上。同学们好奇，冷不防地来摘，可我也机灵得很，双手抱头死死不放，就连晚上睡觉也保持着高度警惕。慢慢地，背后议论起来。有的猜我可能是花木兰女扮男装，有的猜可能是头上有秃疮，手脚也收敛起来。过了几天，他们又私下研究起来，看我发育不像闺女，也不像秃子，两鬓耷拉下来的头发又黑又亮。

有一天，班长通知我去学生会理发室，说是要卫生大检查，不合格的大会批评。我忧心忡忡地跟在班长后面，来到一座八角亭改装的屋子里，低下头再也不抬起来。心通通地跳，汗呼呼地冒，听门外喊喊喳喳有人议论。号叫到我了，班长扶我到椅子上坐下，我又下意识地双手抱起头来，麻脸的理发员眨了眨眼说歇一会儿，卷起旱烟抽起来。忽然，他冷不丁从背后看到了我这位中学生奇怪的发式。大家也愣了一会儿，把我的帽子掀下来，然后哈哈大笑起来。此时，又从门外拥进来几个看稀罕的，羞得我无地自容，我迫不得已把头发的经历讲述了一遍。

中学里生活条件好多了，每月四元钱的伙食费，一天三顿小米干饭，每星期一顿白面馍馍，期末考试还杀一头猪。这种生活对于吃糠咽菜长大的我已经是天堂般的待遇了。回到家里，母亲看我又白又胖，活蹦乱跳，欣慰地端详了半天，觉得她的儿子进了国家的保险柜。在我再三要求下，母亲亲手剪掉我头上留了十三年的"茶壶盖儿"，学着给我剪了个小平头。我自己也觉得长大了，把名字中的桃也改成了陶。

1962 年我大学毕业，成了国家干部。说不清是什么，鬼使神差，我在天津进了一次理发馆。由于和平路上理发都排队，只有南京理发馆人少，我贸然进去了。女理发师见我一身家做土布衣服，大口罩上方的双眉一蹙，嘀咕了几句，扭动着身子走了，换过来一位上了年纪的师傅。老师傅像修剪疯树一样大刀阔斧地整枝打杈，问了一句什么，我也没听清，却稀里糊涂点了点头。这下子可麻烦了，又是吹风，又是上油。我更加不自然了，身上热乎乎的，头上直冒汗，害得老师傅不住地往我额头、脖根上扑粉。看着镜子里的我，吹风机制造的波浪发出亮光，还有一股呛鼻子的气味。眼前开始出现母亲的剃头刀、瓜果梨桃、渣子窝窝。我心里不安起来，脸上红一阵白一阵，慢慢地泪眼模糊，什么也看不清了。理完发，我摸出五角钱，以为还得找回角儿八分。老师傅摇摇头伸出三个手指头，再补三角。八角钱在当时是个让人心疼的数字。我懊丧极了，刚走出理发馆门，就用两手狠狠地把头发划拉乱了，把那位老师傅几十分钟精心打造的发型完全破坏了。这时我的心情才稍稍平静下来。那是我有生以来第一次也是最后一次进发馆了。

再往后，就是搞对象拍合影，爱人嫌我头发乱，要我理完发吹过风再照。我面带难色，这次毕竟不是中学时代了，我把自己有关理发的经历详细地告诉了她。她像听故事一样入了迷，眼角里涌出了泪水。她不要我进理发馆了，说要是带着桃儿照才好呢，并且说，她要接母亲的班，把理发的事全包下。结婚以后，她果然买了一套双箭牌推子、剪子，学着给我理发。理发毕竟不是多么复杂的技术，她很快学会了，效果不比街上甲级理发店差。同志们问我在哪儿理的，我有点儿自豪地说："家庭理发馆！"

年过四十，我的头发大概因为伤感太多，变得脆弱，未老先衰，一根根不辞而别。我一根白发也没有，只是头顶渐渐稀疏起来。还是贤妻心细，把我的发式改成更大的偏分，把左边的头发调动过来，借缕乌云掩秃山。这样的技术，高级理发馆也未必做得到。所以，在家中每理一次发，都觉得是一次享受。在机关的时候，我每二十天就要理一次，头发长了上火，出门两个月，也攒起来回家理。多年来形成的一种习惯，我的发式、我的美，是命中注定要在家庭里制造的。

如今，我谢顶越来越厉害，头顶上一个乳白色的桃儿渐渐显现，大有返老还童的意思。对于我，现实和童年是永远联系在一起的。

一台织布机

　　小时候，除去母亲之外，最熟悉的是屋里那架织布机。自打落生，家中只有它与我母子朝夕为伴。我爱它又恨它，因为只有它与我争夺母爱。母亲常常撇下我，坐在它面前，呱嗒呱嗒地说个没完，淹没了我的哭声。但是又不能迁怒于它，因为母亲常说，我们娘儿俩是靠它养活的，没有它，就会吊起嘴来，喝西北风。

　　这架织布机是母亲的陪嫁。结婚时，父亲房无一间地无一垄，只有一身好武艺。外祖父是个木匠，早早为母亲设计了生路，精心打造了这架织布机。父亲临时搭建的一间地窝子，没有放织布机的地方，只得暂放邻居家里。眼看姐姐要降生，万般无奈，父亲铤而走险，顶替财主家孩子当壮丁，当地叫卖兵，用一个男子汉的身体换回几间砖房，好把母亲的织布机抬进来。行军路上，父亲挣脱绳捆索绑，蹿房起脊地消失在夜色里，从此变成了"黑人"。不久他参加了冀南暴动，两年后又投奔滏西抗日游击队，打了几个漂亮仗，成了红人。可惜父亲在我落生十四天时英勇牺牲了。几亩薄地指望不上，织布机便成为我家唯一的生活来源。

"唧唧复唧唧，木兰当户织。不闻机杼声，惟闻女叹息。"那是中国古代织绸缎的机械。我们这一带，自古以丝织闻名。《西京杂记》上说，汉霍光妻赠朋友淳于衍"蒲桃锦二十匹，散花绫二十五匹。绫出钜鹿陈宝光，妻传其法。霍显召入第，使作之。机用一百二十蹑，六十日成一匹，直万钱。又与越珠一斛琲，绿绫七百端，直钱百万，黄金百两"。我们县向来属钜鹿郡，我们村距离现在的巨鹿县城也不过二十公里，所以有着悠久的纺织传统。

种棉花和棉纺技术于元朝末年才传入中国。从黄道婆到我母亲这一代已经有六百年历史了，工艺水平也在循序渐进。外祖父所在的魏庄是闻名的"棉花窝"，二、七大集，布市占了半条街，母亲经常留意布摊的花色品种，织布技术达到了当时农村的最高水平，三里五乡的女人们常来登门学艺。我从小在织布机旁长大，被母亲一直当作闺女使唤，所以对一般纺织工艺烂熟于心。后来看到清乾隆年间直隶总督方观承的《棉花图》，工艺流程大体相似。

第一，撕一把弹熟的棉花瓢子，包在一根高粱莛子上，搓成油条状的"布节"。第二，摇动纺车，把布节中抽出的均匀棉线缠绕在锭子上，形成蔓菁状的"穗子"。第三，把穗子上的棉线绕到线拐上。线拐是工字形木梁，不过一头要扭九十度，两条木梁垂直。第四，把拐好的棉线放到开水锅里煮，加一把面粉，叫作上浆，为的使棉线挺直。然后晒干，穿到一根木杠上，用力把线缕抻直。第五，利用木制的十字旋子，把浆好的棉线缠到"络子"上。络子形似木制灯笼框架，两头十字支撑。第六，根据所制棉布的宽度，一个络子上扯出一根经线，合到一起开成线缕。为了节约场地，在院里两头钉上木橛，手扯经线缕先后挂在两头橛子上，起到折叠的作用。第七，把经线的线头穿过综和杼。综的多少取决于布的花样，一般白布两匹综，颜色多种的用三匹综、四匹综。操作时两人对面，一人递线，一人引线，梳理的经线缕架在织布机的尾部。最后是织布，织布的木梭扁平流线型，内装纬线。织布时双脚先后踏板，带动综上经线上下分开，同时一手投梭，从经线缝隙中穿过，另一手扳杼，把纬线砸实，就织成了布，边织边卷。我看惯了母亲坐在织布机上，手舞足蹈，左右开弓，姿势优美，节奏明快，呱嗒呱嗒，如同音乐一般。兴致上来，母亲也随着机杼的节奏哼几句小曲，多是民歌《小白菜》和秧歌《三娘教子》一类的苦戏。

我从小跟着母亲搓布节，拐线子，挂橛子，递线头，有时帮助把飞出的梭子从地上捡起来。母亲是织布能手，表现在快和巧两字上。织白布，一天能织三丈三尺。织花布，功夫在设计图案和颜色搭配上。母亲的三匹综、四匹综不断出新，引领一方布艺的潮流。村里闺女们出嫁，指名要老桃（我的乳名）娘的花色，所以家家新房三铺四盖、床单被面，往往是我母亲的作品展览会。我家这架织布机也出名了，越传越神。

新中国成立前后那几年，头年淹，二年旱，三年蚂蚱滚成蛋，家家没了粮食，吃糠咽菜，有人要出三石高粱买这架织布机。母亲不肯，忍痛把我送到外祖父家寄养，自己没日没夜地纺花织布，率领妇女们用布匹到山西换粮食，然后背着玉茭、豆饼回村来，养活外祖父和我一家人，度过灾荒年。我是穿着母亲的家织布长大的，直到大学毕业参加工作一直是粗布衣服、粗布被褥，并不觉着土，而是感觉着美，感觉着舒服，以土为荣。这"荣"就是一位母亲的辛苦劳动。

母亲辛劳一生，长寿而终。人不在了，那架织布机依然默守在那间屋里，那间父亲用生命换来，母亲奋斗一生的屋里，等着我回来。每次回家，看到它就看到了母亲坐在织布机前，节奏明快、手舞足蹈的身影，那就是母亲躬织一生不朽的雕像。

这让我涕泪满面，长跪不起。

老 枣 树

　　母亲走了十年了，我依旧两星期回乡一次，坐一百公里公交车，来到自家门口，朝门里喊一声："娘，桃子回来了。"依旧从厦子底下找出担杖水桶，到老官井挑水回来，慢慢浇到北屋窗前枣树坑里，泪水也掉进树坑里，引出一串串水花，那是母亲对儿子说不完的话。靠在树干上，像依偎在娘的怀里，闭上眼睛，曾经的母爱依次回到眼前。任枣树的影子撒在身上，像母亲的手指抚摸着，暖流传遍全身。老枣树是母亲的替身，是母亲不朽的雕像。

　　八十多年前，一根筷子粗的枣树苗作为母亲的伴娘，从十五里外的沙土窝移到这里的盐碱地。古老的大陆泽边，夏天水汪汪，冬天白茫茫，一望无际的碱疙瘩，只有春天才冒出零星的绿色，那是当地人民的主食苦苦菜。姥爷安慰闺女，说这是一棵滩枣，会结出紫红色的大枣，皮薄肉厚，甘甜如蜜。可是它根须扎进苦水，苗泛得很慢，半死不活，可怜巴巴，像母亲的命运一样苦哇。

父亲是个穷小子，几亩碱地养不了家口，靠刮碱土熬小盐为生。熬小盐犯私，参加了冀南盐民暴动，便成了"黑人"，跑地下工作，很少回家。第二年"卢沟桥事变"，投身滏西抗日游击队，成了"红人"，更是有家难回。两年后为国捐躯，因为是抗日英雄，鬼子汉奸要斩草除根，到处追捕我母子。一个二十五岁守寡的小脚女人，抱着一个落生十四天就失去父亲的苦孩子，在魔鬼的指缝里挣扎逃命，东躲西藏，夜行晓伏，走过刘秀亡命的任县南泊，走过郭巨埋儿的内丘沙滩，走过韩信背水一战的泜水，走过尧山羊肠小道和滏阳河上的独木桥，历时六个月，行程两千五百里，才在五县交界的小寨村找到抗日县政府。县长霍子瑞是父亲的战友，他把我紧紧抱在怀里，眼泪吧嗒吧嗒往下掉，落到我脸上流进嘴里，大概有些苦涩，引得我哭叫起来。县长说："这小子命大，叫个啥名？"母亲说："随便起的，叫个老淘，一来逃难，二来淘气，他伯伯给换个名吧。"县长沉思了一会儿说："音不改了，改个字，就叫桃，桃子的桃，革命的果实。将来长大了，也不忘他娘这段难处。"

后来环境艰苦，"五一"大"扫荡"，为了减轻政府的负担，母亲抱着我回到家里。小枣树尽管经过敌人的火烧刀砍，伤痕累累，还是坚强地活过来了，青枝绿叶。不知愁的我在树旁牙牙学语，蹒跚学步。邻居婶子大娘们都来看望，其中也夹杂着两个媒婆，探听母亲的口风。母亲看看小小的我，看看矮矮的小枣树，长叹一声："熬吧，好歹有这个根儿，得对得起他死去的爹。"

熬，一个熬字，说出一个苦命女人的无奈和志气，意味着从此将失去一个女人的一切，单薄的肩膀扛起巨大的苦难，走向茫茫苦海。沦亡的冀南，屋漏偏逢连阴雨——头年淹，二年旱，三年蚂蚱滚成蛋，赤地千里，人相残食，孤儿寡母何等难熬。狠心的叔伯们偷偷卖去我家几亩薄田，又算计几间旧屋，还扬言砍下小枣树当柴烧，天天指桑骂槐，挤兑母亲带犊改嫁。母亲怒不可遏，一手举起镰刀，一手护着儿子，披头散发，像一头愤怒的狮子。被惊动的四邻八家都站到母亲一边，指责他们。正值隆冬，树叶脱落，枝丫如枪，满树枣圪针倒竖起来，像一名武士，站在母亲身后。

好难熬哇，母亲起早贪黑，纺花织布，改了男装去山西换糠麸豆饼，天天巴望我和小枣树长高，埋怨怎么长得这么慢哪。熬到日本投降，我六岁，小胳膊像小枣树一样粗了，母亲眼里放出光来。母亲用席篓折了一个小背筐，送我去河坡挑菜；用锅铲弯成一把小锄，教我分辨谷苗和杂草。第二年又做了一身新衣，送我去上冬校。我们那一带不尚教育，孩子们农忙跟着大人干活儿，冬仨月才去学堂，能认识自己的名字，能算豆腐账就到头了。

熬到我十二岁，小腿像小枣树那样粗了。母亲长出了一口气，到村公所把户主换成老桃，要让我顶立门户了。忽然舅舅上门报喜，送来隆尧省中的录取通知书。母亲目瞪口呆，我躲在一旁害怕。十天前受同学怂恿，谎说去舅舅家，到尧山城参加初中招生考试。因为是闹着玩儿，没放在心上，估计考不上，回来也没向母亲汇报。想不到居然考上了，而且二百人名单高中第九名，以我那几年冬学水平，简直不可思议。

那天晚上，娘儿俩都没睡好觉。母亲辗转反侧，难以抉择。千辛万苦哺育的小鸟长大了一点儿，不放吧，苦命的孩子舍不得难为；放飞吧，刚刚暖热的窝就要成为空巢，连个说话的小人儿都没有，身边只剩下那棵哑巴枣树了。母亲终究是母亲，第二天早早起来，用凉水洗了脸，精神起来，郑重地宣布让我上学去，脸上和话里不露一点儿勉强。

从此一去十年，从初中上到大学。小枣树也进入高生长期，春天有小粉花的梦，秋天结满了果实，圆溜溜亮晶晶，绿时像翡翠，红时赛玛瑙。七月十五花红枣，八月十五打个了。母亲举起竿子砰砰一敲，熟透的枣子红雨般落下，脸上溅起微笑，摊在房上一片红云，堆在炕头一片火焰。母亲舍不得尝一颗，全都背到集上换钱。除了伙食费和助学金，其余路费、书费和零用钱全靠它开销，这棵半大枣树成为我的"农村信用社"。

大学毕业，留我到天津高校任教，别人求之不得，我却三次上书坚辞，回到故乡县文化馆，回到母亲身边。因为心情愉快，写作大有起色，出席了 1965 年全国第二届青年作家代表大会，还做了大会发言。省文联选调我去当专业作家，又被我一口拒绝。馆长亲自跑来求助母亲，说漏了我上次毕业分配那桩事，引起母亲一场大怒，拿岳飞的戏文教训我："你好糊涂哇，好男儿志在四方，娘辛辛苦苦把你养大，是为你成个好样儿的，也为娘争一口气，这才对得起你爹。"母亲不识字，说的却符合古圣贤的道理："夫孝，始于事亲，中于事君（国家），终于立身。"我不得不听从，不过也做了个折中，关系调到省里，人还在下边深入生活。

不想事与愿违，第二年"文化大革命"，召我去省里参加运动。一天，一张对开的铅印传单传到乡下，贴到我家门口，标题是《刘子厚看〈轰鸡〉》。母亲认识刘子厚，是邻村刘家屯人，当年冀南暴动领导人，现今是省委第一书记，被称作头号"走资派"。《轰鸡》是我写的一出小戏，被批判为"大毒草"，我也被称作"修正主义苗子"。图片上有刘子厚穿着大红袍游街的镜头，找不到我的影子，母亲慌了神，连夜赶火车奔保定，心同脚下的车轮一样咚咚跳着，仿佛又回到当年逃难的路上。

后来我和爱人先后进入学习班和五七干校，关在石家庄原日本西兵营和唐庄劳改农场。母亲又两次到保定，抱了孙子、孙女回老家喂养。时逢"学大寨"，"要过江，种高粱"，种的是"晋杂五号"，人吃不大便，鸡吃不下蛋。母亲把积攒下的红枣烘干磨面，过筛子过箩，制成代乳品，老枣树又救活了我家的第二代。

　　"娘想儿，似长江；儿想娘，扁担长。"我虽自幼失怙，却享受到了人间最丰厚的母爱。遗憾的是所尽孝道甚少，尤其不该违背"父母在，不远行"的古训，去到远在天边的南美洲的哥伦比亚，参加了一次世界诗人大会。回来看到母亲消瘦了，咽东西困难。逼着她去省四院检查，已是食管癌晚期，年岁太大又不能手术。我一下子吓蒙了，四处求医问药，无济于事。夜里失眠，急火攻心，心脏出了毛病，带上二十四小时心电图仪。母亲也睡不着，半夜起来给我掖被子，发现了那个倒霉的盒子，倒吸一口凉气。可怜的母亲粗通医道，明白自己已属不治，害怕灾难降临儿子身上，毅然决定提前断了自己一口气，以换取儿子的生命，这本来就是她给自己多半生确定的生存意义。任我怎么哭闹，还是坚决让人送回老家，回到老枣树身旁。从此拒绝吃药和输液，忍着剧烈疼痛，嘴唇咬出血来也不呻吟一声，一脸安详地给我交代后事。可叹老母孤苦一生，勤俭一生，忍饥挨饿了一辈子，什么样的惊都担过，什么样的气都受过，什么样的苦都吃过，多半生食不果腹，发霉变质的饭菜都舍不得扔，吃下去太多的亚硝酸盐和黄曲霉素，整整委屈了自己一辈子呀！

　　那一年母亲八十四岁，可我总觉得她走得太早了。那一年我五十八岁，总觉得自己还没有长大，便又一次沦为孤儿。几个月前，我有意撤到二线，本想尽早退休回家，做一个实实在在的儿子，从早到晚侍奉她老人家，弥补我此生太多的亏欠。

可惜老天不遂人愿，让我永远地背负遗憾。古人讲守孝三年，于我则是无期的。

母亲走了十年，我守在家里的日子越来越多了，越来越觉得老人家没有舍我而去，还留在家中。她与老枣树合二为一了，皱纹、老茧和老皴堆积在树干上，精神、心气和语言掩映在枝叶间，母亲结束了六七十年的孤苦，终于与久别的父亲团聚了，心情好了，老枣树的长势也好了。经过苦雨凄风的洗礼，春天花儿特别香，秋天果实特别甜。遵照母亲生前的嘱咐，年年我都把枣子分给村里的孩子，寄给远方的儿孙，让他们心里永远有这棵老枣树。

汪 老 师

　　那一天，大我九岁的堂兄哄我去魏庄赶集，花三分钱买了一个油炸糕给我吃，条件是跟他做伴去参加高小招生考试。趁着油炸糕的热乎劲儿，一口气答完语文、算术两张卷子。下一集放榜，我俩居然都考上了。那年我十岁，仅仅上过三年冬学。

　　十岁的我头顶"茶壶盖儿"，脑后"九十毛"，前面两行鼻涕，除了没穿开裆裤，完全还是一个野小子。爬树掏雀，上房揭瓦，上自习手里拿笔，嘴里嗑着琉璃球，单等铃声一响蹿出去挖坑崩球。白天玩疯了，夜里撒吃挣，专摸同学们的鞋壳篓尿泡。班主任知道我调皮，只是因为学习好，给留点面子。

　　班主任姓汪，干巴老头，铁青面皮，不到四十岁就留起了山羊胡。他一皱眉山羊胡就抖，抖得我心里发毛。高小老师与初小不一样，初小老师本乡本土，一门心思种自家庄稼，捎带着教学生，会数手指头认自己的姓名就得了。高小老师住校，一天二十四小时跟着，一班学生当一茬庄稼。

那年秋天，学生宿舍后院丝瓜架上有一只蝈蝈唱得很动听，引出了学生们的灵感。大家每人从地里捉回一只大嗓门蝈蝈放上去，就有了听不完的大合唱。冬天到了，瓜叶落了，学生们穿上了棉袄也带来了蝈蝈葫芦。这蝈蝈葫芦茶碗大小，扁平，染上色，刻上花，有透气孔，顶部有口和盖，放菜叶给蝈蝈吃。平时揣在怀里，中午放风晒太阳，蝈蝈高兴了就振翅高歌。大家都给自己的蝈蝈起了名字：九岁红、白牡丹、苏金蝉……都是本地秧歌、丝弦、梆子的名角。我的蝈蝈叫大眼，是乱弹剧团的黑头，嗓门儿最大，顺风听三里。

有一天正上语文课，汪老师讲曹植的《七步诗》："煮豆燃豆萁，豆在釜中泣……"忽然传来"吱吱吱"的声音。糟了，贪玩崩球，忘了放下蝈蝈葫芦，大眼在怀里叫了。我急忙用手拍它，可能是急得出了汗，棉袄里更加暖和，大眼唱得更来劲了。全班哄堂大笑，课让我搅了，我低头无地自容。只听见汪老师气呼呼走来，提起我的耳朵拽到讲台上。看他山羊胡子连连抖动，我咬紧嘴唇准备挨打，想不到教鞭高高举起又轻轻放下，他只让我把葫芦交出，在一旁罚站。汪老师继续讲课，我脑袋里呼呼刮风，什么也听不见。下课前汪老师想让我当众出丑，叫把诗背一遍。"煮豆燃豆萁，豆在釜中泣。本是同根生，相煎何太急！"居然一字不差，汪老师笑了。出教室我把葫芦摔在地上，抬脚要把它踩个稀巴烂。汪老师说："且慢，蝈蝈没罪，把它放了吧。"

我吓出了一身汗，又受了风，下午就病了，忽冷忽热。汪老师把我抱回他的宿舍，放在床上。看看老师洁白的床单，想想自己蓬头垢面两条泥腿，我说什么也不躺。汪老师硬把我摁下，烧了姜汤，然后用他干净的被子给我捂了一身汗。晚饭时，同学替我打来饭。那时学生自带干粮，伙房管给馏馏。汪老师把我的糠菜窝窝捧着吃了，边吃边流泪，然后给我煮了小米粥。那时老师们的工资是小米，汪老师每月一百二十斤小米。躺两天病好了，汪老师晒被子，白被里上留下一个小泥人的图像。

高小二年级要求开历史、地理课，课本都发下来了，老师无人敢应。新中国成立前邢台一府九县才有一座初级师范和几十名学生，不是一般人家上得起的。我们的老师只念过五经四书、斤秤流，语文算术还勉强应付。历史呢，戏台上张良、韩信、刘关张，也许沾边儿。地理就难说了，春种、夏锄、秋收、冬藏二十四节气种地的理无师自通，地球的理就悬乎了；只见过田间小道独轮车，连自行车都不知为何物，什么铁路、航运、矿产、机器，见所未见，闻所未闻，怎为人师？大家推来推去，捉了汪老师的大头。

汪老师讲语文滚瓜烂熟，口若悬河，拿起地理课本就结结巴巴念不成句。讲中国四大山脉、四大河流，我问老师："你见过吗？"问了老师个大红脸，他说别提国都、省会，专员公署邢台也没到过，两脚没走出过县界。他讲山就是石头，很大的石头。我问："整个一块大石头，人都住在山顶上，河从哪里流出来？"他讲城市就是大村，很大很大的村。我说："那么种地要走出多远？带饭还是送饭？"老师都答不上来。幸好没过几天就到秋假，汪老师家种的都是晚庄稼，他说带我出门走走，长长见识。

带上师母烙的一大摞饼，我俩出村一直往西，走二十公里见到了铁道、火车，再往西二十公里见到了太行山。原来山并不是一整块石头，是由大大小小许多小山头组成，中间缝隙很大就是河谷、盆地，泉水从石缝流出成为小溪，小溪慢慢汇聚就成了河。又往南走了两天，到了顺德府，现名邢台。邢台市的街道很长，胡同很宽，城里人不种地，靠做工经商生活。汪老师说："脚上没白磨了泡，地理我能讲了。"

从此汪老师迷上了地理课，宿舍里装满了世界、中国、省、地、县地图，毕业生走到哪里，他就把小红旗插到哪里，要求他们每人写一封信介绍那里的地理知识。积攒多了，就分门别类装订成册。我大学二年级见到他时，他已经拥有了厚厚的二十九本，中国地图上插遍了他的小红旗，二十九省、市没有空白。那一年正是困难时期，他又捧着十年前我吃过的糠菜窝窝吃，人瘦了，脸更黑了，更像那块黑板了。

今生今世我不会忘记汪老师，不会忘记他的整枝打杈，如果不经修理，也许至今我还是一丛灌木。我不会忘记是他在我童年的视野里铺开了地图，给了我山脉、河流，给了我航线、

铁路，给了我幅员和气候，给了我方向和速度。为此，我立志
走遍中国和世界，走遍名山大川。每到一处都久久注目，我的
脚和我的眼负有双重任务，替我的汪老师多看一眼。在前方地
平线上总有一个人影，佝偻着身子为我导游。

珍姨的等待

走动的亲戚中，母亲和珍姨最近，尽管只是干姐妹。她们同病相怜，母亲二十五岁上守寡，珍姨二十四岁上丈夫牺牲，小母亲一轮，也是属虎的。民间传说，属虎的女人命硬。

但是她俩的性格迥然不同。母亲内向，沉默寡言；珍姨开朗，快人快语。这也许与时代和经历相关，母亲饱经磨难，从水深火热中走来；珍姨过门时已经是"解放区的天是明朗的天"了。

土地改革时我已经记事了。工作队访贫问苦，动员母亲出来当妇救会主任。母亲说孤儿寡母小门小户担不起事，两个孩子张着嘴等食儿，耽误不起工夫。再来缠磨时，母亲住了姥姥家，一走了之。珍姨娘家是小商贩，嫁到贫农家里捞上个好成分，不等动员，一朵大红花把新婚丈夫送上前线。丈夫前脚走，珍姨后脚就当上了妇救会主任。农会主任领着积极分子斗争地主富农，清算庄窝土地牲口农具。珍姨带一帮妇女斗争他们的女人们，平分箱柜衣物绫罗绸缎。珍姨带头举拳头，吐唾沫，革命劲头十足。

农业合作化时，母亲家底薄，入社带着三张嘴，心里不落忍，就起早贪黑下地干活儿。珍姨有娘家陪送的一头大犍牛，昂首牵到了社里，她就可以不下地，晚上记记工分就行了。母亲一门心思土里刨食儿，出来进去一只筐，身上常带着汗味儿。珍姨干净利索，穿衣服像戏子亮相，换了又换，脸上总有一股香胰子味儿。我从小就喜欢让珍姨牵着手走，或者坐在她怀里，看她熟练地嗑着瓜子。珍姨还有一个洁癖，井上挑水回来，只吃前边桶里的水，后边桶里的洗衣服浇花，害怕从身上发出的气味污染了水。

"文化大革命"初期红卫兵扫"四旧"，四书五经、琴棋书画翻出来就烧，花瓶茶壶、瓷枕烟嘴抄出来就砸，桌椅板凳、锅碗瓢盆凡有龙凤图案、福禄寿字样者无一幸免。母亲有个用了多年的搪瓷脸盆，盆底有齐白石画的虾，也被搜去砸了。红卫兵说贫下中农只能吃杂交高粱棒子面，鸡鸭鱼肉那是地主资本家的，看一看也犯罪。

一天晚上，珍姨的公公老响爷慌里慌张来我家，看看四下没人，从怀里掏出一对长方形的梳头镜子，说是儿子结婚时买的，背后有剧照：麒麟童、潘雪艳的《投军别窑》，梅兰芳、杨宝森的《大登殿》。儿子在家时喜欢京剧，镜子也是珍姨的心爱之物。可是运动来了，她嚷着忠于毛主席，要交给红卫兵。趁她不在老响爷偷出来，求母亲给掩藏一下。母亲用当年对付日本鬼子的办法，把镜子放在瓦罐里，在墙根刨个坑埋了，上面放块捶布石。这对镜子直到粉碎"四人帮"才刨出来物归原主，因为埋得太久，剧照都发了霉，代战公主和王宝钏长了"胡子"。

再关注珍姨是十几年后了。我从省城回来，母亲说快去看看珍姨吧，她可遇到过不去的火焰山了。珍姨已经几天不出门，蜷缩在炕上，脸色蜡黄，眼睛红肿，泪囊鼓得像气球，平添了许多皱纹，一下子变成了老太婆。想起珍姨当年如花似玉的面貌和对我的许多好处，禁不住心酸起来。

珍姨拉住我的手不放，抽泣着说："不知平时造了什么孽，得罪了何方神灵，让我活见了鬼！"她抖抖颤颤地从枕头底下摸出一封信，是繁体字，很难认。我看了一遍，颓然呆在椅子上，说不出话来。

几天前，来了一位台湾人，捎来这封信，并亲自解释了半天。原来珍姨的丈夫并没有死，1949 年渡海攻打金门时中弹，身子沉下去，海面漂起一摊血，部队报了牺牲。谁知后来漂到对岸，治好枪伤送到鹿儿岛，经过几个月洗脑，穿上国民党的军装，从此四十年音信断绝。好不容易等到两岸关系松动，有位朋友途经香港，帮他捎来了这封信。

不能接受的现实，天外飞来的陨石，打破了珍姨几十年的平静，惊破了一个长长的梦。一夜之间，从烈士家属变成了反革命家属，从多不胜数的荣誉变成了一个骗局，从习惯了的自豪和风光变成无地自容的难堪，会被多少人戳脊梁骨呀。她不相信这会是真的，脑袋里呼呼地刮风，神经像毕毕剥剥的导火索。她把送信人骂出去，还要把那封信撕碎，老响爷一把把信夺去了。珍姨哽咽着求我，无论如何去台湾查证一下。她希望写信的人是个骗子，是个恶作剧，还给她一个清白。多少年来她把荣誉当作财产，当作第二生命，终日与之相依为命，相依相恋。然而事实是那么严峻可怕，经过朋友再三调查，验明正身，那个写信的人正是她四十年春闺梦里的"烈士"，我可怕的"姨父"。

接上线后，"姨父"不顾一切地要回来探亲，他也是十分忠诚的，几十年没有再娶，在那灯红酒绿的地方守身如玉。然而在珍姨心中，他已经失去人的形容，变成了一个偶像。珍姨痛不欲生，要不是几十年像亲爹一样待她的老响爷老泪纵横，长跪不起，她是永远也不会松口的。

又过了半年，台湾方面来了电话，定了归期。此时的珍姨已经气息奄奄，被痛苦吞噬得只剩下一把骨头，终日精神恍惚，哭笑无常，满嘴胡话。终于在那人到家前一个小时，长叹一声，芳魂出壳，永远地解脱了。

"姨父"进门后捶胸顿足，泣不成声。他拾起从床上滑落的一对摔裂的镜子，捧起那《投军别窑》，翻过去那《大登殿》，然后，晕厥过去。

魏 区 长

魏家庄的魏三，原来给财主看家护院，1943 年带一杆枪投了区小队，立了一功，当上了副班长。当时抗日武装枪支紧缺，一个区小队仅有两杆水连珠，三杆汉阳造，四把独一响，几十颗手榴弹。1945 年围攻邢台，区小队打东门，夜里一个保安队员坠城开小差，被魏三撞上，抓住送到团部，又立了一功，提升为副队长。土改运动后顺理成章地当上了三区区长。

这魏三我常见，他从小受穷，免不了有些偷鸡摸狗的毛病。如今一步登天，怕乡亲们看不起，自己先端起来。因为天生个子小，不到五尺高，便走路梗着脖子，站着打能能（踮脚），人前常为自己打圆场："人不可貌相，海水不可斗量。别看咱个子不高，高个子给咱说话，都得低头哈腰哩！"魏三没上过学，连自己的姓都认不得，只认得一个三字。一天他喝多了，路过戏院门口，看海报上剧目，《取西川》《反徐州》，大发其火："谁这么大胆，把我魏三罚站了，还连开了三枪！"戏班班主出来解释了半天，他才说误会了，梗着脖子要走。班主多了一句话："区长走好，祝你好运，祝你幸福。"魏三猛地扭过头来，吼道："什么！闹了半天你还不知道本区长姓什么，告诉你，老子不姓福，姓魏，魏区长的魏。"

魏区长不识字，还忌讳别人说短，总说自己眼不沾，脑子灵，听文件过耳不忘。有一次副区长去县里开会，带回来文件，号召农村多种早熟作物，他听话音是种枣树。第二天副区长不在，他召集各村村长开会，说上级了解情况，魏家庄是沙滩，就适合种枣树，命令各村毁了一部分谷苗，种上枣树秧。为此他挨了县长一顿狠批，说再不学文化这区长就别当了。魏三真的认识到学文化的重要，痛哭流涕地做了检查。

魏三学文化从一个"免"字开始，为种枣树的事，县里通报批评但说他认识深刻，免于处分。魏区长拿着简报，正过来倒过去地看，把这个免字死死记在心里，不认识谁也得认得它。一次开大会，他磕磕巴巴地念文件："上级号召，大力养牛，养羊，养免……"旁边人用胳膊捅他："是养兔。"他不好意思，但还是硬撑着说："养免。中国大了，北方念兔，南方念免。"元旦前，县里要开拥军优属会，民政局来了个条子，派三区交鸡三只，兔两只，毋忘。他念道："交鸡三只，免两只，还剩一只，母的。"

类似的笑话还很多。比如副区长调走，开欢送会，秘书开了一个菜单：烧鸡、羊脸、驴板肠、猪舌头。那时文字都是竖着写，他念道："烧鸡、羊脸、驴板肠、猪千口。"还补充了一句，热情是好的，猪千口是否太多了，够全区人过年了。还有一次看文件，有征赋税一词，他把赋认成了贼，拿着文件去派出所，说这项任务难度大，贼本来就难捉，还让他们交税，就难上加难了。再有一次宣传《婚姻法》，文件上有一句："已经登记结婚的和尚未登记的男女青年都要参加学习。"他念成了："已经登记结婚的和尚，未登记的男女青年都要参加学习。"

魏三认识了几个字，区里镇上更盛不下他了。一瓶不满，半瓶晃荡，走起路来不光梗着脖子能能脚，连膀子也横起来。虚荣外加专横，街头巷尾不断增加着关于他的笑料。

区公所在临街的二层小楼，上楼的木楼梯正冲门口。县里给区里分配一部电话，摇把的那种，是镇上唯一的一部。我上学时，常见魏区长端一杯茶，守在电话旁边，喂喂喂地喊叫，让一条街上的人都听到，也非常喜欢过路人把他和电话一起夸奖。一天县上来人，趴在他耳朵上说："别摆了，你这不成看电话的了嘛。"魏三这才明白过来，搬到楼上去住了。当天下午，听楼下秘书一声喊："魏区长，电话！"魏三情急之下一脚踩空，从楼梯上骨碌碌滚了下来。秘书急忙上前把他扶起来，心疼地说："区长，着什么急呀，这楼梯得一磴磴往下走哇！"魏三说："我军人出身，电话就是命令，楼梯，不费那工夫了。"

新中国成立初，农村还没有汽车，连自行车也稀罕，镇上仅有一辆自行车，还是当年缴获宪兵队的，当成战利品挂在民兵队部墙上。魏三上任时，找人修了修，车座子落到最低，还是够不着骑，推着在镇上转了一圈儿，好像戏台上状元夸官一样。后来攒了一年小米，买了一辆日本产的"凤头"牌自行车，旧车子让给了秘书。当时说东洋车子西洋表，骑上日本的"凤头"，规格像现在开上宝马一样。魏区长买了新车，还特意去邢台买了自磨电。前叉子上安个电灯，前车轱辘安个胶轮，车轱辘转动，摩擦生电，前灯亮了，能照出几米远。

这一天为了显摆自己新的坐骑，晚饭后他带秘书去县城。黑黑的夜色，一道亮光引路，魏区长感觉很好。走着走着，只听啪的一声炸响，魏三机警地马上卧倒，以为有了情况。趴了一会儿，周围不见动静，也不像有人劫道。莫非有人打黑枪？不见旁人，他立时怀疑起秘书，伸手从腰里掏出手枪。这时秘书已经爬起来蹲在"凤头"后面，说："区长，是后轱辘轮胎放炮了。"魏区长一场虚惊，一身虚汗，长出了一口气，肚子和轮胎一样瘪了，最后还是不忘区长的虚荣，说了一声："打我的黑枪，谅你也不敢。"

马　三

　　有人问，是谁引你走上文学之路？想了又想是马三，一个农村剧团的班主。

　　我寄居长大的魏家庄，有"冀南第一集"之称。五百户人家，十字大街，路南一处戏院，土台子，席棚子，没座位，全是站票。这样的戏院与马三的剧团门当户对。

　　见到马三是在日本投降后，他已经是六十多岁的老头子。夏天紫花布褂子，冬天撅肚小袄，青帽盔下齐耳短辫，皱巴巴脸上一双溜溜转的小眼，与普通老农没什么不同。旗下的演员大都衣帽不整，土里土气。乡亲们说怪话："马三的戏，甭个提。老的老，小的小，吃不饱，喝不好。打开箱，破衣裳，茅草缨胡子，秫秸棍枪。"传到马三耳边他嘿嘿一笑，说咱就是穷，穷不丢人。

　　清光绪八年（1882 年），马三生于南和县段村，草房两间，地无一垄，穷得连大名也没有，排行老三就叫马三。父母早亡，长兄夭折，二哥和他从小租地糊口，没钱上学，戏班里混口饭吃，农忙下地，冬闲学戏。他嗓子不好记性好，攻小花脸，说戏走场锣鼓经，无所不能，人称"戏篓子"，后来顺理成章地被推为班主。旧社会戏子属下九流，戏班里都是穷人。马三戏班白手起家，戏箱道具或者廉价租的，或者东拼西凑自己制作。转场移台，肩背人扛，每到一处，场屋破庙，担水盘灶，吃的多是汤汤水水，高粱窝窝、小米干饭算是改善。冀南一带大人数落孩子，常说："不打你，不骂你，送到马三戏班饿死你。"

马三剧团是穷人的艺术，棒打不散，一旦沾上撵都撵不走。因为他人好，视演员如亲生子女，关心他们生活起居，包括娶妻生子、养老送终。戏班里子女徒弟占了半数，他不欺生，外来演员优先安排角色，人尽其才。所以许多人慕名而来，著名青衣安随琴、杨美莲，花旦王艾芝，武生马老五，小生马老立，花脸段连波，老生马建其，可谓人才济济、兵强马壮，唱红了冀南。马三晚年接触到毛泽东文艺思想，请了些京剧演员，排练延安名剧《逼上梁山》和《三打祝家庄》，率先在全区搞京剧、梆子"两下锅"。

马三农民出身，知道不与农争时，"三夏"（夏收、夏种、夏管）和"两秋"（秋收、秋种）时期停止演出，撤回魏家庄关门排戏。魏家庄是马三剧团的后台和根据地。

我从小就是戏迷，乡里优待革命烈士家属，发个木牌，看戏不必买票。学校、家里不忙，我经常泡在院子里看戏，有了特别想看的剧目，不惜逃学。从戏台上学来许多有声有色的历史、文学知识，掌握了不少形象生动的语言，作文大有长进。时间久了，马三认识我了，经常逗我玩。一次戏报贴出来，我说又是倒粪。马三正好路过，拉住我低下头问："你都看过我什么戏？"我心中有数，张口就来："蝴蝶杯大登殿，三娘教子牧羊圈（青衣戏）；乌盆记借东风，击鼓骂曹七星灯（老生戏）；三岔口挑滑车，武松打店长坂坡（武生）；金玉奴西厢记，红楼二尤辛安驿（花旦）；铡美案锁五龙，李逵下山探皇陵（花脸）；钓金龟赵州桥，岳母刺字打龙袍（老旦）；花打朝打面缸，马前泼水大溪黄庄（彩旦）；白门楼柜中缘，辕门射戟连升店（小生）……"马三惊叫一声，抱起来亲我，胡茬扎得我脸蛋生疼，连声说："你小子才是小戏篓子。"那年我整十岁，与马三成了忘年交。

马三拉我到后台，说排新戏，你喜欢什么？我说正在看小说《绿牡丹》，有这方面的戏吗？马三说有，《刺巴杰》《宏碧缘》，都是武戏、过场戏，按套路设计武打就是了。魏家庄二七集，头集《宏碧缘》，二集《刺巴杰》，海报一贴，场场爆满。

下一个演出淡季，马三问我还想看什么？我说正看《响马传》，有没有我们老秦家的戏？马三说有，《秦琼卖马》《三家店》《打登州》，都是秦琼的戏，唱工戏，谭老板和杨宝森的代表作，按百代唱片学。三出戏排了一个月，火了一冬天。文武代打，懂戏的看门道，不懂的看热闹，各得其乐。

戏唱红了，马三换了"行头"，又是紫花布褂子、撅肚小袄，帽盔下的小辫甩得像拨浪鼓。马三在魏家庄待久了，老百姓掌握了他的规律：钱包越鼓，穿得越破。这样可以带动全团艰苦朴素，戒骄戒躁，防止营业滑坡。相反，如果看到马团长衣着讲究起来，头上帽盔换成礼帽，说明戏班困难，手头拮据。当团长的架子倒了，就会动摇军心；马三挺起腰板，架子不倒，大家也会振作起来，共渡难关。慢慢整个冀南都知道了，越传越神。什么时候看到马三骑上毛驴，耷拉着脑袋，破衣烂衫，不用问，他发财了；什么时候换上高头大马，趾高气扬，衣帽整齐，也不用问，陷入困境了。

新中国成立初那几年，国民经济迅速恢复，马三剧团与魏家庄大集一同火爆着。戏院挂满了锦旗，舞台上最耀眼的一条横幅上八个大字：年迈苍苍，治团有方。那是邢台专署文教局奖给的。

1957年马三鞠躬尽瘁倒在戏台上再没起来。我正在邢台上高三，向着东北深深地三鞠躬。

忆 逢 阳

刘根来，笔名逢阳，祖籍沧州海兴。海兴和黄骅原来都属盐山县，苦海沿边，洼大村稀，芦苇丛生，是 1944 年华北大蝗灾的发源地。蝗群像黄风一样驱赶着逃难的人流，他爹一辆蚂蚱车推着媳妇走西口，走到张家口赶上日本投降，进了八路军的兵工厂，凭着心灵手巧成了技术尖子。一次跟着厂长进北京，住招待所，服务员看了登记，把老刘让进一个豪华套间，厂长安排普通单间。厂长大怒，找去理论。服务员指着登记册说："没错儿，他是八级，你是十三级，就得有差别。"厂长一听笑了："他是八级钳工，我是行政十三级。"

根来 1946 年生，生就一个熊孩子，放屁崩坑儿，尿尿和泥儿。一次玩疯了，一头栽进生石灰堆里，哭喊起来，泪水碰上生石灰，放热反应会产生 700 摄氏度高温，眼睛被灼烧成两个血铃铛。他爹抱着他跑了三家医院。肿消了视力也没了，困在家里，凭着仅存的一点微光，紧贴着书面看书，他爹笑称舐书。家里的书舐完了，就背着他去图书馆、新华书店，上下班顺便送接。吃下去的书消化好，过目不忘，小伙伴整天围着他听故事，甘愿当他的拐棍。靠大伙儿帮助读到师范毕业，当上小学教师，发表了几首诗，调到张家口地区文联。

我在《河北文学》当诗歌编辑，看到署名逢阳的来稿，郭小川体，字迹清秀，列为重点作者，按规定进行一次家访。1973年初次见面，他的一副眼镜让我看晕了，1800度，何止瓶底，密密麻麻光圈相套，深不可测，后面的眼珠只剩菜籽大小。请我吃饭，在原察哈尔省宾馆，报社朱述新作陪。六月天点的涮羊肉，宾馆第一次开设的菜品，在玉米面都要定量供应的年代，算很奢侈了。三个人都是第一次品尝，胃口大开，连肉汤都喝干了，把人家的铜火锅也烧穿了，赔了16元，刚好是根来半个月工资。

饭后到他家，一间小屋半间书。那时书价低，《老残游记》0.68元，《刘半农诗选》0.6元，《闻一多诗选》0.89元，孙犁的《铁木前传》0.25元，加在一起也不是个小数目。朱述新说都是牙缝里挤的，从他爹那里抠的，看根来人这么瘦，饭吃得少，书读得多。看根来的书，堆积如山，而摆放整齐，错落有致，分门别类，了如指掌。臧克家老师需要一本《敦煌曲子词集》，跑遍全省无觅处，在这里根来顺手取来，还要亲自送去，借机拜见仰慕已久的诗坛泰斗。

根来足不出户，知名度却很高，因为满腹学问和豪爽的性格。他有个外号，有人唤刘大瞎，有人叫刘大侠。我每到张家口出差，他都全程陪同，只要他出面，一切问题迎刃而解。一年夏天，酷热难当，我们来到沽源金莲川，住在林区小木屋，果然是名不虚传的"凉径"，晚上天气骤变，北风呼号，飘起雪花，附近有三拨朋友来送棉大衣和毛毯。一年秋天在尚义县蒙古营，碰上连阴雨，草原变泥滩，进去的大路断了，民兵连长巴图叫来全营青年，一连七天，除了喝酒就是听根来讲故事，从蒙兀室韦，两宋、辽、金，成吉思汗，讲到土尔扈特回归，起伏跌宕，大开大合，听得青年们热血沸腾，忍不住策马奔腾，泥浆满身，个个都成了"土尔扈特"。第二年巴图来石家庄开会，已经是劳动模范，出席省人民代表大会。

根来与我性格相近，脾气相投，心相交情相感，简直就是另一个我。我天生一双48码大脚，买不到鞋，四十多岁还穿老母手做的布鞋，前包后掌，反复修补。根来微弱的眼神看到了，趁我午睡时画了鞋样，让夫人牛惠泉找鞋厂定制了两双皮底鞋，来石家庄火车上展示一路，争相传阅，笑称我家哥哥脚踩两只船。得知老母亲去世，怕我悲伤过度，托胡学文从沽源逮了两只百灵，连笼子带鸟食送到家中，帮我度过此生一道大坎儿。听到鸟叫就听到了他的心声，根来有颗金子般的心。

说百灵想到另一只鸟。有一年刘根来、边国政和我到云南开会，在中缅边界畹町买纪念品，国政挑了一把景颇刀，我要了一挂紫檀珠串，根来选了一只缅甸鹦鹉，一身橄榄绿，颈上紫环带，胸前玫瑰红，漂亮极了，根来要带给他老爹。一岁幼鸟还不会叫，却生猛得很，关在铁笼里不停地冲撞，飞累了就嘴脚并用，撕扯那盛水的易拉罐，直到撕得粉碎为止。在楚雄宾馆，竟然咬破铁笼，兴奋地飞来飞去，逗我们玩似的。三条大汉六只手抓一只小鸟，40分钟未果。还是根来聪明，用那样一双眼观察，发现鹦鹉只能飞直线，不会拐弯，吩咐我俩在墙边轰，他站在屋中央守株待兔。果然飞累的鸟儿撞在他身上，伸手捉住，被小家伙咬了一口，叼去一块肉，血流如注，绿鹦鹉变成了红鹦鹉。这只鸟儿跨六省市，越5000里到张家口，朝夕相处，终于和根来成了好朋友，渐渐学会了"你好""老爸""接电话"等几句奉承话，叫得老爹开心，逢人必说"瞎根来找了个替身"。听说这只鹦鹉活了七八年，与老刘同时老的。

根来工作也是一把好手，1982年在全国首创《长城文艺》刊授，招得学员5万多名，公益之外又有经济效益。领导看他根正苗红人缘好，拟提拔他接班，根来坚辞，说："地区文联用我，人家会说是瞎干。"那个年代是文学的辉煌时期，作家们创作热情高涨，出书难成为瓶颈。根来找到我，与新成立的中国文联出版公司协作出书，为河北几十名诗人出了诗集，还组织出版了《李莲英》《韩复榘》等几本畅销书，一下子打开了局面。

期间还发生一件奇闻，瞎子逢阳独自畅游巴蜀，走遍四川名城。沿途车厢船上与人攀谈，各地山水风光，文化古迹，奇闻轶事，滔滔不绝，绘声绘色，全是书本知识。而他自己每到一地，只能止步山下江边，听闻一下山风江涛，完成到此一游的夙愿。行程一个半月，交通住宿费只花了 240 元，那时物价很低，旅馆住一夜只需一两元。

《燕赵都市报》创刊，开设一个文化旅游栏目，需要一位博学杂家，大家都说逢阳是最佳人选。原来是一句玩笑话，根来听说后，由夫人陪同赶来。开始码字排版，倒还顺利，后来改成电子版，根来熊劲又上来了，一头扎进电脑里，玩鼠标，舔屏幕，渐入佳境。一年下来栏目办得风生水起，知名度高起来，根来眼镜度数也达到极限，2300 度，视力全无了，文字生涯到此止步。这一次根来没有泪水，反而是心安理得，笑说："我瞎逢阳临了潇洒走一回。"

想念贾大山

1972年《河北文艺》试刊三期，张庆田老师主要精力抓李永鸿的《红菱传》，我看散文，发现正定县贾玖峰两篇作品，《金色种子》和《在窑上》。他不像一般作者拿捏姿态，故作多情，而是善于捕捉细节，运用群众语言。一篇发表在试刊一期，一篇发表在1973年创刊号上。没多久贾玖峰来找我，却不是为散文，为他正写的农业学大寨的剧本。创刊号同期有我的叙事诗《渡'江'曲》，写吕玉兰的故事。他的家乡正定是中国北方第一个过"江"县，粮食亩产超过八百斤。这时说了真实姓名，贾大山，三十一岁，以工代干，一头沉。

面前这位兄弟，小平头，敦实个儿，紫红脸儿，疙里疙瘩，棱角分明，身板笔挺，像京剧里的武生。他说话慢条斯理，十分稳重。

这年冬天，省里搞戏剧会演。"文革"后首次露面，各地都铆足劲儿，天津地区的《迎风飞雁》，承德的《烈马河畔》，张家口的《董存瑞》……石家庄的《向阳花开》由贾大山执笔。讨论《向阳花开》时，一些人习惯了样板戏式的豪言壮语，说它生活化的语言不够突出政治。我说了不同意见，因为是《河北文艺》剧本编辑，七年前写《轰鸡》的余热还在，得到一致认同。最终《向阳花开》拿了创作和演出两项大奖。

李满天是我的忘年交，亦师亦友，正在正定深入生活，任县委常委、革委会副主任，邀我去正定。到了大山的一亩三分地，他话多了，摘去少年老成的面具，露出嘎小子一面。一见如故，还因为我俩都是戏迷。大山的道行比我深。我住过集镇，两个戏院；他生在县城，四个戏院。我是看野台子、高粱地的玩意儿；他进过街道业余剧团，训练正规，有板有眼。我只会青衣、小生；他生旦净末丑全活儿，还会翻跟头，当导演。我只写过三个小戏、一个大戏；他已经写了《棉田风波》《比翼齐飞》《半篮苹果》等四出小戏、一个大戏，还有一个连台本。他的台词写得好："没有春天风沙打，哪有夏天麦子黄。没有夏天日头晒，哪有秋后五谷香。天上下雪又下雨，就是不下商品粮。"

我俩到一起，还有个共同的话题：回忆苏金蝉——一位河北梆子名角。新中国成立前在我们那一带演出，她长相一般，没有下巴，但扮出相来很漂亮，所以她男人平日不让卸妆。苏金蝉天生一副好嗓子，顺风能传二里远。民谣说："不吃油，不吃盐，也得去看苏金蝉。"新中国成立后，她任正定县梆子团团长，"文革"时下放赵县，配给了一位老农民。

每次都是骑自行车，一个小时到正定李满天的劳动点。他把大山叫来，撂着膀子干活。对太阳光的反应，李满天是黑，脸上、背上一层黑釉，自称非洲人；大山是红，红得发紫，戏称印第安人。幽默是他俩的黏合剂，碰到一起就笑话连篇。李满天说起来眉飞色舞，指手画脚；大山是冷幽默，不动声色，绷着脸。俩人活像一对相声演员，你逗我捧，包袱不断。劳动休息时，找个树荫凉儿，唱两口《打渔杀家》，大山的肖恩，我的桂兰，李满天的丁郎；哼几句《沙家浜》，大山的刁德一，我的阿庆嫂，李满天的胡传魁——别看他官大，还得演小人物。

写剧本红火了几年，大山有些发蔫儿了，紫红脸更像霜打的茄子。诉苦说写剧本不是人干的事儿，"三结合""三突出"，末了还得"三堂会审"。作者像跪在堂前的妓女，任人说三道四，横挑鼻子竖挑眼，动不动就给上纲上线。领导出思想，几个领导就有几个意见，不听谁的也不行。下次讨论会，专听自己的意见被采纳了没有。好好一个剧本，被改得面目全非，气得光想跳河。

李满天嘿嘿一笑，跳什么河，滹沱河？河水淹不了脚面，只能洗手。洗手不干，写小说吧，文责自负，没有婆婆小姑子。其实大山早就写小说，初中时有一篇，发在《河北日报》；插队时有一篇，发在《建设日报》上。李满天拿来看了，不如剧本写得好。说他有写剧本的功夫，结构、冲突、对话，小说的路走了大半。李满天是短篇小说的高手，《白毛女人》小说作者，1964年大连小说会，最被推崇的是赵树理——短篇圣手，第二个就是李满天，茅盾先生对他的短篇小说集《力原》评价甚高。李满天向贾大山讲赵树理，从《小二黑结婚》到《卖烟叶》，一篇篇掰开揉碎，条分缕析。大山聪明，一点就透，一通百通，在李满天的帮助下陆续写出《取经》《花市》《小果》《村戏》，摘得全国短篇小说大奖，成为一颗冉冉升起的新星，背后有一个老教练。

顺风顺水，如日中天，走着走着面前又一个十字路口。县委要改变正定文化工作面貌，希望大山出来担任县文化局长，派李满天去动员。老李问我的看法，我觉得突然，说你老人家是省作协主席，让我当常务，是"捉大头"。他嘿嘿一笑，说非也，是"抓壮丁"。又说县委认为大山有担当，有智慧，不二人选。老李做了充分准备，想了几套方案，要打攻坚战、持久战。想不到大山听了，吃惊之后沉思片刻，爽快地答应了，只提了一个条件："那得我说了算。"问题迎刃而解，皆大欢喜，听说大山还在家摆了一桌。我想关键问题是，县委领导和贾大山相互了解和信任，不仅仅是伯乐与马，更是高山流水遇知音，同志加朋友。

大山很快进入角色。这时县委建立顾问团，我也忝列门墙，与他交往更加名正言顺。正定有两千多年历史，天垣如矗，九朝胜迹，浮屠林立，寺宇星布，"国保""省保"不计其数。1933年古建学者梁思成不顾兵荒马乱，自措行旅两来正定，历时半月究诸营造，嘉评精粹十八处，拍了照片，写了考察报告。可惜年久失修，满眼破败，令他这个正定人汗颜，从这个意义上讲，大山也是临危受命，哀兵必胜。

大山步行上阵，一切低调，让大家"看好门儿，管好人儿，别出事儿"。他自己则殚精竭虑，只争朝夕。桌上堆起三座书山，历史、佛学、古建，天天晚上挖山不止；白天马不停蹄，防水，防盗，保安全。除夕夜独步隆兴寺，为断壁残垣的庙宇守岁。百亩大院，八进之深，反复步量；大殿小楼，老槐古松，一一问候。直到满城烟花散尽，鞭炮绝响，才迈着沉重的脚步悄悄走出，回到家中吃一碗等凉了的饺子。

铺开古建修缮战役，一年一个工程。古建是最吃钱的事情，"省吃俭用，不够填一个砖缝"。计划、申报、疏通、争取，月月跑部，日日化缘，紧急关口有病发烧也要上阵，披一件军大衣，旧吉普车就是病床，四面透风，顶上挂着吊瓶。司机是老实人，没他的命令，一不得对家属传话，二不得向领导汇报，憋不住就朝野外喊两嗓子：一马离了西凉界，不由人一阵阵泪洒胸怀……

申报中国历史文化名城成功，正定县声名远播，四面八方游客蜂拥而至，文艺界人士看了隆兴寺、临济寺、西游记宫、荣国府，还要见贾大山。以往有过交情的他都要出面，说不然失礼。作家们来了我都陪同，来人多了，害怕打搅，就自买票进去。门卫认识我，电话打过去，他就急忙赶来，亲自解说。大山饱学多识，业务精通，加上作家的语言表达能力，堪称一绝，对不同的对象有不同的套路，文物古迹、佛学经典、地方名人、逸闻趣事，如数家珍。喜欢历史的加上南越王赵佗、常山赵子龙；喜欢文学的加上白朴、元好问、蕉林书屋；喜欢医学的加上金元四大名医，如刘守真、李东垣；喜欢近代史的加上王士珍、正太铁路。大山的一根手指就像音乐家的指挥棒，掌声笑声此起彼落。台湾诗人文晓村说，走遍世界，大山是见过的最好的讲解员。学者史树青说，大山是讲解"国保"的"国宝"。作家汪曾祺说他"神似东方朔，家傍西柏坡"。正定县无山，贾大山成了一道著名的人文景观。

大山身处闹市，公务繁忙，却淡泊名利，心态宁静，生活轨迹只是一点一线。一点是正定，一线是石家庄—北京—承德，心无旁骛。例外仅二，一次五台山，一次白洋淀，都是被朋友强拉去的文学活动，说得我怪心疼、内疚的。作家协会就是协作开会，凡会都会想到他，但是出头露面的事他一概不来。出省交流采风年年有，他一概拒绝。文化局局长当了九年，到县政协任副主席，照样如此。1993年在北戴河开张立勤、郭淑敏散文讨论会，我硬是通过省里领导发命令，才搬动大驾。大山第一次见到大海，异常兴奋。别人在歌舞厅里热闹，他一个人坐在礁石上为大海相面，一坐就是两个钟头，第二天说了一句，唯大海是真。台湾出版家马先生，给张立勤出过一本书，与他同居一室，听大山口吐莲花，妙语连珠，佩服得五体投地。

也是在这次会上，发现大山戒酒了，我大为吃惊。想当年每到正定，大山必然以酒相待，三个汉子一壶酒。李满天怯阵，说热酒伤肝，冷酒伤胃；大山夺过酒杯，说无酒伤心，带头干杯，脸愈发地红，成了赵云的二哥关公。有酒润嗓，他的唱腔愈亮。现在酒不喝了，肉也不吃了，专挑肉边菜。不过米饭馒头不少吃，身体也还健壮。

1995年中秋节那天，大山动了食管癌手术。我去看望时还不大显病态，握手很有劲，几个月后已经能骑车满城转悠，以为这一关他闯过去了。想不到病情很快恶化，再去看他时，已经卧床不起，十分消瘦，面色苍白。因为烦闷，烟也"复辟"了，脾气也大起来，为此弟妹小梅常常暗自落泪。见我一来他像打了兴奋剂，坐起来谈笑风生。说得最多的是三个汉子一壶酒，地头《打渔杀家》，可惜老兄李满天先走了，三缺一。说到这里他忍不住告诉我一个秘密，《河北文学》要调他去当主编，肖杰力荐，他以各种理由回绝了，其实真正的原因就一个，还不能说。李克灵写了《省委第一书记》，上边恼了，要处分，下放当工人。李满天仗义执言，建议接受以往教训，不要先整人，后来再平反。一场风波，小李没受处分，老李被停了职。"这事无法面对，李满天有恩于我，人走了影子眼前晃，这一关我过不去。"大山是硬汉子，没见过他哭过，说到伤心处，眼泪扑簌簌往下掉。

我抹了一下脸说："话题就此打住，想听你再唱一段，再过一下瘾。"大山挣扎着坐起来，唱了几段马派《空城计》，从西皮慢三唱《我本是卧龙岗散淡人》，到二六《我正在城楼观山景》，喘着气问我感觉如何。我说飘逸不如马前（期），苍劲倒似马后（期），更接近暮年诸葛的性格了。他说："久病在床，常常一个人念戏，品味剧情、唱段，琢磨人物性格，还真有发现。你说司马知道是空城不？知道。"他列举了一些道白和对话说："只不过心照不宣，两个高人知己知彼，也包括互相敬重，也和《华容道》一样，但是司马比曹操更老道一些。"听得我茅塞顿开，连连点头，到底是小说家，剖析人物都深入到骨子里了，应该写成一篇论文。此时我嗓子直痒痒，真想像二十年前一样再陪他唱一回，可是看到他形容枯槁的样子，于心不忍，不能让他再激动了，只有心里默默祝愿他早日恢复健康，没想到成为绝唱。

1997 年正月十四，我们的大山倒了，一盏理想之灯熄灭了，一颗文学之星陨落了，从手术到去世，应了那一句"八月十五云遮月，正月十五雪打灯"。大山享年五十四岁，与诸葛亮一个寿数，都是鞠躬尽瘁。造物忌才！

追悼会上，大山灵前没有摆上一部书，让我追悔莫及。像贾大山这样的小说名家，得了全国大奖，好评如潮，怎么生前就没有看到自己的著作出版呢？怨我也怨他自己。1980 年上海文艺出版社来信，主动为他出一本小说集，他没答应，说："我是河北人，如果出书也只能先在河北出。"河北出版界刚刚由计划经济转到企业管理，自负盈亏，坐上没底轿，谁出书都要自己负担一部分经费。大山不干，说自己花钱出书，我的作品还谈何价值。那时我正办作家企业家联谊会，一个厂长愿意赞助，大山一听更火了，说那样更丢人。知道大山的脾气，不敢再往下进行了。如今大山走了，我和康志刚编了《贾大山小说集》，收入他全部短篇小说八十二篇，由省作协出资。未经请示，敬请老弟原谅。

大山一生在文学艺术的蜀道上艰苦跋涉，走着一条独异的路。从戏曲和民间文学中汲取营养，广泛涉猎，多才多艺如赵树理。又喜欢读《聊斋》和《阅微草堂笔记》，学习孙犁，描绘风情，洗练文字，不山药蛋也不荷花淀，自成一家。作品与人品一样高尚，绝无媚俗，从不逐潮，在乡土和幽默中完成一个作家的社会责任和美学追求。三十年只写了几十个短篇、一个半截中篇，然而他的艺术分量大大超过了许多大红大紫、"著作等身"者。

大山不假，中国当代文学的一座大山。

汪 曾 祺

　　我不写小说，爱读，还很挑剔，咂摸语言味道，因而令我折服的小说家不多，汪曾祺是一个。我是从《受戒》等中短篇小说认识这位大作家的，只是无缘相见。1991年4月，天赐良机，中国作协组织了一个庞大的作家代表团访问云南，团长是冯牧，副团长有李瑛、汪曾祺和我。半个多月朝夕相处，混熟了才知道他的文章是怎么写出来的。

　　昆明机场下飞机，高洪波扶一位老者走下舷梯。此人面目黝黑，一双眼睛如夜空亮星，浅灰色风帽遮不住一头银发，弯眉下垂，说话时露出一口整齐的白牙。我猜一定是汪曾祺，奇人必有奇貌。

　　代表团台上的中心是冯牧，台下的中心却是汪老，他幽默机智且妙语连珠，着实招人拥戴。汪老1939年至1945年在云南学习、工作了多年，安然如返故里，有诗曰："犹是云南朝暮云，笳吹弦诵有余音。莲花池畔芊芊草，绿遍天涯几度春。""笳吹弦诵"出自西南联大校歌，当年他是高才生，师从沈从文，对那段生活充满美好的回忆。一有机会便约三两人出去转转，大街小巷了如指掌，茶馆酒肆记忆犹新。

应邀到玉溪烟厂，汪老腹内渊博的知识随时外溢。他说烟于明清时传入中国，称淡巴菰，分水、旱、鼻、雅、潮五种。云南烤烟是 1940 年代从美国弗吉尼亚引进的。他几十年抽过的杂牌、名牌卷烟记得清清楚楚，打开烟盒抽出一支，摸一摸就知道工艺如何，闻一闻就能说出什么香型。品尝了"红塔山"，他概括为一个字：醇。当场作诗一首："玉溪好风日，兹土偏宜烟。宁减十年寿，不忘红塔山。"

联欢会上，作家们一人叼一支"红塔山"吞云吐雾，唯有我例外。汪老过来说："你怎么搞特殊！这么好的烟，五千里外还'气（妻）管炎'？"我说："那倒不是，老婆偶尔还抽一支呢，是我自己活到五十岁烟未沾唇。"汪老抽得似有醉意，眯缝着眼说："你是河北人，贵同乡纪晓岚嗜食淡巴菰，总纂《四库全书》时，叫人把书平摊在一个长桌上，他一边吸烟一边校读，围着长案走一圈儿，一篇《四库全书总目提要》就出来了。"汪老亲自点燃一支"红塔山"送来，我诚惶诚恐接过，猛吸一口，立时鼻涕眼泪，咳嗽连连，还说："您老不怕十年寿，小辈何惧一支烟！受戒了。"

玉溪烟厂西北山丘上，真有座红塔山，同烟标一样。晚饭后大家爬山看红塔，汪老也兴致勃勃上去了，偏偏下山崴了脚。搀下来涂药包扎，汪老说笑话："我这叫一失足非千里恨，出师不利脚先伤，跛行云南走一场。"

隔日游星云、抚仙两湖，汪老拄杖同行。连接两湖一条狭长水道，两岸古树参天，楼阁断续，如入画境。中途一块巨岩，上刻"界鱼石"三个大字。两湖流水相通，游鱼至此却折返，互不侵犯。是两湖深度不同所致，还是湖水温差使然？汪老只顾沉吟猜度，不料一阵风来，把风帽吹落湖中，两条系带摇晃似伸手呼救。汪老说："此帽随我数年，难以割舍，只是不知湖水深浅，莫敢如李白水中捞月。"失去遮掩，白发纷披，策杖颠行，酷似铁拐李，一身仙气。诗人李瑛一旁说："这抚仙湖就改名'落帽湖'吧。"

汪老也爱酒。代表团无人能陪，为助兴我就上去了。几杯下去汪老看出我的功夫，说发现了一名酒才，退回二十年得一较高低。汪老有古人遗风，酒后诗如泉涌，此时求诗易得，给高伟的诗是："湛湛两泓秋水眼，深深一片护胸毛。沙滩自有安眠处，不逐滩头上下潮。"给李林栋的是："踏破崎岖似坦途，论交结客满江湖。唇如少女眼儿媚，固是昂藏一丈夫。"内含茶余饭后笑料典故，看了令人叫绝，不亚于丁聪、华君武漫画效果。白面书生李迪眼有宿疾，害怕高原阳光暴晒，常戴一副墨镜，然而遮住眼睛遮不住鼻梁。有人说起了涅克拉索夫《严寒，通红的鼻子》，李迪无地自容。他也索句，汪老脱口而出："有镜藏眼，无地容鼻。"听者莫不捧腹，笑出了若干红鼻子。

泼水开始。最初是手指弹树枝，斯斯文文；继而盆泼桶倒，劈头盖脸；最后一条条水龙头都上去了，浇得人人成落汤鸡，浑身水流如注。整个会场脚下一片汪洋，人人"兴风作浪"，尽情地疯狂。泼水之后湿漉漉的人们自动排成队，踏着泥泞，踏着象脚鼓点，跳起了"嘎秧"。被泼水灌"醉"了的我们，在冯牧、李瑛带动下，摇摇晃晃，置身舞动的长龙之中，很快就进入了角色，找到了感觉。

回到车上，我们放浪的形神都收敛起来，甚至蹑手蹑脚，因为脚伤汪老没能跟我们一起下场狂欢。汪老笑眯眯地说："我什么都看到了。场上彩虹齐放，瀑布飞扬，我们被祝福得淋漓尽致！"好一个淋漓尽致，还有"我们"，汪老已经与大家融为一体了。

没有不散的筵席，愉快的"十五日夜走滇境，汪曾祺跛行云南"结束了。回到北京，我陪汪老从机场到他蒲黄榆家中，赵大年坐等已久，有好多话要说，我就告辞。临别，一向笑容可掬的汪老变得严肃起来，说："我看过你的散文，也可以写写小说了。"可悲我六年来未写一篇，无颜登门求教，汪老竟然去了。

怪人汪润

　　汪润是个怪人，他的事迹常被人当笑料，典型情节有二：其一，1947 年在平山县，给县委书记冯文彬当秘书，话不投机扭头就走，偏偏冯文彬还欣赏他，进京后任团中央书记，抢先把汪润调到中国青年报社。其二，三十多岁才结婚，爱人在北京，他在河北，咫尺之间牛郎织女。牛郎织女每年七月七还能见上一面，他们二人三两年也不团圆一次。汪润长期在张家口地区怀安县深入生活，每次回省会在丰台站倒火车，从不进京。别以为是在搞冷战，两人还很热乎哪，三天两头书来信往，每封信都超重，加倍地贴邮票。他那口子也是一个怪人，有一年冬天下班后，不打招呼就到了保定。下火车已是半夜，摸到汪润宿舍也不叫门。后半夜下起大雪，第二天丈夫起床，面前站着一个雪人。

　　1966 年"五一六"通知后，作家们都被召回参加运动。我是第一次见到汪润，果真有点儿怪，一身洗白了的毛蓝制服，打了多处补丁，一双黑老头儿鞋，前包头后钉掌，一顶旧前进帽，帽檐软软地盖着半个脸。因为衣肥人瘦，显得空旷，腰里系一条烂布条，可怜巴巴的样子。大家怪他老婆不体贴，他倒急了，打开箱子，棉衣、单衣、夹衣，应有尽有，就是懒得穿。运动初期矛头对准"走资派"，他只名列"牛鬼蛇神"，白天跟张庆田牵头的"黑帮"队到郊区劳动，晚上圈在牛棚里写交代材料，没受什么皮肉之苦。

文化人搞革命就是浪费纸张，大字报上墙，铺天盖地，小字报印传单，天南海北地发。批判田间、梁斌、李满天总会捎上一两句，包庇汪润，只言片语带出他有历史问题。

汪润1914年生于四川省乐山县沙湾镇——大渡河拐弯的那个地方。他不光与郭沫若同乡，还住在一条街上。不过他落生时大诗人已经离开四川，去日本留学了。八九岁时读到《女神》，被书中那种反抗黑暗现实、追求个性解放的革命激情所鼓舞，放学路上路过郭宅总要多看几眼，有几次还摸进小后花园，寻找诗人成功的秘诀，做梦都想有朝一日走出盆地，见见世面。但是他家里穷，年年春荒断粮，要到缓山去挖野菜。而郭家是财主，年年有三百担租子进账。出门需要钱，一个铜板一个铜板地攒，三年才攒了三块钱，而沙湾到南京的船费需要八十块大洋。

机会意外来了，镇上一个军官去南京，要雇一个挑担子的书童，汪润没花自己一分钱就到达了目的地。离开那个同乡，他考取了一所测绘学校，解决了吃饭问题。七七事变后急于抗日救国，先到苏北参加新四军，之后奔赴延安，进了鲁艺文学二班，与李满天、葛洛同期。在班上向组织交心时，把自己的一切和盘托出。万万没想到，那次出川之行占了小便宜，吃了大亏，查出他那位同乡后来上了庐山，还是中央军中将师长。从此汪润浑身是嘴都说不清了，成了审查对象。1938年从延安到敌后抗日，一路还被人监视，到晋察冀根据地控制使用，工作岗位从《冀晋日报》、火线剧社一直降为小学教员。汪润心里没鬼，枪林弹雨照常全心全意地工作，经过十年考验入了党。入了党怀疑还没解除，运动一来就翻旧账，背后嘀嘀咕咕，人前矮了半截。尽管没戴什么帽子，但头上还有紧箍咒，念得头疼，温吞水煮着，心煎熬着，让你自己专自己的政。

汪润三十多岁才结婚，爱人在北京高校教书，她父亲是台湾大学教授。当时的书香门第不是资本而是缺陷，彼此剩男剩女，经人撮合走到一起。历史问题加上海外关系，双料帽子压得汪润抬不起头来，不敢正常地爱、正常地生活。他们之间的关系是夫妻加难友，一对苦鸳鸯。

汪润自幼受郭沫若影响，酷爱文学，从延安鲁艺、华北联大、中央文学研究所到河北省文联，一路苦苦追求，一棵树上吊死。他具备了一个作家应有的修养和才华，百团大战时写了许多战地通讯，出版了《水上节日》《在林带线上》两部小说。

1957 年到徐水县漕河乡深入生活，投入农业合作化运动，写出六十万字的《风雨里的步伐》，因为与人所共知的徐水"大跃进"不合拍，未能出版。当时主持《蜜蜂》工作的同志是省文联党组成员，在平山同是天涯沦落人，与汪润一样因历史问题受歧视。后来他的问题查清了，摇身一变而为极"左"，领导反右时把编辑部十分之七的人打成右派。为了与汪润划清界限，处处与他为难。编辑部接到一篇小说《曹金兰》，署名杜河，他看出来是汪润字迹，压下不发。1959 年"反右倾"时又迫不及待地抛出来，与刘真《长长的流水》一起公开批判。一年后汪润又写了一篇小说《女护士的生日》，交给《蜜蜂》，二审通过，最后又被卡住了，指令要汪润删除一个重要情节，汪润不肯，改投《甘肃文艺》。那里要发表，来函外调作者政治情况，这位同志拒不签字，稿子又黄了。从此汪润罢工不写了，那时的专业作家，不写没人管，写了一准儿有人找碴儿。后来省文联上上下下醒过闷儿来，这位同志"形左实右"，群起而攻之，他自觉没趣，自己活动调走了。

　　学习班清理阶级队伍，过了筛子又过箩，把人按在开水锅里上下揉搓，下边烧水，没病也蜕一层皮。汪润是重点，受到特别关照，逼他承认国民党特务身份，一个班的军工宣队轮番批斗、熬鹰，二十四小时不让合眼。汪润就是不改口，说他是茅坑里的石头又臭又硬，干脆就罚他在厕所里反省，监视他的工宣队员擅离职守躲在门外，汪润才有机会打个盹儿。黎明工宣队员悄悄进来，在他身后观察，突然把他手上的检查抢过去，向副指导员汇报去了。很快全体紧急集合，副指导员气呼呼升堂，手里挥舞一张纸，狂叫汪润出列，吹胡子瞪眼地喊叫："你这狗特务，人老心不老，让你写检查你写情歌，'跑马溜溜的山上，一朵溜溜的云哟'，望乡台上摘牡丹，到死还取乐呢。"京剧《三堂会审》的一句台词，下力气制造的紧张空气又被自己轻易地破坏了。

汪润如实说："领导叫我深挖细刨，一挖就挖到家了。我家四川乐山，与康定同一条江上，从小就听这首歌，深刨它在身上的坏影响。"汪润是真诚的，眼角闪着泪光。久攻不下，副指导员又采取迂回战术，扯出他婚姻这条线："鱼找鱼，虾找虾，贾府的焦大是不会爱上林妹妹的。你的家庭与国民党门当户对，望庐山又想阳明山呢。"一下子捅到心窝子上，汪润病倒了。

长年"残酷斗争，无情打击"，汪润身心交瘁，终日愁眉苦脸，人们说他不会笑。其实汪润也会笑，轻易不笑的人笑起来更好看。恢复工作后，拉我跟着他走亲戚，平山、徐水有他许多房东、朋友，多是农民，见了面亲不够，话也多起来。在农民中间，他不受歧视，也没被怀疑，大家把他当亲人，他也感到自己是一个真正的人了。别看他破衣烂衫，鞋跋拉袜掉，给乡亲们花钱却很大方。1963年特大洪水，徐水一些老乡房屋倒塌，他给他们翻盖新房，置买家具。平山几家房东住医院，儿子结婚，孙子上学，他管了一代又一代。

　　1983 年汪润办了离休，时年月工资一百六十八元，以后他就只认这个数，多一分钱也不要。十年之后，工资应该涨到一千二百元，他还只要一百六十八元。的确平日他没什么开销，石家庄分房不要，还在保定住一间小屋，一张桌子、一个板凳、一个书架、一张木板床、一个蜂窝煤炉、一个老掉牙的半导体收音机，洗衣机、电视机、冰箱一概没有。有位朋友送给他一个煤气罐，他转手又送给一个上班的青年，说让他发挥作用吧，我退休了，有的是时间。去年失盗一次，小偷说他是个老作家、离休干部，以为一定有钱，翻来翻去，实在没什么可取之物，贼不走空，末了提了一捆旧报纸。汪润生活十分简单，一次我去看他，正碰上他开饭，一个烧饼、一碗玉米粥、一碟小葱拌豆腐，节俭是他一生吃不够的美食。日常消费不过肥皂、牙膏、信封、信纸，最大一笔开支是每年 11 月订报纸。一切都从一百六十八元中开支，从来没有向机关领过一张稿纸，也没有报销过一点儿药费、差旅费。但是张北地震时，一次捐款就是五千元。

　　汪润十年前住过一次医院，是被一个小伙子骑电动车撞伤的，缝了七针，没一句埋怨，反而不断安慰小伙子，怕他有压力。医院强迫他做了一次全面体检，都八十岁了还没什么大毛病，仅有两项不正常，营养不良和脊柱畸形。营养不良自己心里清楚，脊柱变形呢，想来想去明白了，1937 年闹过一次伤寒，七天七夜不省人事，送到太平间又推回来了，落下一个虚弱的体格。几十年体力劳动，越虚弱越咬牙，战火硝烟里扛炮弹、抬担架，和平年代背土、背粪、扛粮包，一个姿势老用右肩，久而久之，右倾了。

汪润身上有一种诗人气质，生性喜欢旅游。记得在唐庄农场割草喂猪，累了就仰卧在地上，伸胳膊展腿摆成个"大"字。他说走出四川知道中国之大，运动结束之后要游遍祖国大好河山，还设计好五条线路图：丝绸之路、白山黑水、江浙、湖广、云贵川。果然他离休后三五年就实现了。纯粹自费旅游，绿皮火车，逢站便下，吃住多在小旅馆、大排档。去阳关，骑骆驼，住大车店，染了一身虱子。去满洲里，过草原，穿林海，还遇见过一次东北虎。问他回过沙湾吗，长叹一声，泪如泉涌，缓山若水，父母弟妹常常梦里相见，真的走到家门口又犹豫了。那次从昆明坐火车回老家，到乐山，在站前大街徘徊良久，踏上去沙湾的船又下来，原路返回，说不上什么原因。那次出川之路不堪回首，伤透了心。弯弯的、长长的大渡河，是他生命的脐带，一辈子没有脱离，一辈子没有甩掉，也让我明白了他的笔名为什么叫杜河：公欲渡河，公无渡河。

几天前我又到保定，看汪润精神很好，那种由衷的愉快不是什么人逢喜事，而是长期痛苦的停息。情不自禁地当面走来走去，让我看他的身板，汪润这个人就是怪，那个卑躬了多半辈子的腰竟然挺直起来，大大方方地走路了。他说是这几年强迫锻炼的结果，并且悄悄告诉我，还在重新拿笔写作，写自己，可惜有几份资料夹在报纸里被小偷拿去了，害得他天天翻找，找了几个月。

真为汪润高兴，问他何以如此，换了个人似的。汪润说是忘忘忘，忘年，忘我，忘掉过去。

哀 谷 峪

1952年上初中，语文课本有李准的《不能走那条路》，谷峪的《新事新办》，南李北谷，被称作新中国文学天空的双子星座。

谷峪1928年生于武邑县农村，现今属衡水市，抗日战争以后归冀南行署。十八岁进入行署艺术学校，毕业后分到冀南文工团，写剧本，演唱，小有名气，被誉为"冀南小才子"。他从小想象力丰富，八九岁时，一天忽然在街上说："坏了，俺家招贼了。"追问时他说："俺娘又生了个弟弟，还不分我半个家产。"冀南三大才子是王任重、任仲夷、李尔重。1949年7月1日，河北省文联与省政府同时成立。冀中区党委接管天津，冀南、冀东和部分冀中干部组建河北省委。文化人中，冀中的王林、方纪、孙犁分到天津，冀南的申身、赵起扬、刘艺亭，冀东的陈大远，冀中的远千里、胡苏组建河北省文联。谷峪任编辑组长，定为行政十四级，享受县团级待遇。

1950 年颁布《中华人民共和国婚姻法》，实行一夫一妻制，反对包办婚姻，提倡自由恋爱，是一件破天荒的大事。文艺工作者们积极投入工作，舞台上有赵树理的《罗汉钱》、阮章竞的《赤叶河》、付铎的《五秀鸾》。小说界则首推谷峪的《新事新办》《强扭的瓜不甜》，茅盾先生在《人民日报》发表《评谷峪的〈新事新办〉等三篇小说》，给予了当时最高的评价。

1953 年春节，我们村的剧团排演秧歌《新事新办》，我演了个群众角色，编剧兼导演李彦云是谷峪冀南文工团的战友，说戏时也说谷峪的奇闻逸事。说谷峪不像小说中男主角那样英俊，而是傻大黑粗，眼小嘴大，不爱说话。媳妇长得漂亮，所以恋家。经常一边喝着小酒，一边眯缝着小眼看媳妇，晕晕乎乎。前几天改编剧本到保定省文联找他，只见他脸上横三竖四挂着彩，不用说是媳妇抓的。谷峪说大家都知道我写了《新事新办》，可老婆脑袋后边还梳着个纂儿，老封建形象，好说歹说劝她剪个莲毛态儿，老婆死活不干，说是她的命根子，剪了没法儿回去见乡亲。万般无奈，趁她睡觉时，拿把剪子咔嚓一声给她剪掉了。老婆用手一摸，没命了，跳起来厮打，不吃不喝，闹腾了两三天也就认了，谷峪说这就叫革命。李导演说想把这件事写个剧本，就叫"新事旧办"。

1950 年代河北文坛谷峪是主角，一连出版了《新事新办》《汗衫》《嫩芽》三个短篇小说集，电影《两家亲》公演了很长时间。省文联关门下乡，作家们各自深入生活，谷峪选择了邢台县山区。那时没有公共汽车，骑小毛驴一天一夜赶到将军墓。将军墓是山区重镇，周围望不到边的深山老林，山清水秀，物产丰富，还有许多人文景观。浆水村是古襄国的都城，路罗村是鹿钟麟河北省政府所在地，前南峪是中国抗日军政大学总部的驻地。新中国成立前后这里出了王俊生、郭爱妮、王奎泽三个全国劳模，是文学创作的风水宝地，秦兆阳、乔羽、王昌言、苑纪久等纷纷上山淘宝。谷峪来到折户村，住在郭爱妮家里，同吃同劳动。1962 年我来邢台县工作，自然也先来拜山头。提起谷峪，郭爱妮说："那可是个大好人，满肚子学问不善言辞，不笑不说话，一说就结巴。一次兴冲冲进屋门，说大嫂子大喜临门了，你那黑媳妇快坐月子了，好生伺候吧。一句话说了我个愣怔，俺那小子才十来岁，有《婚姻法》了，谁还敢早婚。原来他是开玩笑，指俺圈里那口老母猪。"郭爱妮是灾荒年逃难上山的，给郭家当童养媳。裹着小脚跑工作，抗日战争时期就搞变工、互助组、合作社，浑身上下都是故事，谷峪正琢磨以她为原型构思一部长篇小说。

1954 年谷峪进入中央文学讲习所，被所长丁玲亲自选为私淑弟子，重点培养。1956 年初，周扬在《人民文学》发表文章，批评谷峪的《草料账》有自然主义倾向，"走在危险的道路上"，"脱离人民生活，大多时间不是去参加群众斗争，而是回到他乡下家庭去了"。1956 年 6 月起，《河北文艺》被迫展开《草料账》

的讨论，一论就是半年。河北的作家和评论工作者都是土八路，不知自然主义为何物，东一榔头西一棒槌，越批越糊涂，为此落下一个话把儿，"算不清的草料账"。谷峪也被打晕了，不知哪头炕热了，土好还是洋好。从北京回到保定，他和张朴穿着西式背带裤子，走在西大街上，屁股后边跟着一伙小孩子看稀罕。那时大家都没个准主意，不少青壮年崇尚苏联，穿大花格布拉吉，一种文化错乱，主体性意识迷失。

然而，周扬的批评没有暗淡了谷峪头上的光环。9月他被选为代表，出席了中共八大，不久又出访尼泊尔，是当时中青年作家享受到的最高待遇。回来又参加首届全国青年作家代表大会，被众星捧月地请到主席台上，赢得了热烈的掌声和鲜花。开幕式后，丁玲就带着他和李准到北大荒访问。李准写了电影剧本《老兵新传》，谷峪写了《萝北半月》《森林日记》《挂起防火墙》《王本巧》等散文，在《人民日报》连载，人民文学出版社出版了《萝北半月》。连我都看出语言风格有了变化，带了点洋味儿，也许是周扬一棒子打的结果。1957年，十五万字的《石爱妮的命运》在全国唯一的大型期刊《收获》连载，好评如潮，年方二十五岁的谷峪写作艺术迅速达到巅峰状态。

进入1957年，许多中国知识分子遭遇了一场灾难。首先打出个丁（玲）陈（企霞）反党集团，不久丁玲又被打成"右派分子"，罪状之一是"一本书主义"。1951年长篇小说《太阳照在桑干河上》荣获斯大林文学奖，一位苏联朋友寄来托尔斯泰的《战争与和平》《安娜·卡列尼娜》，精装烫金封面。丁玲指给学生们说："希望你们能拿出这样一本书来。"后来学员白朗出版了《为了幸福的明天》，丁玲又说："只要写出一本好书，别人就打不倒你。"

反右运动向纵深发展，在"树茎连树根"的口号下，对文讲所所有学员穷追猛打。河北文联副主席、《蜜蜂》（1957年1月《河北文艺》改名《蜜蜂》）主编刘艺亭被定位成反党小集团的头子。省文联业务精英几乎被一网打尽，"右派分子"占了编辑部的半数，全机关的四分之一，以至于召开批判大会还得从各地、市文联借兵助阵。尽人皆知，谷峪是丁玲的大弟子、大红人，自然沦为重点打击目标。但是在河北省文联反右运动第一阶段，他竟然侥幸逃过一劫，文艺界反右五人领导小组中的远千里、李满天用尽心机保护他。还有个原因就是谷峪结巴，鸣放大会没怎么发言，也就没辫子可抓。

反右总结大会，宣判名单中没听到谷峪的名字，他吓出一身冷汗，得了一场病，从此听不到他结巴了，因为基本上不说话了。开座谈会也没说话，交了一篇发言稿，说"要像射出去的子弹一样到农村去，绝不回头"，登在《河北日报》上。那时我天天看报，关心熟悉的作家，甚为谷峪感到高兴。没想到他躲过初一，躲不过十五，追补个"极右"。听到宣判，谷峪长出了一口气，心里反而踏实下来。半年中一颗心悬着，别人说他漏网，自己也感觉像一个逃犯，白天心惊肉跳，晚上做噩梦，惶惶不可终日。常常想起丁玲、刘艺亭他们，师生之情，兄弟之谊，他们那样的"右派言论"没说过也想过，怎么大家都划为"敌人"自己还逍遥法外，不大仗义，甚至有点儿背叛的感觉。现在心安理得了，他想请苑纪久吃饭，可怜他小小年纪也成了同类。《石爱妮的命运》出版了，又封存了，可是稿费已经到手，不花白不花，说不定和土改斗地主一样，浮财也被没收去。谷峪是农民出身，平时省吃俭用，不乱花钱，甚至有点儿抠门儿。这次大方起来，小白楼、黄家花园，哪儿好去哪儿，啥贵点啥，今天脱下鞋和袜，不知明日穿不穿。

　　谷峪被押解到沧州地区静海县团泊洼劳改农场，当年林冲发配的地方，苦海沿边，洼大村稀。这里集中关了京津一批"右派分子"，画地为牢，自建囚室，开荒种地，睡窝铺，喝苦水，生存方式与盐碱地上的鼠类没什么两样。白天折磨筋骨，晚上摧残灵魂，坦白交心，互相揭发。开始谷峪忍着，没有失去生活的信心，还对苑纪久说，这是一部好长篇的题材。后来被派去建房队当小工，为瓦工供泥。那瓦工是个服刑期的刑事犯，在监狱学会了欺生，要给新来的谷峪杀威棒。一边抽着烟卷儿砌砖，一边用瓦刀指挥，左边左边，右边右边，多点多点，少了少了。烟抽了半截放下活来接一根，他美美地吸着烟，让谷峪端着十几斤重的泥锨不许放下，谷峪瞪了他一眼，他还火了，把瓦刀一摔："呀呸，瞪什么瞪，不好生改造，还给老子较劲。咱家是什么？刑事犯，有期，干完十年走人。你什么玩意儿？政治犯，无期，老死在这苦海沿边吧！"谷峪哪儿受过这等羞辱，举起铁锹大吼："老子还是共产党员，拍死你这狗日的！"与刑事犯打了一架，与劳教人员吵了一架，便成为"死不改悔"。苑纪久他们一个个摘了帽子，回机关去了，谷峪还看不到出头之日。头上的帽子越来越重，咬咬牙破罐破摔，辞去公职回家为农去了。

一家七八口回到武邑，转为农业户口。正是三年困难时期，每人每天四两口粮，人人饥肠辘辘，肚里响雷，遍地是贼。等不到庄稼熟，就抢着吃青。谷峪教育自己的孩子："冻不死不烤灯头火，饿不死不吃攫来食。"多年积攒下来的稿费都交给黑市了，一块钱一根萝卜，七八块钱一斤山药干。存折上最后一个数字填进牙缝以后，全家的指望就是老婆养的几只老母鸡了，鸡屁股是银行。听张峻说过一个故事：谷峪的孩子买课本，需要九个鸡蛋，攒够八个蛋只差一个了，他蹲在鸡窝外面等呀等，一等不下，二等也不下，母鸡受了干扰，难产。窝里的母鸡、窝外的谷峪，憋得脸一样红。苦苦等了两个半小时才有了结果，谷峪拿起热乎乎的鸡蛋就往外跑，那只母鸡在后面扯着嗓子叫"咕咕嗒呀，咕咕嗒呀"。

熬过了三年困难，分了自留地，谷峪认命了，扑下身子在生产队劳动，靠工分吃饭。不想命运正像秧歌剧里一句歌词："要说穷，就是穷，穷人命中注定穷。走得慢了穷赶上，快走几步赶上穷。""四清"运动来了，粗线条，细线条，阶级斗争的弦越绷越紧。"地富反坏右"五类分子，乡亲们不再把他当作冀南才子、村里的骄傲，而认为给祖宗脸上抹了黑，政治犯，比"四不清"干部还臭，连小孩子都向他吐唾沫。公社开大会，总要把他拉去批斗。除了夏天，身上老穿件呢子上衣，腰里系根草绳，笑着说："我现在成角儿了，缺了我，开场戏怎么唱。"上黑榜，剃光头，扫街，淘茅坑，大会小会拉出来斗。谷大嫂有统计，斗过二百二十二次。挨斗就罚跪，会开多久，人就要跪多久。有的愣小子使坏，让他跪砖头、煤渣，膝盖都硌破了。大嫂心疼，偷偷给他做了个垫子，套在膝上，掩在裤子里，从此膝盖磨不烂了。这个情节是谷峪后来的一篇散文中提到的，感谢他患难与共的老妻。大队搞阶级复议，他家原定富裕中农，他也要求复议，写了大字报《富裕中农不富裕》。革委会火了，也贴出一张大字报："粉碎阶级敌人反攻倒算，经研究决定，即日起，谷五昌（谷峪本名）成分升为富农。"

粉碎"四人帮"，省文联办《长城》丛刊，张峻主持工作，想拉谷峪一把，借他来当编辑。村里回信："谷峪是限制使用人员，出去可以，得算搞副业，每月三十元交生产队。"谷峪来了，编辑部每月再给他十五元生活补贴。我去看谷峪，大吃一惊，心目中的冀南才子已经被改造成彻头彻尾的老农，刚五十岁已呈老态，呆头呆脑，目光呆滞。吃过晚饭就昏昏欲睡，说是在农村买不起灯油，日出而作，日落而息，形成习惯。当年下笔千言、倚马可待的才思，已经消磨殆尽。他说思维短路，提笔忘字，写一篇千字文都很吃力，哪里还是那个冀南才子，哪里还是那个叱咤风云的大作家！那个谷峪早已被政治运动扼杀了，留下来的只是一个人证。

1979 年改正错划"右派"，谷峪回到省文联，谷大嫂也回来了，可是五个子女不能随迁，政策限定十六岁。儿子已经结婚生子，留在乡下倒也罢了，自己也是农民出身，不觉得低人一等。只是两个小女儿尚未出嫁，其中一个因为精神受刺激，病病歪歪，谷峪放心不下。多亏老友李庆番帮助，开具各种证明，恳请省委组织部，才得以批准。

不知是挨整怕了，还是真想开了，说起过去，谷峪完全没了锐气，神情漠然，轻描淡写，说种庄稼哪儿能老风调雨顺，谁还不碰上个灾荒年，坦然大度恰似恩师丁玲。丁玲打听到谷峪的情况，1980 年夏天邀请他重回北大荒"探亲"，旧地重游，散散心，完全为了这个学生。北大荒对丁玲永远是个伤心地，在这里劳动改造了二十年。她带着谷峪走访了几个农场，会见了一些老朋友，便先回北京去了。谷峪在这里又住了一个多月，找回了部分激情和信心，脑力也得到一些恢复，写出了《春归雁》等一批散文，在《北疆》《北京文学》发表，1983 年人民文学出版社结集出版，虽说艺术水准还没有达到昔日的高度，但是对我们这些苦等了二十多年的读者来说还是看到了希望。

正当大家盼望谷峪"王者归来"时，这条汉子却被一阵凉风吹倒了。1984 年在塞罕坝林场看到郁郁葱葱的林海，他兴奋不已，仿佛又回到将军墓的大森林，回到萝北县的青纱帐，多喝了几杯，身上发汗，当晚就"风雨袭虚，病起于上"（《黄帝内经》语）。次日脑病复发，赶忙回石家庄，就再也没有站起来。他的最后三年是在轮椅上度过的，见人就傻笑，就流泪，这种表情深深地刻在我心里。那傻笑让我永远感到心酸，不知是笑他自己，还是笑那个时代。

老天不公啊，谷峪的不幸可以找到诸多原因，比如他刚直不阿，比如他曾经一帆风顺。可是还有个问题在我脑子里缠绕，从谷峪想到李准，同是 1928 年生，同是文坛双子星座，同访过北大荒，反右时又同是重点对象，但是李准被保下来了，后来当上中国作协副主席。同样有人爱才，河北的伯乐却爱莫能助。

忆顾随先生

1958 年到天津，上河北大学，感觉进了天堂。一是食堂，早餐油条豆浆酱菜，午晚一荤一素，荤者对虾海鱼，素者烧茄子炒土豆之类。我这乡下穷孩子，见所未见，闻所未闻。比起初中一天三顿小米干饭，高中一年到头玉米饼子萝卜条汤，一步登天了。二是课堂，中文系八大教授，课课豪华盛宴。先不说顾随、黄绮，教现代汉语的张弓是我国现代修辞学奠基人之一，1926 年就出版了《中国修辞学》。教古汉语的裴学海，与北大王力齐名，1935 年出版《古书虚字集释》，高校文科师生人手一册。教唐诗的詹瑛，著有《李白诗论丛》和《李白诗文系年》。教外国文学的雷石榆，左联诗人，曾留学日本，著有《日本文学简史》。教古文的韩文佑，博学多闻，张中行称之为"北方大儒"。魏际昌是胡适的研究生，著有《桐城古文学派小史》《孔子教育思想》等。

　　1957 年 1 月 25 日，瑞雪纷飞中，载有十八首毛泽东诗词的《诗刊》创刊号问世，全民欢腾，释家纷起。1958 年河北大学中文系因为拥有两位诗词大家，在全国高校首开毛泽东诗词课。

　　教一、二年级的是黄绮，江西修水人，黄庭坚嫡传后人，西南联大青年才俊，闻一多的助教，唐兰的研究生。早年以诗词闻名，收入《归国谣》《无弦曲》，朱自清称其"有李清照词风"，吴梅称其"可入稼轩殿堂"。后攻文字学，有《部首讲解》《解语》《说文解字三索》等著作，擅长从修辞、音韵入手，条分缕析，字斟句酌，娓娓道来。他还是书法篆刻大家，板书也是独创的铁戟磨沙体，金石有声。

　　教三、四年级的是顾随，邢台清河人，"五四"以来最负盛名的"苦水词人"，《无病词》《味辛词》《荒原词》风靡二十世纪二三十年代，辅仁大学中文系主任，讲授诗词曲赋，在北京各大学挂头牌，名头如京剧生界谭鑫培、旦行梅兰芳。先生曾应邀到南开大学讲词，如数家珍，妙语连珠，讲韦庄"骑马倚斜桥，满楼红袖招"，顺口蹦出一句："嘿，到女儿国了！"满堂喝彩。"顾随热"在南开园持续了两三个月，许多学生以用先生的腔调诵诗为荣。天津报刊、《河北大学学报》和《青年文艺》上，不断看到先生新作，歌颂新生事物。《蝶恋花》："西出阳关迷望眼。衰草粘天，山共斜阳乱。一曲《渭城》多少怨？歌声三迭、肠千断。　　风景非殊时代变。山要低头，人要埋头干。千里龙沙金不换，石油城在盐湖畔。"《鹧鸪天》："唐代王维孟浩然，擅名诗作写田园。高风千古陶元亮，带月荷锄陇亩间。当世事，异从前。更新思想复支援。试看集体农民力，土变黄金水上山。"我也兴奋极了——能为顾随词中人。

得陇望蜀，听了黄绮更想顾随，求得高年级同学帮助得以旁听。因为是先生的课，大家早早抢占座位，本系外校老师们挤在后排。因为有点偷听之嫌，我侧身角落，屏息凝神，生怕漏掉一个字，心咚咚跳。

时值初冬，先生被搀扶着登上讲台，依次放下手杖，解去围巾，摘了绒帽，脱掉长袍，仅剩下缎子小袄，抬头亮相。六十岁出头已现老态，面容清癯，精神矍铄，须发半白，仙风道骨。回头在黑板上写下《十六字令三首》：

> 山，快马加鞭未下鞍。
> 惊回首，离天三尺三。

> 山，倒海翻江卷巨澜。
> 奔腾急，万马战犹酣。

> 山，刺破青天锷未残。
> 天欲堕，赖以拄其间。

六行字一片烟云，粉笔有毛笔效果。半行半楷，欧体，工丽秀美，书卷气十足，学过沈尹默。

下面开讲，小令做起大文章，四十八个字足足讲了九十分钟。以李白"山从人面起"起兴，层层深入，由山到人，由人到山。第一首说山之高，第二首说群山之动——"山高""山动"写外表。第三首，"刺破天""拄其间"写精神，先破后立。每首自成一体，合起来是整体。诗的思维运动着，发展着。先生讲课不带稿子，绝不重复别人。先生是诗人，诗人论诗，与作者息息相通，把自己的感受启发、精思妙意，深入浅出、出神入化地表现出来，也把听者带入诗的意境中。先生学问深厚，经验丰富，旁征博引。以剑论山，扯出柳宗元的"海畔尖山似剑铓，秋来处处割愁肠"，苏东坡的"割愁还有剑铓山"，二位只割自己的愁，毛主席却让它"刺破青天"；以马喻山，辛弃疾是"叠嶂西驰，万马回旋"，"青山欲共高人语，联翩万马来无数"，辛弃疾的山是马，主席的山是战马，而且是酣战之马。不但有艺术手腕高低之区分，而且有胸襟、世界观之差别。

台上的先生，全然忘我，陶醉在诗意之中，神采飞扬，不时有妙语惊句冒出。"'惊回首，离天三尺三'，好家伙，原来如此近！'奔腾急，万马战犹酣'，好不痛快！""信不信由你，也不由你不信。"讲着讲着就跳出文本，引申到"小我"与"大我"、生活与创作、形象思维与逻辑思维等艺术理论上来，说主席是写景的圣手，因为他有神圣的阅历，有伟大的思想才能写出伟大的感情。精深的内容分析加上精湛的表达技巧，京腔京韵，甚至京白，抑扬顿挫，跌宕起伏，腾挪跳跃，包袱迭出，如听马连良的念白、刘宝瑞的单口相声，超乎寻常的艺术享受。台下师生，随着先生的声容手势，一呼百应，前仰后合，笑声雷动。从未见过一位教师讲课，如此叫座，这样迷人！

听一课我醉了三天，想近距离领教一次，还找到了借口。高中演《玉堂春》，听说王三公子是曲周人，专门跑去，找到了王家墓地和苏三坟。真有个明朝南京兵部尚书王一鹗，对上戏里唱词："哪一位去往南京转？""他本是兵部堂前三舍人。"可是王家后人不承认，《广平府志》上说王兵部只有一子，何来王三，没有王三何来苏三？先生在广平府上了四年中学，临近曲周，想必知晓。课余时间我就常在中文系门口转悠，终于有一天截住先生，期期艾艾，冒昧提问。先生听到乡音，看我撅肚小袄大裤裆，忍不住笑了，用冀南话问："你是哪一湾的？"回说顺德府唐山县。那是旧时的称呼，后来改称尧山、隆尧。先生又说："离俺们村最近的一座山，四月初一大庙（会）有名。你问的问题去查'三言两拍'。"我扭头飞一样跑到图书馆，果然在《警世通言》第二十四卷，找到了《玉堂春落难逢夫》，惊叹先生的记忆力。

先生的毛泽东诗词课，我又听了七节，越听越上瘾，还上过一次大课，讨论文学朗诵。先生即席讲话，说朗诵不是大声说话，除了激情，还有艺术，轻重缓急，音韵节奏。三句话又扯到京剧上，七分念白三分唱，丑角塑造人物，主要靠念白，自己交代自己。王长林演《打渔杀家》，鬓角贴块膏药，表明被肖恩打伤了，反复说的那句话："请安来啦，问好来啦，催讨渔税银子的来啦！""银子"也是一块膏药，演员把银子的"子"字咬住，把"的"儿话音拉长，绷紧，喷出来，响脆，俏皮，刻画人物的无赖、混混儿。几句话让我记了一辈子。

1960 年暑假回校第五天，传来先生逝世消息，悲痛不已，向着马场道先生住所方向三鞠躬，默哀良久，从此天下再没有顾随了。可叹先生出身农村，毕生躬耕文学，牛的耐力，龙马精神，鞠躬尽瘁，灯油熬尽。作为先生最后一批学生，忝列门墙，仅仅两年，且生性愚钝，难得先生沧海之一粟。不过，有两点源自先生：爱好京剧，学做杂家。

周总理在震中

20 世纪 60 年代，冀南多灾多难。三年困难刚过，1963 年特大洪水，1964 年持续干旱，1966 年倒春寒，2 月 4 日立春，19 日雨水却下了一场雪，3 月 6 日惊蛰，8 日隆尧地震。当时我正与田间、李满天在临西县写吕玉兰，隆尧正是我的家乡，老母独居乡下，不知吉凶。二位领导催我回去，不通公路，绕道邯郸，到邢台已经夜两点，地委大院灯火通明，一片忙乱。办公室转告，老母托人到任县打来长途电话，说震中在县东北，我家在县西南，平安无事，防震棚也搭好了，让我安心工作别回家。父亲早年牺牲，母子相依为命，母亲事事想在儿前，让我很感动。由自己的母亲想到灾区更多母亲，不等天亮就爬上救灾的卡车。

车队向东北急驰，车上人谁也不说话，能听见彼此紧张的心跳。邢家湾下路往北，车在频频余震中颠簸、跳动，车尾的人不断被甩下来。进入隆尧地界，眼前许多纵向地裂，一两尺宽，喷水冒沙，井水外溢，一片泥泞。弃车爬上滏阳河堤，河道没了，两边大堤挤压在一起，合成一道土梁，土梁又被一条条地裂切断，上下错位一两尺，咬牙切齿的样子。河上几座桥还在，已是面目全非，桥墩倾斜，桥面移位，岌岌可危。

计算行路时间，目的地应该到了。可是眼前没有了村，马栏、白家寨、任村、枣驼四村变成一片逶迤的丘陵。走近看尽是土堆瓦砾，梁柱门窗横躺竖卧，箱柜桌椅东倒西歪。马栏村只剩下半截土墙，好像坟场上一块残碑，上千人的村庄震亡300人，白家寨灾情类似，全公社死亡4628人。任村一块地基条石枕在一道大裂缝上，人们说最初张开五六尺，喷出水柱一丈多高，一头牛两头猪掉下去，连叫唤声都没传上来。看表上午8时，太阳没出，阴天沉重地压下来。活着的人个个灰头土脸，面无表情，急着挖人挖粮，十指滴血。只有大大小小的树木还挺立着，枝头挂满白幡，在寒风里摇曳，窸窣窣，哗啦啦，替人唏嘘、哀号。

这里是黑龙港流域，盐碱地夏天水汪汪，冬天白茫茫，种一葫芦打两瓢，如今更是霜上加雪了。废墟死一般寂静，听不见哭声，连鸡犬也都惊哑了。不到24个小时，突然鸡叫了，狗咬了，告诉人们救星来了，工作队、解放军、医疗队都来了。匆匆人流中见到了县委书记张彪，我父亲的一位战友，正忙着组织人员，分发空投的馒头、大饼。发了多半天他自己没沾上一口，下令外来的干部不许与民争食。天快黑了，听到我肚里咕咕叫，让我跟他一道回县城。城里房屋也倒了七八成，把我安排在防震棚里，急匆匆走了，说中央首长要来。半夜回来把我叫醒，显得格外兴奋，大声说你猜谁来了，我们的周总理。

张书记眼含热泪说，3月8日凌晨，忙碌一天的总理刚刚躺下，地震了。这是共和国成立后第一次地震，总理如临大敌，核实情况，召开紧急会议，布置一番后9日上午便乘专机赶到石家庄，听完省委和驻军领导汇报，就要亲赴灾区，并劝说随来的地质部部长李四光先不要去冒险，知道他血管瘤严重。晚上9时半到冯村火车站，乘驻军的吉普车直奔隆尧。地震指挥部设在县招待所，城里剩下的唯一的三层楼房，砖木结构。电路震坏了，会议在昏暗的马灯下进行，总理坐在一条旧沙发上，一字一句地询问，不断插话。时间不长发生强烈余震，墙体摇晃，门窗嘎巴作响，墙皮开裂，白灰纷纷落下。大家惊慌失措，劝总理出去躲一躲，总理连眉毛也不动一下，坐在原地稳如泰山，镇静地说："不要紧，大家要沉住气。这座楼是新盖的，它要是倒了，群众的小屋不都平了？继续开会。"掌握基本情况后，总理要求："今明两天把灾情统计好，给我汇报。一个星期把秩序恢复起来，转入正常的生产救灾。"11时会议结束，总理摸着黑原路返回石家庄。

第二天随张书记又回到白家寨，听说中央首长要来慰问，群众纷纷赶来，打谷场聚集了2000多人。我在穿公安制服的人员中发现了赵行杰，时任县公安局局长，去年在那里搞"四清"时认识的，曾是周总理的警卫员。我心里暗想，八成周总理又要来了。下午3时，一架直升机降落在白家寨田野上，果然周总理出现在舱门口，没戴帽子，没穿大衣，只着一身青蓝制服走下舷梯，头发和衣角被寒风吹起，踏着残雪向群众走来，握着白家寨公社书记杨世英的手问："你多大岁数啦？"回答43岁，总理说："记得抗日战争吗？八年抗战我们打败日本鬼子，那是和阶级敌人做斗争，这次是地球底下的敌人，要和地球底下的敌人做斗争。"这句话说得非常坚强有力。

看到总理就看到了亲人，灾民们脸上立时阴转晴，干涸一天多的眼里又涌出泪水，争先恐后想和总理握手。总理善解人意，绕场一周，频频招手，当即说开个群众会。事先准备不足，没有桌子，赵行杰急中生智，让解放军找来两个盛救灾物资的木箱，拼成一个讲台。群众立刻静下来，前排坐下，中间蹲着，后排站着，我个儿高，自觉站在后面。要讲话了，总理又发现方向不对。安排他面朝南讲话，一个人背风，群众就要喝风，立刻绕到会场后边，让大家向后转，换了180度。这一来倒让我沾光了，后排变前排，看得更清楚了些。比起3个月前，在北京开青年作家会接见时，总理显得苍老了不少，都是这可恶的地震闹的。

"同志们，乡亲们，你们受了灾，损失很大，毛主席让我来看你们。"总理面向北方，任尖利的寒风夹着雪粒、尘土打在脸上，因为话音要与风声较量，嗓门一再提高，显得有些沙哑。最后还是风认输了，渐渐地平静下来，和群众一起听总理举起拳头高呼口号："自力更生，奋发图强，重建家园，发展生产！"两千群众站起来，高呼十六字方针，气势排山倒海。

会后总理踏着断续的余震，爬上高低不平的废墟，低头走进老农王根成的防震棚，摸摸棉衣，按按棉被，心疼地安慰、鼓励："你是老党员，要带头干，还要教育好娃娃，鼓起干劲，重建家园。"以后是军人家属于小俊、民兵连长国永录等7户，临出村，第三生产队队长国振清，用粗瓷碗从水桶里盛了一碗凉水递给总理，总理接过来一饮而尽。直到太阳快落山了，才离开白家寨。没想到仅隔12天，邻县宁晋、巨鹿又发生了7.2级地震，4月1日周总理又第三次来到现场，一天内连续视察了5个受灾村庄，在何寨防震棚里还碰上了作曲家劫夫和诗人洪源。

几天后，一首名叫《天大地大不如党的恩情大》的歌曲，在邢台地震灾区诞生，并迅速传遍全国。四句歌词不完全是创作，是从群众大会发言和"四清"工作简报上摘录、串联起来的，但是确实代表了地震灾区人民的心声，充分表达了人民领袖和广大群众的关系。乐曲优美动听，百姓喜闻乐见，隆尧人听了尤为亲切，几十年了，我几乎还天天唱它，希望总理在天之灵能够听到。

风
情

火的记忆

1939 年我出生在冀南农村，睁开眼一片黑暗社会。这个"黑暗"不仅仅是政治术语，而且还是真真切切的现实，黑灯瞎火。先是日寇占领，后来国民党封锁，把解放区圈得近似一个原始社会。

那时不仅没有打火机，连火柴也极为罕见。老百姓管火柴叫"洋火""洋取灯儿"，像枪支弹药一样犯禁，百姓上下火车，出入城市，都要被盘查搜身，不准一根火柴流入解放区。然而火却是百姓须臾不可离开之物。神话说普罗米修斯盗火，人间才有了光明；科学说钻木取火，是人类进化的第一步。没了火，还不退回茹毛饮血的时代？

农民是智慧的，"自力更生，丰衣足食"，其中重要的一项就有火种的获取。办法之一是火镰，与钻木取火差不多。火镰是一种月牙形的钢板，一寸多长；配以火石，学名燧石，颜色黑亮；再加上硝纸，一种易燃的火绒，松软如棉。用火镰击火石冒出火星，落在硝纸上就冒烟，用嘴吹几下，火星就扩大。这时再拿来"笨取灯儿"，麻秸秆蘸上硫黄，接触硝纸上的火星，就会燃出火苗来。

办法二是火绳。把地里一种蒿草，割下晒几天，编成草绳。这种蒿草质地结实，加上编得细密，燃烧很慢，似燃非燃，徐徐冒烟，秋天还可以挂在屋里熏蚊子。一根火绳五六尺长，能燃一天一夜，烧完了再续一根，成为不灭的火种。用"笨取灯儿"一点，就能烧饭。家家秋天割蒿子编绳，堆半院子，够用上一年的。

我家孤儿寡母，没人吸烟，也没有火镰，人手少秋天抢不到蒿子，没多少火绳，就要借火。拿一两根秫秸或玉米秆，叫引火柴，到街坊邻居家灶膛里一伸，燃着了赶忙往家走，跑快了火会被风吹灭，走慢了秫秸烧尽，就该烧手了。那一年大雨七天七夜，什么都发潮发霉，火绳硝纸都不能用了，家家停火断顿饿肚子。我站在街上瞪大眼睛看呀看呀，忽然看见西街有一家房子冒了烟，回家从炕席底下抽了一把谷草就往那儿跑。跑进那家一看，引火的人排成了一队。轮到我，点着谷草往家跑，只顾看火苗忘了看路，扑通一下掉进水洼里。母亲拉我出来时，小手还死死地攥着那把谷草。谷草流着水，像我们娘儿俩的眼泪，滴滴答答。

与火相连的是灯。虽然爱迪生发明电灯快一个世纪了，上海、北京等大城市灯火辉煌，但是对农村来说，电灯还是一种神话，家家户户用的还是几千年来的油灯。油是用棉籽、花生榨出来的，没经提纯，黑乎乎的，叫黑油。灯具是陶制的，像马王堆挖出来的文物那样，矮的叫灯碗，高的叫灯台。用棉花搓的灯捻儿，灯光微小。老婆婆给孩子出谜语：豆来大，豆来大，一间屋子盛不下。

春夏秋三季，农民日出而作，日入而息，没有灯也还能将就着过。到了冬季，漫漫长夜，就难熬了。男人们挤在一起，摸黑儿讲三国、讲笑话、讲鬼故事。女人们闲不住，凑到一盏灯下纳鞋底儿。鞋底儿用旧布碎布，不用白布。白布用灯烟一熏，白鞋底儿就变成了黑鞋底儿。强悍的女人抢亮儿，紧靠灯下做活儿，你看吧，第二天白脸蛋准变成了黑包公。

打败日本兵，建立新政权，心花放，灯花放。春节，屋里院里灯光一片，门口挂灯，街上挂灯，路边也放灯。路灯是黏面捏成的，点黑油，灯会的人定时添油，半夜起来走乡亲磕头，明灯亮路。元宵灯节，更是热闹，街是灯的河，河是灯的街，孩子们放河灯。灯给新农村镶了个金边儿。

最热闹的还是戏台。灯碗是吊起来的铁盆，灯捻儿大拇指一样粗，像火把一样燃烧，明灯高悬，亮如白昼。不过唱会儿戏就要加油，于是凳子摞凳子，人站在上面添油。有一次加油的老头一哈腰，棉裤脱落下来，农村人不穿内裤，什么都露出来了。正加油的手又不能停，那老头大喊一声："乡亲们，合

眼吧!"这下比戏还出彩,台下哄堂大笑,这戏便出现了一个
高潮。

吃　蚂　蚱

　　如今流行一道名菜，名叫"飞黄腾达"，也有叫"天降大任"的，其实就是蝗虫，俗名蚂蚱。它有生猛海鲜的价格，食客都啧啧称赞，我则窃喜，此物若算高档，我早就"阔"过了，它曾是家常便饭。

　　蚂蚱，古名螽，直翅目昆虫，体躯细长，绿或褐色，有翅能飞，有足善跳，卵生，多产。《诗经·周南》有《螽斯》篇，是一首贺生子诗，祝贺人子孙昌盛，故称蝗虫为吉祥物。进入农耕社会，以禾本为食的蝗虫成为主要害虫之一。

　　我的故乡在大陆泽畔，原来是一个很大的湖泊，后来渐渐退缩为一片湿地，方圆百里，归属河北省邢台地区。当地人称宁晋水面为北泊，称任县水面为南泊，夏天水汪汪，冬日土黄黄，一年收一季小麦。

　　日寇侵华，再加上土匪蜂起，种地的车马农具常常被劫，地就撂荒了，变成了大草滩，也成为蝗虫的滋生地。日军和蝗虫并称"二害"，民间有谚："日本鬼子占任县，头年淹，二年旱，三年蚂蚱滚成蛋。"

蚂蚱悄悄生长，一旦长出翅膀便不可阻挡。《螽斯》形容蝗虫："螽斯羽，薨薨兮。宜尔子孙，绳绳兮。"说蝗虫集群而飞。我见到的飞蝗群体确实如此，如乌云遮日，还带着唰唰唰的响声，像日本飞机一样，让人胆战。"乌云"过后庄稼变成光杆儿，农民一年的血汗顷刻化为乌有，比日本的"三光政策"还彻底。更为可怕的是，蚂蚱过境留下孽种，幼虫叫蛹，第二年夏至一过，便如雨后的野草般从地下冒出来。蝗蛹为黄色，背部微红，密密麻麻爬上庄稼，谷子高粱被压弯了腰，就像是遍地爬满菜花蛇。庄稼吃光吃树叶，树叶吃光吃野草，地上像铺了一层厚厚的黄黄绿绿的毛毯，滚滚向前，势如洪水。

那时没有农药，对付蝗蛹的办法是挖沟，村村户户挖沟，两尺深，三尺宽，男女老幼呜哇喊叫着把蛹子赶进沟里，水淹土埋。蝗蛹也像日本鬼子一样颇有些武士道精神，不甘死亡，前仆后继，上百只蛹子抱成一团往前滚，竟然有一部分能滚到沟外，继续前进。

民以食为天。肚里没食儿心慌气短，天昏地暗，所以人们最害怕灾荒。饿饭是人间最残忍的刑罚。

水灾一般在秋天，谷子低头高粱晒米时，突如其来，洪水漂天，一片汪洋。洪水来势凶猛，去得也快，过后还可以补种荞麦和蔬菜，荞麦从种到收才六十天。水灾一条线，旱灾一大片，红日炎炎，赤地千里，种不上苗，若遇上干旱，颗粒无收。大家吃光树叶吃草根，吃罢草根吃坩子土，一个个细脖大肚，面带菜色，像大型蝗蝻。

闹蝗灾，粮食没了就吃蚂蚱。飞蝗是灾民的美味，除了翅膀和肚子里一块黑色内脏外都能吃，而且是高蛋白，像烧铁雀、炸蚕蛹一样的香。好吃的不好捉，要起大早趁它翅膀发潮飞不起来时去捉。蝻子不好吃，只有两张皮，但是容易得到，家家户户都能从捕蝻沟里一口袋一口袋地往回拉。

那时虽然没油炸，但吃的方式却比现在多。可以鲜吃、加盐煮、水汆、晒干，贮存在瓮里，吃一冬一春。记得我上小学时，小朋友兜里都有干蚂蚱当零食吃，有的崩球玩纸牌还拿它当注，赢来的蚂蚱吃得更香。

也许有人看了这篇文章，就不想再吃"飞黄腾达"了。

过　兵

　　我家左邻右舍有两个叫过兵的。西边的姓王，比我大两岁；东边的姓杨，比我小十岁。我属兔，他们俩都属牛，因为落生时都逢军队开过，才起了相同的名字。但是因为落生的年代不同，两次过兵却是两种遭遇，两番景象。村里人至今记忆犹新，成为挂在嘴边的谈资。

　　我们村坐落在古代流传下来的官道旁边，向来是军事要道，比一般村庄多了些见识。

　　王过兵生于七七事变那年，国家濒临危亡。农历九月九，一小队日本兵侵占了河北省尧山县城，国民党杂牌军一个团溃退下来，在村里安锅造饭，要米要面。伤兵们嫌吃得不好，砸盆摔碗，张口骂人。胆大的村民问，你们四五百人一个团，怎么抵挡不住八九十人的日本小队？士兵们说，看看咱手中的家伙，老掉牙的汉阳造，一根烧火棍，甜瓜式手榴弹，还净瞎火，一个班才一杆水连珠（俄式步枪），一个排才有一杆汤姆生（美式冲锋枪），一个连才有一挺捷克式（轻机枪）。那时日本武器在世界上并不先进，但是比中国强多了。步兵用的是三八式步枪、歪把轻机枪、九二式重机枪、九二步兵炮，尽管是用马拉，但是威力大，一个小队都配备齐全。时常还从石家庄出动飞机助战，零式飞机，有单翼的，也有双翼的，有的机身还是木头做的，但是在头顶上呼啸而过，也怪吓人的。有的兵说实话，不是不想打，上峰有指示，抵挡不住不可恋战，保存实力，大家也挺憋气的。

小日本蛇吞象，靠汉奸为虎作伥，到处烧杀抢掠，无恶不作。鬼子扑来时王过兵他娘正临盆待产，听到枪响，顾不上剪脐带就被架进了高粱地。鬼子撤了回家，眼前一片狼藉，日本兵往锅里、炕上、神堂香炉里拉屎撒尿。家里鸡狗不留，把门板、窗棂、箱柜劈了烤肉，扑腾了满院子血，连给孩子准备的小衣裳都扯了擦刺刀。轮到给孩子起名，他娘说，兵荒马乱的就叫过兵吧。

那时只有共产党不怕日本。县委书记张子政组织了滏西抗日游击队，我舅舅、我父亲都参加了，二十一个人十一条破枪袭击了日军山口粮站，缴获了大批枪支弹药和军用物资，大大振奋了人心。群众说，中央军见了鬼子没命地跑，还不如老百姓，把日本兵打得夹起尾巴逃跑了。

杨过兵生于 1949 年 4 月，三大战役节节胜利，第二、第三野战军已经打过长江，人人扬眉吐气。这时毛泽东急调第四野战军，七十万大军分三路浩浩荡荡南征，"东北大军进了关，好比猛虎下了山"。程子华司令指挥的中路军从我们村边路过，还有一个团要住下来休整两天。这个团刚刚打完辽沈、平津战役，缴获了国民党大批美式装备。县政府出面交涉，组织全县基干民兵前来参观，以鼓舞百姓士气。部队答应了，全副武装演练，那阵势就是先进武器展览，让人眼界大开。

并不多的步枪是三八式、美式三〇步枪，一支九斤多重，杀伤力很大。半数战士手握汤姆生冲锋枪、捷克式机枪和枪榴弹。每班都有日式重机枪、火焰喷射器，炮兵营里有美式榴弹炮、野炮、六十毫米迫击炮、八十二毫米迫击炮，最次的也是日式山炮、无后坐力炮。那阵势是当年的日本军队无法比拟的。一声令下，炮管森林般齐刷刷指向天空，好像无数手臂欢呼胜利，撑起一片蓝天。过兵战车摆开一字长蛇阵，一色的十轮卡，前边两个轮子，后边四对双轮。我们儿童团的孩子们好像走进童话世界，摸摸这种枪，拍拍那门炮，最后爬上十轮卡欢呼跳跃，都乐疯了。

团部号房，战士们分住各家各户，帮助担水扫院，碾米磨面，大伯大娘不住嘴地叫。炊事班包了饺子，炖了肉菜，挨门挨户地送。晚上开军民联欢会，安排乡亲们坐前排，拉歌、说快板、演活报戏。杨过兵迫不及待地要从娘肚里钻出来看热闹，部队卫生员穿一身白大褂接生。团长按当地风俗送红糖、送鸡蛋。王过兵他娘羡慕极了，说人家这小子算赶上好时候了，天兵天将都来迎接。产妇说，俺这孩子也叫过兵吧。前后对比，传为佳话。

　　住够两天，野战军依依不舍地开走了，把一股热火朝天的劲头留在村里。此外还留下一条标语，用笤帚疙瘩蘸着白灰写在南街口一面砖墙上：姜国真是英雄。估计是部队随便写的鼓动标语，可是村里却像敬神一样把它一直保留下来。我和两个过兵常常站在它面前琢磨，念"姜国真，是英雄"呢，还是"姜国，真是英雄"呢？二十年后，保定驻军真的有位首长叫姜国真，这个部队还真的是当年第四野战军所属部队。有一次我找上门去问这回事，那位首长笑了，说1949年南下确实走过那条路线，但是这样的场面几乎天天有，具体到你们那个村，确实记不清了。但是我却永远也忘不了，因为我那两个叫过兵的伙伴。

一条驴腿

1946 年土改时，我家被划为贫农。我们孤儿寡母又是烈属，根正苗红，工作队就动员我母亲当妇救会主任。母亲不肯，就跑到姥姥家躲过了风头才悄悄回来。农会给我家留了一份"胜利果实"：一架耧子、一件皮袄、一张条几，都让母亲回绝了。工作队批评我家"怕变天"，母亲拗不过，就接受了一条驴腿。

分一条驴腿不是杀了驴分肉吃，而是把地主家的一头活驴按四股分给贫雇农，轮流喂养使用，一递三天。分给我们的这头驴六岁口，与我同年出生，在母亲眼里它还是个孩子。那三家地多活重，拼命使役，春秋大忙时，驴更是天天累个半死。我家只有母子二人，活儿少，那驴轮到我家就像歇礼拜。我常割草挑菜，知道哪里草旺哪里水甜，母亲就叫我牵着它到河坡放牧。眼看着它塌下的腰又直起来，干了的毛又亮起来。这头驴粉白鼻子大耳朵，腰粗腿长，浑身黑毛像缎子，十分漂亮，我给它起个外号叫"黑子"。三天期满，下一户来牵时，我和母亲就像送受气的闺女去婆婆家，心疼却又无奈。

黑子拉磨时，我可舍不得像别人家，怕偷吃给它蒙上眼，我有时在后边助推，有时还给它嘴里塞把面。黑子通人性，从不偷懒，还感恩似的加快脚步，半天的活儿两个钟头就干完了。

我最愿意串亲戚了。母亲给我换上新衣新帽，我给黑子戴上新笼头，挂上铜铃铛。我骑在驴背上，母亲在后边赶。到后来，去姥姥家都不用母亲陪着了，出发时，我拍拍黑子的屁股，它就在门口台阶前伏下身子，等我坐稳了再起身走。出了村儿，我学新媳妇回家的样儿，斜坐在驴屁股上，哼着曲儿。黑子迈着小碎步，铜铃叮叮咚咚地伴奏，颠着颠着我就趴在驴背上睡着了。等黑子打个响鼻把我叫醒，已经到姥姥家门口了。

一年初冬，我和黑子从姥姥家回来，遇上冻雨，电闪雷鸣的。我从驴背上下来，牵着黑子小心翼翼地走，脚下的路就像现在孩子玩的滑梯一样。脚下一滑，我失去了知觉。不知过了多久，一股热气把我吹醒，睁开眼一看，是黑子正用厚厚的上唇拱我，嘴里还叼着我一只袄袖。我挣扎着坐起来才知道是从坡上跌下来了，侥幸被一棵小树绊住，卡在半腰了。是黑子冒险下来，咬住我的衣袖，一步一步把我挪到沟底平坦处。我的棉袄扣子全扯开了。黑子见我醒来，高兴地摇着耳朵，两眼放光，又卧下来，让我趴上背去，慢慢地站起来。它一定是怕我伤口疼，压着步子，绕了个大圈找到原路。回到家已是掌灯时分，母亲看我鼻青脸肿、衣衫破烂，还以为和谁打架了。等我说明原委，母亲感激地抚摸着黑子，好久好久。

从此我和黑子成了患难之交，亲如兄弟，一直到七八年后，农业合作化时，它才归到了农业社。

童　养　媳

　　童养媳是旧社会陋习之一，与小女婿相反，童养媳是收养穷人家的女童，准备养大做媳妇。这种事财主不做，他们讲门当户对；穷人做不了，他们养不起；一般发生在中等人家，不花钱或少花钱，为了孩子不打光棍儿，又省一笔彩礼。邻居小丑姑娘比我大几岁，可能是全中国最后一批童养媳了。邻居当家的叫老细，在街口摆"穷货摊"，就地铺一块旧布，摆放一些七零八碎的破旧物件，如犁片、锄头、门吊儿、笤箍、烟嘴儿、螺丝什么的，为穷人之间互通有无充当中介，从中赚个角儿八分的。因为进价低廉，甚至是白捡回来的，虽说蝇头小利，积攒起来也就可观了，他家日子过得比较殷实。

　　1943 年发大水，南泊一对逃难夫妻拉着一个七岁左右的小闺女，饿得皮包骨头，一双眼睛大得吓人，乱蓬蓬的头发上插根草棍，无奈的爹娘要给孩子找一条活路。老细过来，像买小牲口一样，摸摸骨架，看看牙口，末了花了一斗高粱买下来，卖身契上写明是童养媳。他唯一的儿子发暗疯（癫痫），抽上来口吐白沫，不省人事，寻不上媳妇，二十七八岁还打着光棍儿。

小丑进了门，十来岁的孩子当曼妮子（女仆）使唤，碾米磨面，洗洗涮涮，烧火做饭，喂猪喂牛，好像鞭子抽打下的陀螺，一天到晚不停地转。老细一家大大小小都把她当作出气筒，想打就打，想骂就骂，像一群恶狗掐一只小鸡。尤其那个发暗疯的男人，总是瞪着色眯眯的眼睛，流着口水，随时会扑过来的架势。吓得小丑总是低着头，溜着墙根走。

小丑毕竟是个不满十岁的孩子，出来割草打水时，难免向左邻右舍倒倒苦水。这小丑天生的嘴巧，说出话来一摞一套的："纸糊的风筝断了线，爹娘卖我隆平县，三个公公四个婆，五个小姑管着我，十二个尿盆我来端，累得腰疼胳膊酸。""拿起筷子放下碗，童养媳妇众人管。一家人全在炕上坐，逼着我小丑去推磨。放下筷子拿起针，婆婆还骂我懒断筋。"

灾荒年过去了，小丑亲爹娘后悔了，好说好道接孩子回去住两天。老细攥着卖身契说，到时辰就得送回来。小丑诉说："回一次家门上一回天，回到婆家像坐监。回一次家门唱一出戏，回到婆家泪如雨。白菜帮子萝卜菜，小丑的苦难是爹娘害。亲爹亲娘要人家钱，亲闺女送到阎王殿。白菜帮子蔓菁根，亲爹亲娘好狠心。梅豆开花一串串红，卖给人家当牲灵。"小丑哭诉一次，村里就流传一阵，传到老细耳朵里她就挨一顿打。

村里王家地主一个儿子在外边当八路军，知道共产党的政策，迟早要搞土地改革，听说陕甘宁边区正在搞试点，就三番五次往回写信，动员他爹变卖土地庄园，以免将来遭罪。他爹很明智，使了个金蝉脱壳计，放把火烧了自家场院，然后装病哭穷，辞去长工。村北一处四十亩水浇地，平时至少五石麦子一亩。他说磨扇压住手了，如今一石麦子就出手。老细捡便宜惯了，倾其所有买了下来，还雇了个长工。三年后果然搞起土地改革，计算他家的地亩和剥削量，正好划了个地主成分。而王家已经没落，划了个下中农。工作队念老细剥削生活不长，是花钱买的地主，便也没有扫地出门，只剥夺了村北那四十亩水浇地。老细这才回过味儿来，惊呼上当。

工作队经过调查，没把小丑划成地主家庭一员。相反觉得她苦大仇深，发展她为土地改革运动积极分子。小丑登台揭发老细，鼻涕一把泪一把地说："树根在下树叶在上，财主和俺不一样。喇叭是铜锅是铁，人是人来鳖是鳖。蝎子尾巴马蜂针，狠毒不过财主心。太阳不照老细家，藤是藤来瓜是瓜。财主冬天穿皮袄，小丑破布包芦花。财主屋里煤火炉，小丑冻成冰疙瘩。财主吃的鱼和肉，小丑碗里豆腐渣。老咸菜来干巴巴，糠菜窝窝用手抓……"

斗倒了地主老财，穷人翻了身，小丑的腰杆挺直了，丑小鸭变成了金凤凰，红润的脸蛋，水灵灵的眼。工作队动员她参加村剧团，演《白毛女》，一登台就进入了角色，好像当众描述自己的身世，声情动人。这样一来老细怕她飞了，发暗疯的男人更是急红了眼。一天竟然把小丑关在屋里，动手"开脸"，就是用双股细线相绞相缠，把脑门上的汗毛一根根绞去。在农村开脸就是圆房的表示，小丑拼死挣扎不让绞，外边把门的疯男人神经紧张，昏倒个仰巴脚。小丑趁机摆脱纠缠，顺着梯子爬上房，大声呼喊起来。工作队闻讯赶来，把老细一家带到村公所。应小丑请求，正式解除婚约，当众撕碎了卖身契。后来小丑进了地区文工团，成为当地著名演员。

村 剧 团

土地改革以后，农村平分土地，调动了农民的积极性。经济政策对头，"要发家，种棉花"，乡亲们手里有了钱，文化娱乐热火朝天。那时没有电影，更没有电视，却村村有剧团，县文化馆成了最重要的部门。我们那个县二十多万人，一百二十个村就有一百二十个剧团，有秧歌、丝弦、乱弹、梆子、京剧等二十多个剧种，没有剧团的村庄由文化馆重点扶持，排演《白毛女》《刘胡兰》等新歌剧。

我们村二百多户，有个秧歌剧团。秋后一挂锄，大家就都到村公所排戏，有人教有人学，自娱自乐。城里人视戏子为下九流，农村人可不那么看，谁家人登台亮相，那是一种身份和荣耀。出门在外，只要说是剧团的，就有人递水管饭。我的两位堂叔，一生一旦，是剧团的台柱子。有位阴阳先生路过我家坟地，连连摇头说，按风水该出娘娘、大官，可惜让两个唱戏的预支了。没人听他的，大官和娘娘离农村还远着哪！我从小爱在戏班里掺和，让人勾个红脸，招摇过市。后来跑龙套，扮个《秦香莲》里的冬哥、春妹什么的。

农村没有戏院，土台子戏棚子。不卖票，挨家挨户敛粮食，够演员吃米面、卷子、大锅菜就行。农闲一天两开厢，老百姓吃饭没时响，等人打三通鼓，人不齐出来一个定台师，老生扮相，坐在那里没完没了地唱，内容与正戏无关："胡说话，话说胡，高粱地里耪两锄，一耪耪在枣树上，葚子落地黑乎乎，捧回家去煮红薯，蒸出一锅老豆腐。"村长说，与其让你胡说不如我来宣传，戴上髯，开口就唱："今冬上级要征兵，对象就是贫雇农，年龄十七到十九，眼不花来耳不聋。要是报名还罢了，不来报名上绑绳，一不打来二不骂，喝凉水来吃冰凌，饿得小脸黄又瘦，说好的媳妇吹了灯。"

开戏了，勾人掉泪的是青衣，逗人发笑的是小丑，村剧团往往以小丑为中心，说拉逗唱，插科打诨。戏无定词儿，要能把三里五乡奇闻趣事、四邻八家故事笑话脱口出秀。丑角高桃子出场忘了词儿，一眼瞟见他大嫂，顺口便唱："懒老婆，没事干，抱着孩子把门串。男人下地回家转，掀开锅盖没有饭。案板上鸡粪攒成堆，屋地下蚂蚁滚了蛋。清水缸里蛤蟆叫，针线笸箩鸡下蛋。鞋儿破，帮儿烂，十个脚趾露一半。骂声贱人哪儿去了？台子底下把戏看。"台下大嫂听了心虚，跳起来就骂："王八羔子糟蹋人，谁不做饭？那天你大哥不在俺摊咸食，不是叫你见了伸手就抓。那咸食喂狗来！"桃子说，吃了人嘴短，不说你了。那边看见马六奶奶拄着一根枣木棍颤巍巍走来了，他便大声呼喊，借马六奶奶枣木棍一用，唱道："枣木棍儿弯弯多，大婶拿它打婆婆。光吃饭，不做活，叫你活着干什么。新过门的儿媳妇，伸手就把棍儿夺。包又包，裹又裹，就往板柜底下搁。大婶问她干什么，媳妇说：'等你活到奶奶这年纪，我也用它打婆婆。'"大家都知道这是不久前在马家发生的一桩真人真事，羞得那大婶无地自容。别看指桑骂槐，当事人并不恼怪，因为是小花脸，丑事当作笑话说，劝人行善学好的。

就这样，村剧团好比农民饭桌上的包饺子、大锅菜，平时不常吃，节日少不了，既吊胃口，又是一种精神享受。逢年过节，赶集上庙，如果看不上村剧团就扫兴，吃饭没滋味。有了村剧团，农民便有了节日，红火热闹，群情激奋。老人们酒足饭饱，陶醉在剧情里。年轻人花枝招展，往往魂不守舍，挤来挤去，眉来眼去，戏台底下成就了不少美满婚姻。舞台上的小生小旦往往是更多目光的焦点、青年人追逐的对象，不时地传来绯闻，某村的闺女被村剧团拐跑了。谈论起来，人们往往不以为耻，反而称赞村剧团的魅力。

半个多世纪了，我动不动就下意识地哼哼几句从村剧团学来的秧歌，从嘴到心美滋滋的，那是我一生的生活佐料儿。

打 老 虎

　　1952年2月10日，农历正月十五，新中国成立后第三个元宵节，万民同庆。魏家庄戏院请来临清京剧团，开场戏是舅舅亲点的高派老生孙鑫甫的拿手戏《失空斩》。可是戏迷舅舅却不能到场，去省城保定开会去了，他是乡党委书记。第二天舅舅坐火车回来，从内丘车站一溜小跑赶回家，进门就说看了一出好戏。安置了酒菜，让我把乡里几个主要干部叫来，兴高采烈地说起保定见闻。

　　舅舅参加的是河北省人民政府召开公审大贪污犯刘青山、张子善的大会。保定体育场聚集了省会和九个地区的代表两万多人（那时张家口、承德还不归河北省），口号声淹没了外面元宵节的鞭炮声。有两个人扛着小钢炮似的黑家伙，说是北京电影制片厂的摄像机。正当午时，钟声敲响，河北省人民法院院长宋志毅宣布开会，刘、张二犯由民警押赴会场。出乎意料，并不是光头囚服，身背亡命牌，刘青山头戴水獭皮帽，身穿藏青呢子大衣，足蹬瓦亮黑皮鞋。张子善一身笔挺的深蓝呢子制服，头戴呢子帽，脚踩皮鞋，俨然还是一副首长装束。只是手上套了一副明晃晃的手铐，胸前二尺白布，姓名上冠以大贪污犯字样。二人不约而同地用目光偷扫了一下主席台，曾几何时，那是他们习惯就座的位置。

　　刘青山，36岁，雇工出身，1931年入党，参加过高蠡暴动，曾任中共天津地委书记。张子善，38岁，学生出身，1933年入党，曾参加过狱中绝食和卧轨斗争，被捕前任中共天津地委书记。宋院长宣布他们的罪行：在资产阶级腐朽思想严重侵蚀下，为达到个人挥霍之目的，假借经营机关生产之名，利用职权，狼狈为奸，两年内先后盗窃国家救灾、治河专用粮款，克扣机场建筑费，骗取银行贷款，总计171.6272亿元（一万元相当于后来的新人民币一元）。这是一个触目惊心的数字，按当时币值标准和市场物价，可买粮食2000万斤、布800万尺，可供50万人吃一个月并做一身衣服，被称作"共和国反腐败第一案"。二犯面对如此滔天罪行，供认不讳，都写了忏悔录。因为刘、张二人一是高干，二是功臣，少不了有人讲情，毛主席下定决心，亲自批示处以极刑。宣判前一天，监管人员把隔离两个多月的二犯叫到一起，摆下丰盛的晚餐，外加一瓶白酒，交代政策，希望他们表现好一点，不要给共产党丢脸。刘青山长叹一声，两茶杯白酒倒进肚里。张子善鼻涕眼泪，手抖得拿不住烟卷。

今天被押上台来，两个大人物全没了昔日的威风。刘青山一脸灰黑，张子善一脸惨白。当宣判死刑，立即执行，绑赴东关刑场时，刘青山浑身一颤，脖子一挺，两腿尚能迈步。张子善身子发软，脑袋耷拉胸前，还要两位民警架着走。行刑前，有关人员向二犯传达中央领导和省委的几条规定：子弹不打脑袋，打后心；殓尸安葬，棺木公费购置；亲属不按反革命家属对待；子女由国家抚养成人。刘、张听后，放声大哭。于是两声枪响，惊天动地，全河北全中国都听到了。

舅舅原原本本、绘声绘色地讲了半个多小时，大家瞪着眼听，连筷子都没动。我的任务是拉风箱烧水沏茶，只顾听讲，手不知不觉停下来，一壶水都烧干了。大家频频举杯，好像是在庆祝"三反"运动的旗开得胜。有的说，这是"挥泪斩马谡"。舅舅说他们不能比马谡，马谡是好人办坏事，犯了主观主义、经验主义错误。他们已经变成坏人了，投降了资产阶级，就是投降了司马懿。有的说街上老掌柜听了早晨广播，说是"卸磨杀驴"。舅舅说更不对了，拉磨是拉磨，拉完磨偷吃，乱踢乱咬，还不收拾它。何况刘、张已经不是驴，是吃人的老虎了。舅舅还说，回来想了一路，我的官比他们小多了，可是资格比他们老，1926年入党，更要严格要求自己。咱们魏家庄20年代就是模范支部，抗日先遣队第一个落脚点和堡垒村。这次"三反"运动也不能落后，自查自纠，发动群众帮助。要是搞不好，我就像失街亭那样，"奏明幼主，请免武乡侯之职"了。

　　1951 年 12 月 1 日中共中央印发《中共中央关于实行精兵简政、增产节约、反对贪污、反对浪费和反对官僚主义的决定》。以处理刘、张二人的贪污案为警示，运动顺利开展。1952 年 4 月 21 日国家公布施行《中华人民共和国惩治贪污条例》，大张旗鼓地搞"三反"运动。但是一搞起群众运动，就容易出偏差。当时规定，贪污 1 亿元算"老虎"。新中国成立伊始，纪律严明，干部作风好，实行供给制，一般人也没有腐败机会。搞运动，层层"打老虎"，难免矬子里头拔将军，找些"小猫"当"老虎"，审查对象多是财政科、股长和食堂管理员等。县政府伙食管理员本来就不好当，平时一天三顿小米，又多是陈米，带有霉味。一星期改善两次生活，吃白面馒头，人们争前恐后。管理员喊："吃一个拿一个。"意思是吃完一个再拿第二个。有人调皮，嘴里叼一个，手里再拿一个。管理员不讲情面，伸手就夺回来一个，一来二去得罪了几个人。运动开始，首当其冲被打了"老虎"，关了禁闭。当然没多长时间，查不出多少问题，就放人了。

土炕上的梦

现今的青少年，很难想象六七十年前农村寒冷的滋味，更不会知道农民是如何熬过严冬的。没有天气预报，没有温度计，只能用身体感受外界冷的程度：冷，好冷，冷得受不了，冻死个人。漫长的冬季，村外的雪一冬不化，街上地皮冻出伤口般的裂缝，井台积冰越来越厚。农谚说，一九二九不出手，三九四九冻破碌碡。碌碡是农民打场用的石磙。

地里没了农活，男人们在村里猫冬。白天靠墙根晒太阳，晚上挤在地窖子里讲鬼故事。全村三百多户只有两户财主家生得起煤火。远远地就能看见，别人家房顶一层雪，他们家房顶黑亮，冒着水汽。穷人家孩子上冬校，教室里冷如冰窖，脸蛋冻成烂苹果，小手肿成发面饼子，碰一下就流血水。回到家里，母亲第一件事就是抓住我的手往怀里捂，哈哈双手给我暖耳朵、擦鼻涕。财主家孩子冻不着，私塾里有火炉，身上裹着厚厚一层毛，皮帽皮袍皮靴皮手套，耳朵罩着一圈兔毛，名叫暖耳。可是他们经不起撞，一捅就倒，一团毛茸茸的球在地上滚。

　　寒冬逼得人无处躲无处藏，屋里屋外一样冷，唯一吸引人的是老屋的土炕。呼啸的风撕破窗棂上的麻头纸，掀翻门上的草帘，门后的水缸里结一层冰，做饭时得用擀面杖捣碎。只有土炕保留着一丝暖意，给受冻的孩子一种庇护。土炕连着灶台，做饭时柴火的余热钻进炕里，熏着土坯，缓缓散发出来，传到人体。土炕是中国古老的土暖气，一用就是几千年。

　　土炕长方台状，占据房屋一头，两尺多高，土坯砌成，有木或砖制炕沿。洞口连接灶膛，内有"己"字形烟道，烟囱在墙角，盖房时留下的。盘炕的技术含量较高，烟道畅通，火旺炕热；烟道不畅，炕不热，还会倒烟。炕面用黄泥抹平，上铺苇席，冬天席下加一层谷草，冬暖夏凉。烧火一般用柴草，像城里人储煤一样，家家要备下过冬柴草、豆秸、高粱秸、棉花柴，也有拾来的树枝茅草。最好烧的柴是芝麻秸，留着除夕煮饺子，易燃无烟，不用拉风箱，烧起来咔吧咔吧地响，像外面的鞭炮声。一天三顿饭，做了饭也烧了炕，临睡前再专门烧一次炕，身下的土炕暖烘烘热到天明。有一年到舅舅家，表哥订婚传帖，炒菜做饭，灶火一天没断，睡觉时土炕就像烙铁一样，烤得人翻来覆去睡不着，口干舌燥。

　　灶台与土炕之间有段砖台，一尺多高，放灯碗、火柴什么的，叫灯台。灯台后面的炕头，是屋里最好的位置，来了客人先往炕头上让，上面通常摆一个小炕桌，放上茶壶、烟筐箩。农家说媒、传帖、拜亲等大事，一般都在炕桌上进行。炕尾有板柜，白天摞被褥，被褥高度标志着贫富。我家家底薄，仅有两床被子，表哥来了与我打通脚，一条被子各睡一头。他是汗脚，臭味熏死个人。

炕头是女人一生的舞台。新媳妇进门，先要盘腿坐三天，不抬屁股，一边应付闹房，一边控制内急，所以不进汤水，只吃鸡蛋。之后从炕头到锅头，便是生活的半径。一天到晚在炕上纺线、缝补、纳鞋底，再就是生孩子、坐月子、奶孩子。累了炕头上挣扎，病了炕头上等死，直到两腿一蹬，陈尸炕上，走完一生道路，竖着进来，横着出去。

男人的时间，也有三分之一消磨在炕上。年幼恋母，婚后恋妻，冬天恋被窝。土炕上舒坦，土炕上有做不完的梦。有一次听墙根晒太阳的老大爷们说梦，一个说梦见当了县长，一天三顿白馒头，就着油条吃，还泼两碗鸡蛋，吃着一碗看着一碗，边说边吧嗒嘴，哈喇水都流下来了。另一个说做梦当了专员，从咱村到顺德府口，官道上的粪都被俺包圆儿了，谁也不许抢着拾，拾了一筐又一筐，说到得意时，手都在颤抖着。我儿时土炕上的梦是演戏，当大将，不断变换，手持着兵器，单鞭呼延庆，双枪陆文龙，程咬金三斧破瓦岗，秦怀玉银枪杀四门，五鼠闹东京，六出祁山，杨七郎，八大锤，九江口，十字坡……无非白天看的戏夜里又自演一遍，日有所思，夜有所梦。

　　忽然一天，乡亲们的梦都破碎了。1958年"大跃进"，人民公社决议，拆掉土炕做肥料，支持高产"放卫星"。民兵挨家挨户抢大锤，砸土炕。老奶奶们像丢了命根子、丢了魂儿一样号啕大哭："俺的娘哎，俺的炕哎，怎么说没就没了，往后过冬俺可靠谁啊，俺那知冷知热的娘哎，俺那冬暖夏凉的土炕哎……"

　　从此，土炕在农村消失，换成了床，木床、席梦思，但是躺在上面没了土炕的感觉，没了踏实，没了冬暖夏凉，没了奇妙的梦，接不上地气，与大地隔离开了。

滏 阳 河

　　三、六、九在汉语里是多数的意思，九十九则极言其多。"天下黄河九十九道湾"，"漳河水，九十九道湾，层层树，层层山"。江曲、河湾是江河的特色，江河的妙处、风景都集中在河湾里。

　　家乡的滏阳河，发源于太行磁山黑龙洞，河水涌沸如汤，滚滚有声，故曰滏，槽窄而多弯。纳洺、沙、澧、马、洮诸水，羽翼渐丰。东北行于献县与滹沱河汇为子牙河，又在天津汇大清河，成为海河水系的五大支流之一。

　　冀南平原，由海河水系和黄河冲积而成，地势西南向东北倾斜。公元 10 世纪之前黄河故道一直在河北入海，河道翻滚、淤积，形成缓岗、洼地和微斜平地，"大平小不平"，决定了流向和走势。弯度形成了动力，河道弯如弓，才能"水流如激箭"（涪翁语）。蛇与蚯蚓的行走都是这个道理。

　　小时候站在河堤，看滏阳河逶迤而来，摇头摆尾如一条小龙，水面波光闪闪如同银鳞，水雾中活灵活现。更多的时候，它像一条美丽的罗带，随风飘来，多姿多彩，黎明绛紫，上午碧绿，中午翠蓝，傍晚橘红，晚上银灰。风起浪涌时，水花绽放，如紫薇、白莲、杜鹃、月季，一年四季花开不败。

　　河水拐弯的地方，常常旋出一处小潭，澄清碧透，如一坛新醅，让人心醉。小潭水平如镜，映出我们的喜眉笑脸和身后的岸柳成行，甚至还有树上清晰的鸟巢。柳丝如帘，垂到水面，戏耍着游鱼，鱼尾摇起微微涟漪。水下的草叶，顺流起伏，如同少女的青丝，抖搂开来。不知谁投下一块坷垃，水里的青天破碎，鱼群和水草一阵慌乱，水面变成哈哈镜，我们都变成了三头六臂、牛头马面。

　　滏阳河是一条生命线，养育了一方水土一方人。一年四季都有鱼，小满过后，一阵雨点就是一层小鱼，细如麦糠，于是大街小巷都传来"酥鱼嘞酥鱼"的吆喝。秋分过后，鲫鱼排队、鲤鱼欢跳，农民都变成了渔民，张网下罩，家家灶台飘出馋人的鱼香。滏阳河儿女不怕洪水，习惯了十年九涝，村庄建筑在高台上。洪水漂天时，驾一叶小舟，水面上剪高粱穗，玉米垅里逮鱼。转眼洪水落去，留下一层淤泥，长一季好麦子。

　　"水乡的路，水云铺，进庄出庄一把橹。"光屁股孩子头顶着花书包，踩水过河上学。老头们把汹涌的河水驯服成毛驴，摇着小船下地。大闺女小媳妇花枝招展，驾着小船赶集上庙。

半大小子割草拾柴，在上水头装上筏子，慢悠悠在堤上往回走，正好在村口接"货"上岸。

自古以来，滏阳河就是一条重要航线，船只川流不息，两岸栈店比邻。天津的小火轮，一直溯行邯郸，把日用百货分发千家万户。走京上卫的人，家门口上船，一帆风顺，看尽了两岸的风光。这种悠哉悠哉的自然形态，到了1958年开始发生变化，滏阳河上游自南而北修起了一溜大小水库，岳城、东武仕、朱庄、南沟门、马河、三岐，滏阳河釜底抽水，河水断流，逐渐变成季节河、干河。往日的灵蛇只落下一个蛇皮，河床里种起了庄稼。

人与自然的关系是微妙的，和谐共处，天人合一，基本相安无事。如果非要"人定胜天"，破坏环境，"敌退我进"，失去平衡，就会出乱子。1963年发生特大洪水，淹地六七千万亩，河北平原一片汪洋，省会天津成为一个孤岛。人们害怕了，领略到大自然的威力，但结果不是"和平谈判"，而是战争升级。治水政策由"一定要把淮河修好"，"要把黄河的事情办好"，提高到"一定要根治海河"。

根治的措施之一是开挖疏浚河道，包括滏阳河共五十条骨干河道，新辟漳卫新河、子牙新河、永定新河、潮白新河等八条入海河道。开挖疏浚的方法是裁弯取直，加筑新堤。改造的结果，这些古老的河道再没有"九十九道湾"了，变成了一条直线，一泻千里，一泻无余。

　　我不是水利专家，不懂得一些治河新理念。但是相信"人有人道，水有水道"，"天下黄河九十九道湾"自有它的道理。好像人肚里的肠子，聚而一捆，展开七米长。"九曲回肠"不是累赘，可有可无，而是必需的消化道，食物、水分的消化吸收都要在若干弯道里缓缓进行，全过程二十四个小时。弯弯的肠道才能产生动力，就是蠕动，帮助消化、吸收。如果为了简便痛快，动一次手术，把所有的肠道都裁弯取直，变成一条直肠，人就不可想象了。

　　每次回到故乡，都要爬上滏阳河堤，堤不高，觉得漫长，漫长得足以使我腿软、心跳、出汗。放眼望去，是永远失去了的风景，河床里不再是清凌凌的水，而是白茫茫的沙。我害怕这白沙有朝一日也会泛滥，两岸变成一片沙漠。

黑　牡　丹

　　每年芒种过后，母亲都要选一只落窝鸡，十几枚鸡蛋。鸡蛋排在席篓里，母鸡静卧其上，用自己的体温孵育一批新的生命。经过三七二十一天，第一个鸡蛋破裂，露出一团绒毛来。刚出壳的小鸡，蛋壳一样大小，乍接触空气，冷得微微颤抖。母亲心疼地把它抱在怀里，以手轻轻擦干羽毛，放在掌心里欣赏。接着一个个小生命争先恐后地出世，小嘴尖尖，小眼黑黑，小腿火柴棍一样纤细，摇摇晃晃，步履蹒跚，像一团团绒球在地上滚动。慢慢地在母鸡的保护下点头觅食，小绒球一天天滚大。

　　起初雏鸡难分公母，一个月后有的额头上先长肉芽，身后生尾羽，这就是小公鸡。小公鸡发育较快，个儿稍大，渐渐显出强悍，身上的羽毛越来越艳丽。小母鸡则是秃头秃尾，身材略小，本能地跟在小公鸡后面。带小鸡的母鸡变得粗野，不可侵犯，对来犯者扇翅伸喙，毫不客气。小公鸡较早走出卵翼，渐渐成熟，金距花冠，一身锦绣，雄赳赳一副英雄气概。学打鸣时，嘶哑而变声，但是足以使异性低头臣服，小公鸡趾高气扬地长大，厄运也尾随而来。买鸡人手持丈二长竿，顶部一个圆网，在养鸡人指点下，紧追几步，像捞鱼一样把它兜住，回去就变成了闻名遐迩的"魏庄熏鸡"。留下的小母鸡照常生活下去，第二年春天开裆下蛋。母亲攒下鸡蛋换油盐酱醋，换我的学费，"鸡屁股是银行"。

话说到了1959年，母亲照例孵了一窝小鸡，可是这批小鸡生不逢时，正赶上人民公社大食堂，人尚无处觅食何况鸡乎。母亲每逢下工回来，捎一筐青草野菜，作为鸡的代食品，人和鸡都腹内空空，勉强活着。这年冬天，县革委会派来一个姓黄的驻村干部，食堂里没油水，他开始打鸡的主意。不是时迁偷鸡，而是公开地索要，说养鸡是资本主义尾巴，吃了一只又一只，村里的鸡快被他吃光了。此人姓黄，社员们管他叫黄鼬，见了鸡飞狗跳。母亲也害怕黄鼬，把鸡们关在家里。一次一只小黑鸡从街门钻出去，被黄鼬盯上了，在后面紧追。黑鸡从街门挤进来，随后有人敲门，母亲隔着门缝看是黄鼬，镇静了一下，开门论理。刚刚下过小雪，雪地上一行鸡爪子印。黄鼬指着鸡爪子印说："看！一步一个脚印，都是'个'字，个人主义，就是资本主义。"黄鼬进村几个月，村里变得死一样寂静，公鸡不敢打鸣，母鸡不敢咯咯。

母亲的一窝子小母鸡被黄鼬"叼"走,只剩下那只黑母鸡,黑缎子一般的羽毛漂亮极了,母亲叫它黑牡丹。害怕最后一只鸡也被黄鼬"叼"去,母亲决定把黑牡丹送到邢台,北长街一个堂姐刚刚坐完月子,吃不饱,没有奶水,杀了鸡让她下奶。姐夫磨刀霍霍,伯母抱起黑牡丹一摸,蛋都顶在屁股门上了。鸡受惊吓早产,下了个软蛋,顺便叫堂姐吃了。伯母改变主意,刀下留鸡,让黑牡丹下蛋给孩子吃。黑牡丹大难不死,知恩图报,一天下一个蛋,救了小外甥的命。伯母说这黑牡丹就是孩子的奶妈,捉住孩子两只小手拜,认个"老姐"吧!我们那一带认干亲,干爹干妈称"老伯""老姐"。姐夫说这小子命大,生下来就地委书记的待遇。当时很多人营养不良,闹浮肿,高级干部每人每月补二斤肉二斤蛋,县级干部补二斤糖二斤豆。

姐夫是城市职工,堂姐是农村户口,生儿随母,一个人口粮三人吃,街道上不长草不长菜,拿什么喂鸡呢?原来姐夫在煤厂上班,天天推着独轮车往各家各户送煤,煤筐里总留下一点煤渣煤面,回家一敲,落在地上,黑牡丹就跑过去,不抬头地啄食,煤成为它的主食,吃进肚里化成蛋。大概煤里面有一定的养分,后来唐山地震,有位工人埋在井下十二天,救上来还活了,全凭在井下以煤充饥。黑牡丹吃煤下蛋,蛋壳的颜色慢慢加重,浅灰、灰色、深灰,最后完全变黑,黑得发亮,像晋城砟子。

1962年我大学毕业,申请下乡,王永淮县长把我安排在邢台县文化馆。文化馆正在北长街，对门就是堂姐家，于是经常去看这只神话般的母鸡。眼前的这只黑牡丹与普通鸡没什么不同，更没有居功自傲的样子。北墙根下的鸡窝，垒得很整齐，砖缝抹了白灰，有门有窗，精致得像座小庙。有时碰见黑牡丹卧在里面下蛋，脸憋得通红，眯缝着眼睛，身子微微一动，从窝里走出来，也不像别的母鸡"咯咯哒，咯咯哒"地宣扬，而是低头觅食去了。小外甥已经三岁多了，经常与黑牡丹偎在一起，搂抱着亲昵。黑牡丹眼神慈祥，有时还用翅膀扇去小外甥身上的尘土，用喙啄去小外甥身上的饭痂，名副其实的"老姐"一样。

熬过三年困难，农民吃饱，城里人不挨饿了，黑牡丹也有饲料了，堂姐甚至拿出点定量里的大米犒劳它，弥补过去的亏待。吃煤少了，黑牡丹的蛋颜色越来越淡，由黑而深灰、灰色、浅灰。下了白蛋的第二天，黑牡丹再没有出窝，寿终正寝，无疾而终。小外甥五岁了，从幼儿园回来，哭得泪人一样，此后，两三年内不再吃鸡蛋。墙根下的鸡窝，天天有人打扫，真的像个小庙了。姐夫在里面写了一个牌位：黑牡丹，享年六岁零五个月，来家五年，产蛋1799个。

寻觅金山

大学期间读《元史》，对刘秉忠佩服得五体投地。他博览儒、释、道，"凿开三室，混为一家"。他辅佐忽必烈，振兴一个朝代还在其次，而创办紫金山书院，振兴了一个民族的科学，则前无古人。紫金山书院以研究自然科学为主，培养了张文谦、王恂、张易、郭守敬等一批世界顶级的数学、天文、水利专家，仅此一点就比后来讲授经史的江南四大书院不知高明多少倍。从人类文明的角度衡量，刘秉忠的贡献远远超过了朱熹。只不过后世的狭隘，认定他为"异族"当差，有"汉奸"的嫌疑，便打入另册，至今鲜为人知，令我愤愤不平。1962年大学毕业，毅然离开大城市，投奔邢台县，寻找紫金山，这也是原因之一。

邢台县志上说，紫金山在府城西南深山，并无具体地名方位。趁在山区工作之便，每逢假日，便带了干粮，请当地一位业余作者带路，在崇山峻岭苦苦寻觅，十几次毫无结果。山穷水尽时，却获得一个意外收获：在冀晋两省分水岭，大山半掩的断崖下，发现了一个山洞、一个"野人"。这人花白胡须过胸，乱草样的头发里长出了草芽，衣服碎成了布条，一只脚胶鞋一只脚布鞋，都露着趾头。可是他很富有，周围高高低低的山坡、石窝里，凡有土的地方都长着黑油油的玉米，正吐出红线线，像是刀枪林立。往年的陈玉米棒，在洞口垛起了黄金塔，在洞内码成了黄金墙，足有八九千斤，顶得上一个生产队的粮库。不是做梦吧，我揉了几次眼睛，打量眼前的这座金山，尽管它还不是紫金山。

此情此景，令人想起陶渊明的《桃花源记》。可是这位遗民似的老人，并没有世外桃源的怡然自得，有的只是与世隔绝的孤独和苦闷。他神情紧张，说话含混不清，好像一些语言都忘记了。后来看我没有什么恶意，才敢试探着打问，公共食堂正在吃什么？还挨家挨户翻粮食吗？我告诉他，经过整风整社、反"五风"，食堂已经解散了。他又重复地问了几句，看样子还不大相信。

原来他是山下大队的社员，年轻时上山攀岩掏五灵脂（鼯鼠科动物的干燥粪便，是一味药材）。三年前因为饿怕了，只身逃往人迹罕至的深山老峪。开始采野果，挖杜仲、何首乌充饥。后来看山上有土有水，虽然巴掌大的地块挂在坡上，加在一起也有八九亩。便偷偷下山，夜里摸进村子，带来几升玉米种子、一把镐头，过起刀耕火种的生活。

　　一位"野人"，一个山洞，让我隐隐约约看到穷困农村的一条生路。眼前这个蓬头垢面的老人，好像科学家一样伟大，分别时他和我都泪流满面。按照他的指点，下山时找到一条捷径，是他当年攀岩采五灵脂的小路。小路几乎是垂直的，需要抓着树枝、扒着山岩，好像一块石头从山上滚下来。站在山下回头看，小路连着山顶那处云片一样的开荒地，好像一只在风中飘摇的风筝甩下来的一条细线，断断续续，在有无之中。

　　回到山下，我把这个发现告诉了公社书记。书记把大腿一拍，兴奋地说，这个老家伙，我一直当他去东三省当了盲流，闹了半天在我眼皮底下捉迷藏呢。他悄悄告诉我，安徽宿县也有这样的老头儿，带着生病的儿子到山区开荒自救，开了十六亩荒地，引起了省委书记曾希圣的注意。他受到启发，在部分地区实行了"包工包产责任制"，我就势问他敢不敢也试一试。他说："我是土地革命时期的党员，脑袋掖在裤腰里干革命，看准了还有什么不敢的。"他晃着膀子跟我爬山，左边的袖管空空的，响堂铺战役丢掉了一只胳膊，还开玩笑地说，他是形"左"实右。老人被公社书记从山上请下来，摘了盲流的帽子，自愿把积攒的万把斤玉米交给公社。书记把一半分给社员当口粮，一半留下当明年的种子，并不声不响地在几个大队搞"包产到户"，小家叫农民自己当。

　　果然一包就灵，改变了"一窝蜂""大呼隆"，农民又恢复摸黑下地了，荒地变成熟地了，病人变成劳力了，大田和自留地的庄稼一样好，妇女开始怀孕了。来公社调查研究的团地委书记说，在共青团三届七中全会上，邓小平主张包产到户合法化，还说不管白猫黑猫，只要抓住老鼠就是好猫。

　　两年后，我在任县搞细线条"四清"，碰到"责任田"的问题，请教同在一个工作队的中央调查部的某领导同志。他说这个问题中央高层分歧严重。我睡不着觉了，担心那次紫金山之行的后果。不久坏消息传来，说是搞粗线条"四清"，那位老汉和老书记都当作修正主义路线的典型，被揪出来批斗了。记忆里那只空中飘摇的风筝，终于被暴风雨打湿，跌落在地上，我的心也被狠狠地摔疼了。

粗粮细做

中国传统粮食为麦、稻、黍、菽、稷，俗称五谷。五谷没有包括玉米。玉米的故乡是拉丁美洲，16 世纪才传入中国。可是它后来居上，早已遍及长城内外、大江南北，与麦、稻一起三分天下。玉米生性泼实，耐寒耐旱，不论沙荒薄地、山坡瘠壤，甚至石头缝里都能立地生根，且易高产，所以深受农民喜爱。只是不似麦稻精细，颜色发黄，口感稍差，习称粗粮。

玉米身价低，与下里巴人门当户对，越是旱涝灾年，越是困难时期，越是行时。我是吃玉米面长大的，少年时就写诗赞颂它："金皇后怀抱胖娃娃，笑开了一地白马牙。""金皇后"与"白马牙"，曾是玉米的优良品种。

1953 年开始实行统购统销，粗细粮搭配供应，七三开，八二开。随着农业合作化和人民公社深入发展，大米白面越来越少，几乎在北方餐桌上销声匿迹，逢年过节才出现于粮店的黑板上。一露面，人们惊喜万分，奔走相告，手擎粮本，排起长队。让人想起杨白劳，"集上称回二斤面，带回家去包饺子，欢欢喜喜过个年"。

我与老伴谈恋爱时，正是玉米面年代，我们相约回到保定北部的一个县城。岳父一家盼星星盼月亮一样迎进家中，人来了却犯了大难，家中全是粗粮，大米、白面无处借也无处买。想不到我没过门的媳妇露了一手，粗粮细做，一连几天饭不重样。虽非脍不厌细，但可以说达到了艺术的境界。我出生在冀南，吃饭不讲究，这一次在保定可吃出了门道，做了玉米面的俘虏，至今记忆犹新，回味无穷。主要吃法如下：

贴饼子。柴灶，旺火开锅备用。粗玉米面，温水和面，水适量（玉米面不大吃水），和到偏软程度，团在手中，两手折成五六分厚圆饼，贴至水面以上锅沿，然后将水舀出一些，防止水沸煮饼。盖锅，文火烧一刻钟，香味随蒸气溢出。掀锅，将饼子一个个铲下，贴锅一面一层焦黄锅巴，趁热吃，香脆可口。

蒸傀儡。以树叶野菜为主，春天用榆钱儿、榆叶、扫帚苗儿，夏天用山药叶，秋天还可用菜豆角。将树叶野菜洗净切成七八分长，放在盆里，边撒玉米面边搅拌，面不可多。旺火烧锅，架箅子，铺屉布，将拌匀的菜面撒在上面。蒸二十分钟即熟。蔬菜上裹一层薄薄面皮，而不掩其本色。吃起来松软筋道，菜味面香兼而有之。不忌口者，佐以醋蒜更佳。文人称为傀儡，意为代食品；农民叫作苦累，指受苦人吃的。

摇格格。用细箩筛玉米面，箩上粗面留作生面用，箩下细面用沸水烫，边浇边搅成碎疙瘩状，切记莫稀。手沾凉水边揉边团，擀成薄饼，纵横切割成指甲盖大小的菱形小块，放在辅有生面的簸箕里，两手摇动，使之互不粘连。下在滚开的锅里，用勺子轻轻推转，五分钟即熟，捞在碗里，状似碎金。打卤炸酱均可，筋道肉头，清香爽口，胜似老北京炸酱面。

打烀饼。将白菜、大葱、山药叶等剁碎，放进粗玉米面内，用温水和匀，糊在锅底上约一公分厚，用手将表面拍平光滑。盖上锅，文火烧十分钟，闻到香味用铲子轻轻转动，避免粘锅，熟后起出，状似锅盖，下面一层焦黄锅巴，掰而食之，香酥可口。

打缸炉。开水烫玉米面，包以各种菜馅，然后蘸凉水，边团边包，最后拍成巴掌大半寸厚的馅饼。火炉上架一个没底的破脸盆，火口上盖一个多孔铁片，防止炉火太旺。脸盆上架饼铛，倒油，放上做好的馅饼，加盖。注意要不时用铲子转动，待七八成熟时铲起，靠在脸盆壁上烤，铛上放第二批。三两分钟翻过烤好背面，即食。

把儿条。细玉米面加少许山药面，为了增加粘连性，再加些榆皮面，开水烫面，揉透和匀，擀成薄片，切成三寸宽，再叠起来，中间撒生面，切成一把长的面条。煮熟，打卤炸酱即可。

雨果说，上帝用最柔和的泥土和最纯洁的色彩制成了女人的手指，我深信不疑。困难时期的保北几日，我的牙齿、舌头和心灵都获得了一次高级享受，为后来无数次的鸡鸭鱼肉、山珍海味所无法比拟。吃饭时，好像每一根面条都是她的手指，传递着聪慧；每一块干粮都是她的红唇，轻透着温情。

小人谋食，君子谋道。她每做一顿饭，都好像在讲一个道理；我每吃一顿饭，都好像在读一篇文章。几天饭吃下去，我们的婚姻就拍定了。当时我想，我选择的道路必然是终生的穷困，永远的玉米面，正需要一个女人来粗粮细做，制造出生活的味道，创造出一个好丈夫，创造出好儿女。后来事实证明，果然。

补丁的故事

"新三年，旧三年，缝缝补补又三年。"这是过去居家过日子，特别是衣服被褥的使用原则。从古代到近代，乃至改革开放之前，丝绸、棉布成本和售价较高，衣被成为人们生活的主要开支之一。上层人物长袍马褂自不必说，劳动人民短衣短裤，被讥为"鹑衣"，就是秃尾巴鹌鹑的样子，也常破破烂烂，需要缝补。以碎布补缝破烂之处，叫作补丁。一件衣服补丁多了，叫百衲衣。如今的年轻人看京剧《红灯记》，见到李玉和与铁梅崭新的戏装上，加了几处不规则的布块，莫名其妙，不知道那叫补丁，是当时生活的真实写照。

1956 年以后，中国的补丁骤然增多起来，好像一种流行的皮肤病。统购统销之后，吃饭凭粮票，穿衣要布票，不分老幼高矮，每人每年一丈二尺。以中等身材计算，做一件制服上衣需布七尺，一条裤子需布六尺。做一条棉被，里一丈四尺，表一丈二尺。如果家有积蓄,老人小孩背拉着,尚能将就。若是单身职工,独立生活,那就惨了,有穿的没盖的,有盖的没穿的。对于上班族来说,无疑是攘外重于安内,花钱买一床被套。内容不是农村的"落弓棉",就是城里的再生品,连不成块儿,抱不成团儿,需要外加一个网套。晚上和衣钻进去,第二天沾一身棉絮,好像长了一层白毛。

当时部队比地方情况稍好一些,不实行布票,照常定时发衣发被。干部战士受社会环境影响,懂得了节约,省下一部分旧衣旧被转送亲友。于是军装时髦起来,军衣军大衣、绒衣绒裤满天飞。许多姑娘也冲这一优越性,希望找个军人成婚。地方女人穿上绿军装,就意味着成了军人家属,或者准军人家属,连本人也被称为"军用品"。

另一个特殊的部门是供销社。不知他们当中哪一位智者,发现日本进口的化肥袋可以洗净染色当布用,做成衣服软绵绵轻飘飘的。于是很多地方的袋装化肥改成散装卖,省下包装皮发给职工。一时供销社成为热门单位,四面八方的人都来套近乎,以暨摸到一两个化肥袋为荣。只是这种日本化肥袋不好染色,洗两水就掉色。社会上流传这样一首民谣:"晋县小干部,身穿哆嗦裤,前看日本产,后看是尿素。"

我们家既没人当兵,又跟供销社不沾边。但是大人孩子衣着有模有样,不失体面。为什么?全靠我爱人一双巧手,为全家拮据的生活"打补丁"。同样是那几丈布票,在她手里就得心应手、经久耐用，充分表现了她聪明过人之处。应对变化，又全在手与心。一是布料的选择，因用使材。被面单衣用浅色细布，柔软清爽。秋冬衣服用哗叽、咔叽，都是斜纹布，薄厚不同，必要时用双面咔叽，过春节还要用条绒。尽管每尺多花一两角钱，算总账还是物美价廉。二是自己染色。当时外国经济封锁，国内织染技术落后，市场上只有蓝黑灰几种布料，颜色单调。为了孩子穿得鲜艳一些，她自己买颜料，煮染出桃红、枣红、柳绿、湖蓝等颜色。三是自己剪裁。街上看到新鲜式样，书上找出美的图案，自己动手学着剪裁。为了省布，常常是两三件衣服套在一起裁。这些都要把学过的几何代数用上。尤其女儿的衣裙，力争新颖美丽，先在白纸上画小样，反复修改，确定后再在报纸上放大样。从小到大，经她的巧手缝制出来的衣服，没有重样的。

特别值得称道的，是我爱人打补丁的艺术。孩子好动，上树爬墙，膝盖、肘部、臀部容易磨破，选用适当的碎布，剪成虎头猫脸等图案，对称地补上去，好像是装饰品。衣服上挂了个小口子，缝好再绣朵花，天衣无缝。我的小女儿，在那个以灰暗色彩为主调的时代，显得花枝招展，好像一个小模特儿。

至今，我箱子底下还保存着二十世纪六七十年代的几件衣服，合起眼来，那些大大小小的补丁，好像天上的星星。

吃 派 饭

读高中时，语文课本上有秦兆阳一篇《王永淮》，主人公扎根农村、艰苦创业的精神深深感动了我。几年后大学毕业，我申请到邢台山区工作，已经是邢台县县长的王永淮，推荐我到县文化馆，并建议我去全国植树造林先进单位石槽大队蹲点。报到第三天，我步行百里到达石槽。

一个刚刚走出家门、校门、机关门的"三门"干部，进山后困难重重。首先是不会吃饭了。过去吃食堂，用粮票买饭票，用饭票换饭吃，一个馒头二两，一碗粥一两。下乡吃派饭，一天交一斤二两粮票、四角钱。可是农村饭食品种繁多，质量不等，个儿大个儿小，小碗大碗，难以掌握。

第二天，太阳一竿子高，一个小闺女来叫："工作员！今儿个到俺家吃饭去。"沿着石板路拐弯抹角，走进一团石头院，来到一座石头屋，在一张石头桌旁坐下。主人先端上来一碗稀的，黑瓷碗大如小盆，碗中物介于豆浆与面粥之间，乱着菜叶，黄中泛绿。他说这叫豆沫，现磨现煮的。禁不住豆香引诱，抿了一口，果然是美味。接着又端上来一盘窝头，谷子面做的（谷子碾去糠皮才叫小米），拳头大小。主人倒过来"黄金塔"，塞上一个软柿子，像黄云托出半轮红日。我激动了，但是拿起又放下。因为那碗豆沫已经尝了一口，就得喝完，一大碗豆沫该有三两的样子，再吞进那金塔红日，显然要超过指标了。这时脑子里立即出现一个镜头，1960年在固安县搞整风整社，天津市一位副局级干部，就因为在生产队食堂多吃了两块红薯，被工作团大会批判，当场"双开"。从此我吃饭划了一个底线，慎莫多吃多占。

吃了饭上山劳动，刨坑栽树，与石头打交道很费力气，撒了两泡尿，一大碗豆沫就消耗殆尽，饿得我心慌腿软。午饭是红薯面饸饹，山韭菜炒蘑菇做卤，香味扑鼻，狼吞虎咽吃下去。吃完一拍脑袋，糟了！早饭一大碗豆沫，中午一大碗饸饹，一斤二两的定量，一不留神差不多吃完了，晚上小闺女再叫吃饭不敢去了。这一来更糟了，老乡以为我病了，特意做了一碗白面条，打了两个荷包蛋，叫小闺女送到我的住处。尽管饥肠辘辘，面对饭碗不敢动一下筷子，守到半夜又送回去。

几天之后，王县长上山，发现我瘦了，走访我吃过饭的人家以后，笑着对我说："你是三年困难饿怕了，把吃派饭当成考验，一天过三关。其实吃派饭是群众路线的工作方法，通过深入群众，访贫问苦，了解情况，不是去当客人，不能把自己当外人，该吃就吃，吃饱好工作。"从此我吃派饭才吃出了味道。后来搞"四清"试点，有几个社员跳起来揭发一个生产队长多吃多占，作风霸道，工作队就把他挂起来。我吃派饭时反复了解，原来这几个人小偷小摸，被队长逮住批评处罚过，是"勇敢分子"。经过群众评议，给队长恢复了工作。吃派饭正像马玉涛在《看见你们格外亲》中唱的："吃的是一锅饭，点的是一灯油。"无形中拉近了和农民的距离，听到了掏心窝子的话，了解到许多生动的故事。

一次在老乡家里吃饭，听说一户人家与生产队牲口棚为邻，中间隔一道墙，墙根有一个小水道。这户人家故意把自己的鸡通过水道赶到牲口棚里找食吃。我觉得新鲜，换一户吃饭又做了印证，觉得小事情可以做大文章，乘兴写了剧本《轰鸡》，在河北省戏剧会演拿了头奖。

吃派饭，吃百家饭。参加工作以后，经常下乡蹲点，一蹲就是几个月。吃了四年派饭，够千家饭了。群众对管饭的态度也不尽相同，多数是乐意的，改着样儿让你吃，说长期离家在外不容易。阶级成分高的不敢给做好的，怕说是拉拢、腐蚀干部。光棍汉子条件差，不大会做，就要自己动手，烧火擀面。还有邋遢、笨拙出了名的户，大队干部不给你派，也不要错过，这些人家往往有困难，需要解决，千万不可嫌弃，隔门而过，那样会打击他们。有一次，一个半傻不俏的女人管饭，我在下边拉风箱，她抱着孩子燣窝窝头。突然孩子拉屎了，拉在锅台上，她慌忙拿了一只碗扣上，以为我没有看见，我也就装着没看见，该怎么吃还怎么吃。心里并不怪她，发放救济时，还第一个想到了她。

老实巴交的农民有时也会看人下菜碟。他们看人，不是看职务的高低、职业的长短，而是看人品的好坏。有一次，造反派押送县委书记何耀明全县游斗，在山区一个大队搞批判大会，会后派饭到一户农家。这位老大爷表面嘻嘻哈哈，可是心里有数。开饭吃面条儿，他把造反派让到上房坐下，每只碗里加了一撮盐，齁得他们直咧嘴；而把何耀明推到门外，说走资派靠边儿站，端碗到院里吃去。何耀明一挑筷子，下边儿卧着四个荷包蛋，他眼泪唰地流下来了。

如今，"蹲点""派饭"一类的词儿，已经从生活中消失了。我下乡采访，包括公务，都是乡政府村委会"安排"，到饭馆酒楼，不落忍，只有自带吃的。但是都吃不到过去那种味道了。对于以往吃派饭的香甜，只有眯缝着眼去回味了。

泽 畔 藕

1959 年中华人民共和国成立十周年大庆，郭沫若副委员长来到农展馆，看到了泽畔藕，一棵白劳藕九尺长，重二十多斤。他称赞不已，当场赋诗一首。其实早在清嘉庆二十四年（1819年），泽畔藕就被列为贡品，名扬天下了，北京前门大街开有专卖店。泽畔村永乐寺有碑文记载，同样内容的石碑分别立在北京城、顺德府、大名道和唐山县（1932 年因京东唐山兴起改名尧山县），名曰"五同碑"。

泽畔村属尧山县，因位于大陆泽畔而得名。古大陆泽在河北邢台的隆平、尧山、任县之间。《禹贡》上说黄河之水"北过降水，至于大陆"。《大陆泽图说》有"九河之水皆汇焉，汪洋浩荡，望之居然一湖"。泽中盛产鱼虾菱藕，风景如画。明代吏部尚书兼文渊阁大学士石瑶有诗形容："大陆泽水秋泠泠，苇花初白荷益青。红裙荡桨绿波靓，八月江寒犹采菱。"后来黄河改道，湖水退缩，泽畔村沦为陆地，但是当地农民种藕之风不减，并摸索出改坑塘种植为"铺池而做"，创造出独树一帜的"清水莲藕"。从明永乐年间开始试栽，到清嘉庆年间列为皇家贡品，成为宫廷必不可少的美味佳肴，被誉为"北国第一藕乡"。泽畔村有我一家亲戚，在那里我第一次见到荷花，吃到大米，并对泽畔藕的种植过程有了一些了解。

农历谷雨天气渐暖，藕农着手铺池。民间万物有神，荷花之神为魏夫人弟子花姑。开池时要烧香进供，燃放鞭炮。泽畔藕不用坑塘，而是在上好地块挖土三尺，开出正方形或长方形深地，每家少则半亩，多则二三亩。池底平整之后，大水漫灌。然后根据池之大小，邀请十几人、几十人赤脚踩踏。踩池人分行列队，一遍遍翻来覆去地踩，一天两晌，直到把脚下的池底踩成一层胶泥、一块铁板，不渗不漏为止。

踩池的场面十分红火，几十人有节奏地行进，摇摇晃晃，歌呼呐喊，简直是一场集体舞蹈。大家边踩边唱，因为都是男人，唱词的内容多是女人。有独唱的短歌："东头碾子西头磨，没有汉们给扛箥箩。"旁边有人插白："别哭了大嫂子，还有我哩。"接着唱："有你顶不了你哥哥。没鞋时再做一对，没有汉子怎么睡。"也有集体的合唱："小奴今年一十五，婆家穷了不做主，黑更半夜哭。"插白："你丈夫还小哩。"接着就是叙事式的唱段："你说他小他就小，长得不矬也不高，模样也不孬。没房没屋不用提，二人马棚拜天地，这事也可以。没有吃的不用提，扠着篮子要饭去，小奴也愿意。有河有水不用提，挽挽裤子蹚过去，小奴不着急。没轿没车不用提，骑着舅舅的小毛驴，小奴挺美气。管也罢来不管也罢，爹娘说话不算话，再不说婆家。"每唱三句一段，大伙儿就"哎嗨哎嗨哟"，重复最后一句。

藕池踩好后上底肥，不用猪圈肥、牲口粪，更不用人粪尿，而一色是榨油剩下的豆饼、花籽饼和芝麻酱，粉碎后好土拌匀，一层铺多半尺厚。然后把一块块种藕埋进土里，再浇上半池井水。池水平静静，光闪闪，清澈见底，明如玻璃，亮若银盆，微风起时，波光粼粼，十分动人。为了保持一定水位，三两天浇一遍水，天旱蒸发快时，辘辘不停，这就是清水莲藕。为了点缀生活，藕农还在池边栽几行稻，水里养一些鱼，真个鱼米之乡。

三十天荷叶出水，初似一枚枚铜钱，浮在水面，继而像一面面铜镜，光彩照人。立夏后荷叶气儿吹似的长大，荷茎一夜间亭亭玉立，举起绿色的拳头，几天后拳头伸开，开出一朵朵白莲，白白的脸庞，绿绿的裙裾，让人想起唐人皮日休的一首诗："腻于琼粉白于脂，京兆夫人未画眉。静婉舞偷将动处，西施嚬效半开时。"泽畔村的莲花多为白色，红莲极少。藕农不喜红莲，因为只长莲蓬不长藕，是一种狂花，轻浮之人才稀罕呢。泽畔藕池的白莲，花开得都不大，把劲儿都使在了地下的藕上。

立秋后，花瓣纷纷落去，荷叶渐渐褪色，这时便减少供水。池中的荷叶梗失去水分，伸着懒腰从容地晒着太阳，同时在充足的阳光中身子渐佝偻，变成一群驼背的老人，最后在猎猎北风中纷纷倒下。藕农们知道，虽然失去表面繁华，但他们的小宝宝却正在地下伸胳膊长腿，纵情地生长。大雪封地前，藕农用大量秫秸干草给他们的孩子们盖上一层层厚厚的棉被，一为防寒，二来保持水分，让他们一年的心血都变成糖分。

泽畔藕生长期长，进入腊月才出池，专供春节享用。一般现挖现卖，带泥出售。洗净后如美人玉臂，胴体和断面孔管都呈椭圆状，大概与池底坚硬有关。席上泽畔藕片，白莹莹，脆生生，有前人形容："轻同握雪愁先碎，细比餐冰听却无。"泽畔藕还有一个特点是遇醋不变色，如同荷花之出淤泥而不染。县志上说它"洁白如玉，美味可口，营养丰富，全身是药"。泽畔藕节是一味名贵中药，收敛止血有奇效，主治吐血、鼻衄等症。

"保爹派" 小汪

　　我在"四清"工作队当队长时，汪更环是"借干"。细线条"四清"全面铺开，干部不够用，借用一些农村知识青年，充实到工作队中，边干边训，通称"借干"。经过两年"四清"，更环表现不错，爱说爱笑好人缘，留在公社当民政助理，言明两年后转正，定行政二十六级，月薪三十一元。这等好事落在更环头上，也沾了他父亲的光，老汪在公社当书记。

　　突如其来的"文化大革命"，把许多人都打蒙了，汪更环一夜之间，由根正苗红的积极分子变成了"可教子女"，思前想后睡不着觉，早来的眼袋气儿吹似的鼓起来。末了下决心必须当一回"勇敢分子"，假装积极，与老爹划清界限。公社批斗走资派万人大会上，他跳起来领着喊口号，从上而下地打倒，他喊一句，群众应一声。最后轮到打倒他爹了，他爹在台上瞪了他一眼，瞪得他有些发毛。他一横心，闭上眼睛默念："爹啊，对不起您，为了我那二十六级三十一块钱。"然后用出吃奶的劲儿，振臂高呼："打倒俺爹！"下边山呼海啸："打倒俺爹！"口号声落下，有人觉着不对劲，上来把汪更环打倒在地，再踏上一只脚，当场宣布为"现行反革命分子"。

下一次批斗走资派，先拿汪更环垫背。造反派给他挂了牌子，上写"保爹派汪更坏"，把环改为坏字，打了黑×。他爹看他的样子，不瞪眼了，眼睛眯成一条线。造反派让汪更环交代问题，小汪为了表现好，争取宽大处理，二十六级三十一元不泡汤，上赶着揭发自己："我在工作中犯了三大错误，不可饶恕。第一，去年冬天发救济，发给东头地主婆子李莲芝一份，丧失阶级立场。第二，三月三庙会那天，李光斗来领结婚证，那天正是他二十岁生日。他娘吃晚饭肚子疼生了他，可他吃了早饭就来了，离二十周岁还差半天，我心一软给他扯了结婚证，违背了政策原则。第三，去年冬天征兵，王二小脖子上有块疤，我抹不开面子，给他盖了章，让他钻了空子，当了通信兵，破坏了伟大人民解放军的伟大形象。"造反派批评他避重就轻，不搬西瓜撒芝麻盐儿，态度不老实。

汪更环眼珠一转，举手说交代重大问题："我身犯三项滔天大罪，死有余辜。第一，1963年特大洪水，兴风作浪；第二，1966年隆尧大地震，知情不报；第三，勾引日本鬼子进中国，想当汉奸……"下边起哄："你小子多大岁数，事变那年还藏在你爹腿肚子里，当汉奸的该是老汪吧。"更环解释说："我是 1944 年 6 月生人，8 月日本鬼子'扫荡'，俺娘抱着我钻了高粱地。鬼子兵在官道上走，我哇地哭了一声，被俺娘用奶头堵回去了，边打我的屁股边说，嚷叫什么？你小子想当汉奸，给日本鬼子通风报信呐！"下边哄堂大笑，一片骚动。造反派站起来镇压："笑什么笑，这汪更坏从胎里就坏，立案侦查，一查到底！"

这汪更环伶牙俐齿，语言生动，挨斗时不知不觉地耍活宝，常常爆出笑料，往往使批斗会变成他的单口相声专场。有一次批斗会，被斗的"走资派""牛鬼蛇神""喷气式"站了一排，老汪开头，小汪结尾。每个被斗者后面两个民兵，一人架一只胳膊。到小汪这里，人手不够了，只剩下一个民兵，架着他一只胳膊。他大声喊："报告！人家的飞机两个翅膀，我这架少了一翼，失去平衡，请再安一个。"

汪更环人聪明，在长期被斗中熟能生巧，有不少发明创造，至今还传为一方笑谈。其一，某日游斗某村，忽遇一阵旋风，被斗人头上的高帽都吹跑了，没了标志，大家不知所措。汪更环不慌不忙，从兜里掏出个塑料袋，嘴一吹变成高帽，戴在头上，上有"打倒保爹派汪更环"字样。其二，当时流行"揪斗"一词，事出有因。造反派斗人，先用手揪住上衣领子，往上一提，出列示众。一般人衣领扣紧，上提时如绳索勒着脖子，憋得喘不过气来。汪更环聪明，每次批斗前都把衣服上边两三个扣子解开。被揪时领口随势向上，脑袋留在下边。用劲大时，还脱出一个光脊梁。其三，批斗会罚跪，一跪半天，有时造反派出坏，让被斗者跪砖头、炭渣，疼得人龇牙咧嘴，冷汗直流，末了血肉模糊，结痂化脓。而汪更环却能安然处之，不动声色，好像认罪态度很好。散会以后，有知己问何以然，更环看前后左右没人，捋起裤腿，只见膝盖上裹了厚厚一层棉絮和塑料布，还笑笑说："我这叫软磨硬抗。"

全公社被批斗干部，汪更环级别最低，职务最低，挨斗次数最多，批斗时间最长。最后连他爹都站起来解放了，他还趴着，不放。因为群众对批斗会看烦了，不愿意费那工夫。而批斗汪更环就不同了，他耍活宝，造反派耍猴，看热闹的人就多。这件事儿被兰州部队征兵的听说了，指名要找这个特种兵，到文工团去学相声，尽管那年他已经二十四周岁了。

想起王宝钏

　　这是一件真人真事，曾经轰动一时，家喻户晓。然而时过
境迁，回味起来未免让人辛酸，是那个时代酿出的一出悲剧。
更不忍再说出她的名字，以免饱受摧残的灵魂再一次受到伤害。
权且就叫何辛吧。

　　1971年腊月，冀南平原三省交界处传来一件奇闻，一名女
大学生决定嫁给一个贫下中农饲养员。好事者闻风而来，那时
尚无众多媒体，都是各级革委会报道组和文艺宣传队的人。县
招待处人满为患，挤不上公用的大卡车，我骑了一辆自行车赶
去。白花花的盐碱地上，黄土房组成的小村，黑压压的人群在
看热闹。新房门上的对联格外醒目：扎根树上结硕果，连理枝
头话丰年。门垛是新的，泥缝未干。木门是旧的，腐朽处用报
纸糊上，再刷一层墨汁。

　　众人张罗喜事，婚礼如期举行。新娘白白净净，大大方方，

有几分男人气概。新郎又黑又瘦，扭扭捏捏，倒似女儿态。第一印象是不大般配。天公也不作美，空中飘着片片雪花。可是随着鞭炮锣鼓声起，高音喇叭震耳欲聋，隆冬寒气已被驱散。这些响动也让我惊醒，不能以陈腐眼光看待新生事物，是带着亮晶晶露珠的新事新办。如此，眼前便一片亮色，扎根树上的纸花也像真的一样红火欲燃。扎根树是新娘从集上买来的，几株桃树苗子，在众目睽睽下栽到院里，扶正，浇水。

访问了几名知青，他们没去贺喜，躲在家里议论，也并不反感。认为这种结果并不出人意料，甚至是大势所趋。知识青年下乡，转出城市户口，断了后路，只能老老实实待在这里，厮守一片土地，当一辈子农民，面朝黄土背朝天，别无选择。有的人出身"不好"，希望渺茫，万念俱灰，只想找一户贫下中农人家，改换门庭，下一代不再低人一等、当黑崽子了。

几位本地婆婆说了实话，这些城里妮子刚下来，她们不欢迎，是给咱们庄稼人争工分来了。后来转忧为喜，是福不是祸，给咱们送媳妇来了。咱这里人穷地薄，越穷越兴要财礼，正发愁小子们打光棍。女知青不要财礼，天上掉下来的便宜。

问何辛的事谁保的媒？邻居大嫂们说，是大伙将军将出来的。那天在场里干活，这个引："小辛到俺队，吃糠咽菜不在乎，脏活累活抢着干，真不孬哩。"何辛说："响应毛主席号召，扎根农村干革命，与贫下中农结合呗。"那个逗："光耍嘴，口头革命派。"小辛认真了："不是不是。"这个又说："忠不忠看行动，寻个贫下中农结婚，那才叫真结合呢。"何辛没当回事，笑笑说："中啊。"嫂子们紧追："你看石头中吗？"何辛随口说："中，中。"何辛打哈哈，众人起哄，紧锣密鼓，竟然弄假成真了。

何辛虽说是大学生，正赶上这几年运动多读书少，灌了一脑袋政治，头脑简单，又好面子，下不来台了。从提亲到进洞房，连哄带骗，又推又拉，总共十天工夫。直到坐在人家炕上，面前一个大活人，梦才半醒，哭着说："你说这世界上谁最丑，谁最傻？"新郎是个没嘴葫芦，光顾着笑，答不上来。何辛还得自问自答："这个世界上，没有比你丑的，没有比我傻的。"

生米做成熟饭，何辛也就认了，当一名农妇，烧火做饭，喂猪起圈，侍奉公婆，生儿育女，扑下心来过日子。可是本指望相依为命的丈夫，却让她越来越看不懂了。得了便宜卖乖，不知心疼人，不知从哪儿学来的夫权观念，稍不如意，张口就骂，举拳就打，出身贫下中农的他怎么会是这样？忍无可忍时，想到离婚，可是看他老实巴交，磕头求饶，可怜兮兮，心就软了。1973年何辛被安排在乡中当教师，与人发生口角，被那人恶语中伤，说是"丑闻"，一怒之下，无处诉说，向报社写信："有人说嫁个农民没出息，依我看那种看不起庄稼人的人最可悲。有人说落在农村没前途，我坚信在广阔的农村奋斗终生大有作为，前途无量。"把自己并不称心的婚姻，说成是扎根农村的自觉行动。

1974年2月7日，《人民日报》头版发表了《敢于同旧传统彻底决裂》的文章，并全文配发了何辛的"事迹"，夸耀"是一部生动的批林批孔教育的好教材"，"希望涌现出更多敢于同地主资产阶级旧思想决裂，敢于反潮流的人物"。何辛一夜成名，当上全国人大代表、地区知青办副主任，按照上级的调子到处做报告："爱上农村，爱上农民，是毛主席思想哺育了我，是无产阶级'文化大革命'锻炼了我，贫下中农教育了我。"为此累坏了身体。这一阶段，下乡知青嫁给农民成为时尚，保定地区统计，占知青总人数的百分之七十五。

其实对何辛的遭遇，至今我并无厌恶，更多的是同情。因为人们的智慧中，对婚姻的知识是懂得最晚的。何辛的悲剧并不是与贫下中农结合，相反，贫贱之中人才多，嫌贫爱富倒是为传统道德所不齿的。京剧中的《王宝钏》《西厢记》，外国文艺中也有不少公主与乞丐的恋爱故事。公子王孙看不上，"绣球专打平贵男"，明明是薛平贵，大家都读作薛贫贵，其中含有深刻的哲理。选贫还是选富其实并不重要，关键是选择自己的所爱。为财产而选择是出卖自己，为眼前的势力选择是赌博，"只有以爱情为基础的婚姻才是合乎道理的"，这是恩格斯说的。何辛的婚姻悲剧在于，选择的对象不是具体的人，而是一个政治概念。

画　等　号

儿时农村的运载工具，主要有扁担和独轮车两种，一种肩担，一种手推。手推车又有平车和蚂蚱车两种，都是木架独轮。小平车推轻便之物，车盘在木轮上方。蚂蚱车运笨重东西，木架在车轮两厢，窄窄鞍桥罩在车轮上边，好像蝗虫脊背，两边车架似蚂蚱展翅，因而得名。有的地方称"鸡公车"，也是一种比喻。两个车把末端有绊绳，挂在脖子上助力。因为独轮，重心不好掌握，需要扭动腰身以求平衡。我十二三岁推平车，十五六岁学推蚂蚱车，常常人车摔跤，人仰马翻。

传说黄帝发明了车，故名"轩辕氏"。那是战车，四个轱辘，多点支撑。比较起来，独轮车更具想象力，据说是诸葛亮发明的，木牛流马的一种。独轮车沿用了一千六百年，解放战争时期再立新功，陈毅元帅说，独轮车推出了淮海战役的胜利。但是毕竟老掉牙了，西方的卡车都开到了青藏高原，它还吱吱呀呀唱着古老的歌。直到 20 世纪 50 年代，技术革新，农村才用上滚珠轴承的胶轮车，马拉的叫胶皮车，人拉的叫排子车。

1971 年到临西县东留善固插队落户，二队的一辆排子车成为我的专车。队长说新社员拉新车，往地里拉粪拉土，往村里拉麦拉秋。当时流行一句话，接受再教育，与贫下中农画等号。评我为五好社员，同来的小刘不同意，说那是自来红，排子车两个车把是平行线，天然的等号，哄堂大笑。我也觉得自己差距很大，虽说一身黝黑，两手老茧，但还有一种农活不曾干过，就是出远门拉煤。

当时农村做饭、烧炕全用柴草，没有烧煤的。县城里都没有煤店，谁要卖煤就是长途贩运、投机倒把，煤被认为是奢侈品。东留善固当了先进典型，破天荒为五保户生煤火，时间仅限于腊月和春节一段时间。生火的煤，由生产队派排子车远到京广铁路以西的章村煤矿直接采购，车程二百三十里，往返三四天。这个光荣任务，经我再三申请，终于争取下来。

出发那天，正是农历小雪节气，天在下雾。六个生产队六辆车，人带干粮驴备草，结队而行。去时空载，人还可以坐在车上，说说笑笑，轮流唱歌，轮到五队宝宝了，他还在打呼噜。捏住鼻子问，他说刚结婚，媳妇不给枕头，说罢歪头又睡了。一个嘎小子牵住驴笼头，掉转回头，小驴认道，乖乖原路返回去了。当时车过威县，已经走出三十里开外了。

人有精神驴蹄轻，雾散了，红日当头，舍不得耽搁时间，午饭啃了几口凉窝头，找了个浇冬水的垄沟，饮了几口撅尾巴茶，继续扬鞭上路。日落前赶到南和北关，找了个起火小店。先把驴卸了套，让它们在地上尽情地打滚，消除疲劳。驴们站起来，身子哆嗦了几下，放完响屁，伸着脖子好哇好哇叫了一阵，给它们饮了水又拌好草料，安顿好它们再解决人的饥渴。拿出窝窝头，让店家给烩烩，每人五分钱。我摸了摸自己兜里的钱，想一块儿付了，又怕说搞特殊，腐蚀贫下中农。要了一壶好茶，略表心意。

晚上睡通铺，一层干草，两张破席片苫不全，每人一角钱住宿费。可能不常纳客，人还没躺下，跳蚤就兴奋起来，席上乱蹦，可能是闻着了人肉味。刚要合眼，宝宝风风火火闯进来，要找人拼命。我赶忙起来拦住，拉他到前面，要了一壶巨鹿水仙花、一斤猪头肉，给他消气。想不到宝宝自己先扑哧笑了，说毛驴回到家门口，他还在睡，雾还没散。媳妇出来泼脏水，泼到他脸上，才惊叫了一声："下雨了。"媳妇明白了一切，说："丢死人了。"往他脸上打了一巴掌，又往驴屁股上捶了一拳头。

第二天中午到了章村，才知道什么叫煤矿，煤堆比东留善固清凉江故道的沙丘还高。那时讲阶级感情，工人阶级为领导，工农联盟为基础。卖煤工人听说是东留善固的，格外开恩，交十块钱敞开装，好像白送的一样。来时每辆车上都带着柳条笆，可劲地装，然后用大铁锨拍了又拍，足有一千七八百斤。只图占便宜，忘了老人们的话，饭多了撑坏了胃，水多了尿泡累，多装了几百斤煤，受了一路罪。

当晚又在南和北关喂了一夜跳蚤，天明上路，车上有载人不能坐了，跟着驴走，中午赶到河古庙。人走累了，毛驴身上有汗，我又搞了一次特殊，一块五角钱买了三只烧鸡，一人扯一条腿啃起来。吃着吃着有了情况，西北天上雨云上来，赶快开拔。开始是小雨，雨丝像筛子筛得一样均匀，渐渐雨丝转变成雪粒，大米粒似的地上跳。雪粒遇煤化了，增加了载重。毛驴吃力地走走停停，伙计们早有准备，拴上绳子拉帮套。我没准备，解下裤带拴在车把上，与毛驴并肩战斗。

车过威县，马路结冰，驴蹄人脚都打滑，像踏上平衡木。驴身上湿漉漉的，雨水加上汗水。人的衣服与皮肤有间隔，就结了一层冰，白花花像一身盔甲，嘎巴嘎巴地响。人困驴乏走不动了，又不能停下。停下来怕车轱辘和蹄脚冻在地上，一寸一寸地往前磨蹭。有人说卸下煤走人吧，省得人与牲口都冻死。大家不同意，天这么冷，五保户还眼巴巴等着呢。天黑了，离家还有二十多里，那时没电话更没手机，伙计们有点绝望，身上的热量早被冰甲吸尽，不停地发抖。不知谁先打了一个喷嚏，立刻传染开来，连起来就是一首悲壮的歌，被村里派来的人马听到了，我们得救了。

第二天晚上开讲用会，生产队指导员表扬我，大尧这次真正与咱贫下中农画等号了。我觉得还不够，早给毛驴画上等号了。

三 拨 子

1974 年的一天，香河县文化馆一位诗歌作者找我送稿。废除了专业作家制度，我在新创刊的《河北文艺》当诗歌编辑。刊物只发民歌和民歌体诗歌。省文艺组仅十几个人，我这个诗歌编辑担起全省诗歌创作组织工作。香河的同志拿来一沓这个县张庄大队的民歌，让我看看比小靳庄的如何。我认真读了几遍，内容上没有评法批儒批周公，都是农业学大寨，反映社员风貌的，艺术上也可以。我立即送请田间看，阮章竞调走后，他接任文艺组长。也许是心有灵犀一点通，三人商定，1974 年 9 月 22 日，省文组，广义地说地区和香河县联合召开张庄民歌创作现场会，吸收全省部分诗歌作者参加。会议开得热火朝天，激发了大家的创作热情，潜移默化地告诉大家，写什么，如何写。

香河归来不久，接到青龙县三拨子公社一个叫沈贺的平信，邀请我去他们那里看看，言语诚恳，我决定去一趟。那时青龙县还属承德地区，交通不便，从石家庄到三拨子整整用了四天时间。第一天坐六小时火车到北京，再坐八小时夜车，天明到承德。第三天坐长途汽车，天黑到达青龙县。第四天坐拖拉机，多半天才到三拨子公社。县里给公社打来电话，沈贺同志在门口迎接，原来他是公社秘书。从拖拉机上下来，身子骨像散了架一样。吃完晚饭知道，公社还不是此行终点，目的地是西庄，距公社还有三十多里。连拖拉机也不通，需要步行。

步行在燕山处，满眼崇山峻岭，南边可以望见蜿蜒于山巅的古长城。东北沦亡后这里被圈作无人区，至今还地旷人稀，近于刀耕火种。山上盛产一种白梨，运不出去，烂在树上。路边山很高，如行走在峡谷中，产生一种压抑的感觉。我正在酝酿长诗《沙石峪》，描写山势不得佳句，在这里顿时产生了灵感：在家山靠背，出门山碰头。大喜过望，浑身轻松了许多。

离村十里，就有村干部迎接，因为我是开天辟地以来，头一名来自城里的干部，沈贺开玩笑地指着路边石崖说，以后就叫接官亭。尽管我反复解释，自己不是什么领导，不过是一名普通的业务干部，与公社沈秘书一样的级别，他们还是不听，欢迎仪式照样进行。社员们个个换了新衣服，夹道欢迎，举小旗，呼口号，热烈程度不亚于迎接一位外国总统。这般隆重的礼仪弄得我忐忑不安，慌了方寸，乱了脚步，感到自己像戏台上假婿乘龙的小丑，狼狈不堪，无地自容。好容易把狼狈进行到底，来到村小学，被按在屋门对面方桌后面的太师椅上坐下，桌上摆满当地水果和自制点心。然后按当地风俗，村里长者趋步行拱手礼，递上烟袋杆子，我表示不会吸。又手提七寸高铜系白瓷壶，倒满黑瓷碗茶水，双手捧到嘴边让我喝。

接着一通锣响，文艺演出开始，按预先安排好的节目单，一一在我面前演出，演员是全村男女老少，观众只有我一人。节目有白胡子老头捏着嗓子唱皮影，红男绿女跑驴、划旱船，民兵蹦蹦跳跳耍猴打棒。娃娃们表演"钻莲花"，围成一圈儿，首尾对歌："卖锁来！什么锁？金钢铁打琉璃锁。几丈高？万丈高。骑红马，挎洋刀。洋刀快，割韭菜。韭菜奇，剥牛皮。牛皮坚，打响鞭。响鞭响鞭你姓啥？我姓钻，钻个莲花我看看。"有个半大老头数快板儿："扁担钩子用铁打，拉着绳子去遛马。丢下鞭子拴上马，大步跑到丈人家。大舅子，看见啦，拉到屋里去喝茶。忽然一阵风儿刮，刮起门帘看见她。黑头发，白玉牙，脸蛋红得赛桃花。赶忙回家找爹妈，死活我也要娶她。"

天高皇帝远，"十二级台风"也不曾刮进这山窝窝，人们还在演唱旧民歌："蓝登登瓦房白粉刷，边区人民当了家。三八式步枪肩上挎，跟着李司令把鬼子打。""天上下雪地下白，小小姑娘出门来。手提篮篮走得快，园子地里撒白菜。"

我大受感动，当场作了一首打油诗。时过三十四年，内容早忘了。前不久与秦皇岛市作协主席解俊山提起，他还记得：不远千里到三拨，听到大山深处的歌，声声在我心弦拨。拨，拨，拨，拨起心头三把火。

先 锋 桥

1963 年洪水漂天，也激化了地方水利纠纷。国务院全面权衡，调整冀鲁部分边界，河北四女寺河以东的宁津、庆云二县划给山东，山东卫河以西的故城、馆陶划归河北，新设临西县。

临西加入邢台地区，见面礼是一台歌舞晚会，《四个老汉喜洋洋》《八大嫂闹深翻》《拐磨子》，搅得邢台文艺界天翻地覆，我迫不及待地要去看临西。正好有个任务，整理该县农民作家赵景江的典型材料，出席全国青年作家代表会，不久又参加省委吕玉兰采访团，长期住下来，很快喜欢上了这个地方。

县政府临时设在河西街，跨过一座大桥就是山东省临清县。这座桥古已有之，称作冀鲁咽喉。新中国成立初在苏联专家指导下重修，换成钢架结构，宽十二米，长一百二十米，像一道彩虹横卧卫运河上。站在桥头，北望舍利塔，南见鳌头矶，风景如画。桥下粼粼水波，汩汩涛声，把人的思绪带向遥远。三省通衢、帆樯林立、商贾云集的古临清，曾经有过五百年的兴盛，富甲天下，繁荣压两京，运河八大钞关之首，一地的税收占了整个山东省的十分之八。《金瓶梅》第九十八回，"陈敬济临清逢旧识"，描述了这个运河名埠在资本主义萌芽时期的繁荣景象。京剧《陈三两》《连升三级》也取材于临清的故事。地灵人杰，名士王朝佐，大将左良玉，布衣诗人谢榛，兴义校的武训，抗日名将张自忠，当代学者季羡林都是临清的骄傲。

其实古临清的主体正是河西部分，出县城东门就是原来的清平县，1956年才合并进来。汉初置县以来，大部分时间属巨鹿郡、清河郡、大名府，直到明代才划为山东东昌府，乾隆时升为直隶州。1937年七七事变后一直归属冀南行署、邯郸专区，1954年才又回山东。干部多有交叉，二十世纪五六十年代的聊城地委书记，现在的聊城市委书记，还都是隆尧籍。

我也是半个临西人，在东留善固蹲点五年，户口落在童村（后来的县城），常常驻足先锋桥上，赏运河风情，看人来人往。先前人们自东向西流动，拖拉机四轮卡，车水马龙，赶集上庙一样来东留善固参观学习。在山东吕玉兰是省劳模，到河北升级了，宣传她的文章《十个为什么》《农业要上去，干部要下去》《临西县大批妇女走上领导岗位》，频频在《人民日报》头版头条发表，一个蒙白毛巾穿花格子袄的女知青，成为亿万中国人的偶像。我亲眼看着这个充满理想又苦干实干的姑娘，带领大家植树造林，打井修渠，把个种一葫芦打两瓢的穷沙窝变成了富裕农村，粮棉产量提前达到农业发展纲要标准，情不自禁地写了长诗《十年树木》和《渡江曲》。

可是没过几年，先锋桥上出现人群倒流，河西人到河东去要饭，早去晚归。开始零零星星，后来成群结队，缕缕行行。前后张八、东西赵庄一带，外出行乞成风，甚至一个村就拉出上百人的队伍，而且控制不住，愈演愈烈。县革委在桥上设卡拦阻，还真的抓到了一个典型。某大队支部书记的家属，说家里没的吃了，老头坚守阵地，让老婆孩子外出打游击，怀里还揣着一封介绍信：今有我大队贫农社员某某，政治可靠，作风正派，因为暂时困难，到你处张口伸手，请发扬阶级支援，帮助是荷。下边还盖了大队公章，像一个又红又圆的大嘴。

不能简单地认为是给临西县难堪，给吕玉兰脸上抹黑，事出有因，原因也不全在吕玉兰。上边指示，临西三年东留善固化，就是三年实现亩产粮食八百斤，皮棉一百斤，而当时全县平均粮食亩产只有二百六十斤。何况东留善固使足了劲爬这个坡，还整整用了十年工夫。全县有旱有涝，盐碱沙滩，情况复杂，难度颇大。陈永贵给吕玉兰出了个主意，"要过江，种高粱"，种晋杂五号，亩产可上千斤。不足之处是这种高粱品质差，又苦又涩，人吃不大便，鸡吃不下蛋，农民不喜欢。

此时吕玉兰已经身为省革委会副主任、省委副书记。县委书记是兼职，军队"支左"干部掌了实权，人称大副官、二书记，整天哭丧着脸，瞪大了眼，搞突出政治。不光当地群众，连一百多名省、地驻村干部都看成改造对象，每晚天天读到鸡叫两遍，三星未落又吹响起床号，让人想起高玉宝《半夜鸡叫》的故事。

当时流传一句话："拔了玉米种高粱，撤了老头换姑娘。"枣园公社一位副书记，见了耩玉米的耧就砸。县直一位干部到黎博寨公社，任务是"抓东赵（庄），带西赵，种好高粱上纲要"。西赵庄支部书记赵景江写不了小说，肚里饿得咕咕叫，饿出了毛病，不久就去世了。考察干部，不换思想就换人，有十五个县直单位十七个公社一、二把手换成了女同志。有个临西人在山东禹城工作，父母妻子在家里，两三年寻找到了一个人对调，办手续时他爹说啥也不办了，说俺小胃口不小，吃不了杂交高粱。

临西县一位领导调到我的家乡工作，推广杂交高粱。村里便传开了一首童谣："孩子们，出来玩，俺家蒸了高粱团。又能吃又能玩，掰开是个大药丸。"地区召开农业会，北招传开了一首打油诗："高粱好，高粱好，又好吃，又好咬。包饺子，擀面条，不信去问临西和隆尧。"

何 耀 明

邢台历史悠久，曾是五朝古都，商祖乙、商周邢、赵国、后赵国均建都于此。项羽灭秦设襄国，都城在今日县西部山区浆水镇。

邢台县地处太行东麓，整个地形梯形下降，山区、丘陵、平原界线分明。太行山脊西接黄土高原，东临千沟万壑，山西省的地下水一股脑儿倾泻河北，形成宋家庄、稻畦、浆水、路罗四道山川。流至中部四川变二河，南河注入大沙河，北河称野河，受凤凰山横阻，一部分折向南去，一部分潜入地下，在九十里外的城东冒出，形成百泉地貌。

美丽的邢台县，西部是太行山最绿的地段，东部是北国江南，鱼米之乡，唯独苦了中部丘陵，缺少地表水，"石厚不可井"。县志上说："石头庄及侯兰、贾乡，连数十村，日绝井养之利。民间妇子捆载荷担以汲水至他乡，日不一二返。夏日暑时，争取沟浍之水以自给，视涓滴之水，不啻仙掌之露。盖从古而今非一日矣。"民谚曰:"顺德府西乡,一片旱圪梁。一年两头旱,十年九灾荒。"从这一带村庄的名字可见一斑,火石岗、石坡头、坂上、熬峪,绝无一个带水字旁和草字头的。我大学毕业申请到邢台县工作,在丘陵区蹲点一年,最难过的一关是饮水。家家有个水窖,夏存雨水冬储雪,揭盖看时,水面常常漂着白沫绿醭。

世代为水所困,邢台县便出了许多水利专家。东汉张禹任下邳相,兴水利改良田,升为大司农。元代郭守敬开通惠河,引卢沟水、白浮泉入京。明朝王本固治理小黄河,传为佳话。中央台电视剧《我叫王土地》中那个在内蒙古开渠治水,成为中华民国农商部顾问的水利专家,其人物原型就是邢台县人王同春。

在小石头庄村南口,我见过明代万历年间民众为知县朱诰立的一通功德碑。朱诰字清冷,南阳人,在邢台县任职五年,带领农民相地掘井,修养水池。在岗西村打出的一口深水井,"寒而洁,甘而香",被当地百姓称为清冷泉。在城东兴修百泉之利,疏河修闸,二三十个村庄实现自流灌溉。

当代的朱诰是何耀明,他1953年调任邢台县县长,骑一辆自行车跑遍全县八百六十一个自然村。按当时的待遇,县级主要领导配给一辆日本产的僧帽自行车。何县长这个坐骑,在平原是骑,在丘陵是推,在山区是扛。一次走到孟家嘴,眼前一大片水面,群山环绕,碧波荡漾,礁石上几只长脖子老等,吃饱了昏昏欲睡。反差太大了,他刚从丘陵区走过,那里久旱无雨,乡亲们正连明彻夜挑水点种棉花。农民跑出六七里才能找到水源,一担水只能点种六七十穴,一亩地两千五百株,需要五十担水,一个壮劳力需要担六七天。他多么心疼,这儿有水空流去,那儿为水渴死人。这日子要过到何年何月?共产党员怎么能当长脖子老等?古代小说上有移山倒海之术,这法术哪里去找?

1955 年夏天,何耀明去省城开会,会上放映日本电影《箱根风云录》,说的是凿山引水、改变干旱的故事。箱根的地理面貌、缺水程度与邢台县极其相似。他第一次听到水库这个名词,一幅西水东调的蓝图在他心中渐渐清晰起来,回到县里试着在白马河上修建了一个小型的羊卧湾水库,这是新中国第一批水库,新闻纪录电影制片厂拍了纪录片。

邢台县两千平方公里土地,何耀明一遍遍地踏查、步量,河水流量、流域面积、水文地质了如指掌,大会小会讲西水东调。常常伸出手掌讲,五个指头是山脉,指间就是四道山川。南二川汇于庞会,修个朱庄水库,北二川汇于野沟门,修个野沟门水库,然后渠道成网,整个丘陵有水则灵。还风趣地说,这个野沟门水库就在掌心,连着生命线、爱情线。他还把心中的蓝图写成一出歌舞剧,名叫《天上人间齐歌唱》,郭守敬、朱浩也都出现了,由正在邢台县劳动锻炼的裘派女花脸齐啸云当导演,唱得家喻户晓,还拿了河北省文艺会演一等奖。我大学

毕业慕名而来，落户邢台县，跟着何耀明到丘陵区下乡，跟着
王永淮到旱区打深水井，写了两首长篇叙事诗《县委书记》和
《饮水思源》，发表在《河北文学》上。

西水东调主体工程 1965 年动工，三十八米高的连拱溢流空
心的大坝，截断野河，形成一个两千九百万立方米的水库。库
水经过三里明渠，进入凤凰山隧洞，廊道形隧洞高宽各一丈，
长九里。工程量三十万立方米，用工八百万个。全县三十多个
公社，争先恐后，一下子上到四千名民工。深山区冀家村一名
干部说："不论丘陵平原，块块地都是自家的地，一好百好。"工
地口号是大干苦干巧干，炸药不够自己配制，运料工具不足上
山采荆编篓，没有卷扬机用辘轳，没有电灯马灯照明。

正当工地争分夺秒挖山不止时，"文化大革命"横打一杠
子。何耀明被打成走资本主义道路当权派，拉到水库工地批斗。
造反派煽风点火说："西水东调是何耀明一手策划的黑工程，凡
是敌人拥护的我们就反对，必须立即停工下马，解散民工，一
律回家闹革命。"民工不听那一套，有人站出来说："西水东调是
黑工程，那你们红工程是什么？东旱西调吗？让全县人民都喝
西北风！"民工们越来越多，有个十四五岁的半大小子从外往
里挤，边挤边说："俺爹是村支书，造反派说是何耀明的孝子贤
孙，俺还没见过俺爷爷长得啥模样……"

贾村分地

贾村业余作者村娃拍电报来：分地、速来。这个村是我的生活联系点，关键时刻不容错过，一路火车、汽车、自行车，马不停蹄地赶到。家庭联产承包责任制，说白了就是分田到户。耕者有其田，从来都是农民的梦想。三年困难时期后期的分田到户，是先知先觉者搞试验，批了个溜透。现在动真格的了，不少人心有余悸，自然也会有一场争论。

正是 10 月下旬，就要场光地净，腾了玉米茬子种麦子，时令不等人，不容再争论下去，耽误过去又是一年。支部书记果断决定，各生产队发扬民主，社员投票表决。结果各队同意分地的都超过半数，第二天就要付诸行动。但是余火未熄，辩论还在继续，走访了几户社员，几家欢乐几家愁。

七队队部烟雾腾腾，正在召开最后一次队委会。队长是个瘸子，腿脚不便，脑子灵光，平时不劳动耍嘴皮，吃政治饭。

现在吃不到了自然不甘心："这才几天，批判分田到户，说是资本主义，不能走那条路，怎么突然就转了一百八十度？"会计半脱产，他爹是饲养员，没少往家里拿饲料，沾了不少便宜，也来帮腔："辛辛苦苦几十年，一夜回到解放前，等着吃二遍苦、受二茬罪吧。"副队长摸不着权，也没沾多少光，立场显然不同："支书说了，票也投了，相信群众，相信党吧。"妇女队长本来就是摆设，用着朝前用不着朝后，不想再听下去了："天要下雨，娘要嫁人，胳膊扭不过大腿。"拍拍屁股走了。

桂花嫂正在家里撒气，摔筷子蹾碗。过去男人在外边上班，她在村里不下地，拿钱买工分，人六劳四分粮食，几个孩子都是大锅饭养着。分了地谁去种？蹚露水晒太阳的罪多年不受了，想起来就害怕，哭叫："我的那个天哪……"

刁物件大伯院里坐满了，多是半大老头儿，中农、上中农，兵强马壮的。自打听说分地就窃喜，今天更是兴高采烈，像是又碰上了第二次土改，嘴里哼着《翻身道情》："旧社会咱们受苦的人……"有的还摩拳擦掌，说应该成立农会，斗地主，分地还要分浮财。他们不劳动，当甩手掌柜的，算算剥削量，重新定阶级成分。物件大伯的儿子听了好笑："这是哪儿跟哪儿呀，还真想反攻倒算。"几个青年人说："农民有了地就不孬，别瞎扯了，想想咋把地种好，多打粮食。快去县种子站买麦种，外村分得早，去晚就没有了。"大家听着有理，一哄而散。

次日上午讨论分地办法，七队三十户一百二十口人，三大块地两千四百亩，土质差别很大。村东是碱地，不拿苗；村西是洼地，湿了软干了硬，不干不湿锄不动；只有村北是好地，旱涝保收。不偏不倚，利益均沾，只能每块地大家都有份，抓阄排顺序。但是地块大地身长，人多的分得宽宽一块，人少的只有窄窄一条。下午选出代表，手拿米尺、丈竿、石灰桶，一户户量，头里丈量，后头撒白灰、钉橛子。物件大伯早有准备，拉来一排子车界石。三十年前土地入社，拖拉机耕地，刨界石，别人扔了，他捡回去砌进猪圈，如今"刁记界石"重新派上用场。

晚上乘胜而进，平均分配土地以外的资产，就是物件大伯所说的"浮财"，大到牲口、农具、车辆，小到收音机、挂钟、算盘，一一作价，总数除以全队人口，每户再乘以小家人口，就是各户应得。各取所需，大件钱不够，几家结伙，三家一头马，两户一头驴，再不够出钱，什么也不买得现金。队长、会计抢先认购了一马一车，哪来的那么多钱？一对机灵鬼，鬼难拿，当年"四清"工作队，一个班的人查账，都没捉住他们。物件大伯也早有准备，凑齐了全副装备。只有桂花大嫂不知所措，手里攥了一把票子。机井、电动机不能分，家家要用，选出了保管员，浇地时挂号排队，自备汽油、塑料管子。

假期到了，我带着许多问号回去上班。农民有足够的智慧，一个月后再回到贾村，许多问题都解决了，猪往前拱，鸡往后刨。各户自找对象，兑换土地，解决了耕种不便问题。桂花嫂男人成了一头沉，回家也勤了，帮着家里种地，常常夫妻双双把家还。物件大伯和几个大户人家，还在自家地里打了机井。家家户户麦苗绿油油，看着喜人。物件大伯见了我，乐得合不住嘴，说："过去生产队瞎胡混，一亩地种成七分。现在归了个人，七分地种成一亩，地头地边，寸土寸金。"一句话提醒我，发现道边垄沟分到各家各户的树，都被砍光了。这也难怪，每次制度改变，都会带来一次杀猪砍树。农民害怕政策再变，到嘴的鸭子先把它吃了。

七队前队长、会计分到的地雇人耕种，自己跑运输去了。乡亲们说，他们一准会是村里先富起来的人。

耿 长 锁

"千朵花呀万朵花，比不上公社的幸福花。"中国农业合作化第一朵鲜花，开在河北省饶阳县五公村，村委会至今还挂着省政府颁发的一面"社会主义之花"的锦旗。1963 年春，省文联组织王林、李满天、张庆田、刘真等十五名作家，写了报告文学集《花开第一枝》。

1942 年日寇"五一大扫荡"，在五公村周围安了四十座炮楼，抓民夫修工事，耽误了农活。第二年大旱，寸草不生，一斤粮食卖三块钱。人人面黄肌瘦，年轻人扶着墙走，老年人起不来炕。忽然传来延安毛主席的号召：组织起来，战胜困难。耿长锁等四个农民成立"合伙组"，集中了四十亩地、二十二口人、三把大镐，白天种地，晚上打绳。这年麦子长得好，鬼子下来抢粮，合伙组快收快藏，显出了优越性，抗日县政府奖励一头骡子。秋后扩大到十七户，三年粮食亩产增收一百多斤。

耿长锁在全省劳模会上介绍了经验，不久又以劳模身份访问苏联。1953年建起全省第一个拖拉机站，铁牛来了，地界刨了，全村合成一家。合作社越滚越大，从老四户合伙组，到二十户初级社、四百户高级社。1958年三十六个村组成五公人民公社，耿长锁任社长，成为远近闻名的一面红旗。

耿长锁1900年生，打从娘怀里就学搓绳，十四岁进绳铺打工，什么活儿都能干，村里哪块地都熟悉。天天背着粪筐，拿着铁锨，这儿铲铲，那儿平平，看见个大坷垃就把它拍碎。到了大公社，方圆几十里，村村都要走到，只恨自己腿短。县委让他脱产拿工资，他不干，三分之二时间在五公蹲点，三分之一时间在全社跑面。配了一辆自行车，不会骑，又给了一头毛驴，接过缰绳送到公社畜牧场，照样天天踩地块。一身庄稼人打扮，夏天粗布褂子，冬天撅肚小袄，三五年也不换一件行头。有一次例外，访问东欧回来，公家给置了一件呢子大衣，回到村里顾不上换装，背起粪筐就下地，引起村里人注视，不好意思笑了："这才叫抖洋劲儿呢。"

耿长锁抖洋劲儿是玩笑，公社里抖洋劲儿才是真的。两个月不在家，地里长出了花活，一块玉米试验田，牌子上写着：亩产五千斤。老耿说，这不是吹牛吗，这块地去年亩产才四百斤，坐什么火箭，增产一百斤就烧高香了。几天后来了一名省委书记，说现在一天等于二十年，人家四川一亩稻子产了八十二万斤，五公五公，历史上出过五个大官，你得放五个卫星。老耿说，别提它了，原计划种一百三十亩红薯，县里改了三次，逼着种两千亩，拔了一尺高的玉米苗种红薯，大家都种，红薯秧子都买不到。说不动耿长锁，书记气呼呼走了。不久又号召挖"平原水库"，每个水库占地二百亩，五公五公，任务是挖五个。老耿不同意，就说水库挖成，水从哪来？滹沱河都干了，石津渠水不够用。即使存了水，一冬一春也晒干了，还不如打几眼井呢。第二年应了他的话，别处挖的水库，个个干得底朝天，像咧着一张大嘴哭呢。

一次省里开粮食分配座谈会，只有他一个农民，别人都是地委书记。会上想来个分配"大跃进"，取消农民基本口粮，全部按劳分配。老耿站起来说："这样分我沾光，俺家劳力多，挣了三千个工分，能分一万五千斤粮食。可是这样分，五公会有一百五十户分不到粮食，我能吃下饭吗！我主张基本口粮与按劳分配相结合。"怕他搅了局，宣布休会，打发老耿走了。从此五公和耿长锁的名字从报纸和电台消失了。泼在他身上的脏水，直到三年困难时期才洗清，河北大地，遍地饥荒，而五公一个村倒向国家交粮八万斤，棉花四万斤，大白菜二十多万斤。庆祝五公建社二十周年大会上，省长、省委书记恭恭敬敬地向耿长锁鞠了九十度的大躬。

1966 年夏天，"文革"大火也烧到了五公，外来串联的红卫兵与本村的造反派纠合一起，要造耿长锁的反，一张大字报说："五公是红旗还是黑旗？"到底还是老耿树大根深，晃不动，不仅进了五公领导班子，还当上河北省革委会副主任，配了秘书配了车，老耿都不要，还是当他的农民。社会上乱糟糟的，他吃不下睡不着，心里像长了草。还是天天到地里干活，十年内乱把这位精明的汉子，折磨成了一个干巴老头。

直到十一届三中全会，耿长锁才长出了一口气。可惜一口气还没喘匀，又面临人生最后的一道大坎。安徽省小岗村联产承包，迅速蔓延全国。河北在这次巨大的改革浪潮中落后保守，受到批评以后，上边派来工作组坐镇五公，逼着耿长锁自己动手。老耿转不过弯，下不了手，把自己亲手培植，长了四十年的合作之花又亲手拔掉，如摘他的心割他的肉。五雷轰顶，头蒙眼黑，蹲下站起不来，止不住老泪倾泻。

此时的老耿不再是当年的耿长锁，已是耄耋之年，心烦意乱，一连几天睡不着，天不明就挣扎着起来，背起粪筐往外走。出村就是大平原，阡陌纵横，望着发呆，不知该往哪走。人生四十而不惑，五公合作四十年了，一路走来没动摇过，金光大道，怎么就走不通了，要回头搞单干。记得当年李准的一篇小说《不能走那条路》，成了大家的口头禅，怎么今天就翻过来了……说着说着，走着走着，就迷了路。一个放羊娃把他领回村里。

耿长锁老了，经过"文革"胆也小了，再没力气像当年那样独行其道，眼看着四十年的合作之花在自己面前凋谢了。由于信息不灵，他还不知道江苏的华西村，河南的南街村，河北的前南峪、周家庄，集体经济之花还大朵大朵地绽放着。1985
年 11 月 26 日，中国农业合作化的带头人耿长锁，带着遗憾
走了。

平顶房的突破

我们的祖先自从树上下来，掘地为穴，房屋便作为人类生活的包装，有着缓慢而巨大的变化，并且形式和内容往往一致，相应变化。房屋建筑形式又因地形、地域、气候、历史渊源和生活方式不同，而形成各自不同的风格。在杏花春雨的江南，玲珑俊秀的阁楼、简练雅致的竹楼，与自然保持着和谐；在地广人稀的塞北，出檐起脊的瓦房，显示着生活的凝重；在广袤无垠的华北，齐展展的平顶房与大平原一样舒坦宽广，古朴浑厚。

我落生在冀南农村的土炕上，是在平顶房里和平顶房上长大的。

那时，村里的房屋都是土黄色的，与土地一样的颜色。讲究的人家，用土打成坯，用坯垒成墙。将就的人家，用土和成泥，用泥打墙。房顶铺一种瓦碱土，极绵细，几乎看不见颗粒，不渗水。每年春天，未雨绸缪，打墙的，泥墙的，抹房的，满村木板响，噼里啪啦，煞是热闹。

那时候，村里少见树木，从一抹平的黄土地望一展平的黄土房，好像是一层土台子。进村以后，大街小巷又把它切割成大大小小的豆腐块。外来人指责平顶房千篇一律，平淡无奇，他们不懂得平顶房的妙处也恰恰正在一个"平"字上。其平顶的用场和利用率并不少于屋内。夏日晚上，酷暑难当，人们把干粮篮子、饭罐子提上房来，它是饭场；饭后，饮茶聊天，困了一躺，又是床铺，一觉睡到天明；秋天，它还是谷场，豆荚谷穗，晒干净，就风一扬。记得母亲的许多活计，诸如纺棉花、做衣服、缝被子都是在房顶上做的。房顶也是我儿时的天堂，听故事，过家家，偷吃房上的红枣、芝麻。到了冬季，房顶又变成了仓库，玉米棒、花生囤，自然风干。可惜的是梯子一撤，也断了一条偷嘴吃的路。还有，房顶为老太太们提供了一个很好的骂街的舞台，谁家地里丢了一个茄子，母鸡野了一个蛋，那些语言大师能拐弯抹角，指桑骂槐，不重复一字地骂上三天。

那时候，平顶房绝对的平，全村庄窝都在一个水平线上，谁也不许比邻居高一砖。压人一砖，就是大逆不道，压人的风水。此后，一切大病小灾都归罪于你，甚至会招致一场械斗，结下传世之仇，四邻八家房角上的石狮都会金刚怒目地咬向你。所以一般人绝不在房屋的高度上越规，而只在别的方面做文章，比如用石头做根基，用表砖乃至卧砖垒墙，或者在门窗花样上翻新等。

好久没有回故乡，这一次回来，变化得几乎都不敢认了，以为是走错了路，误进了城镇。昔日的黄土房全不见了，一排排新砖房排列成整齐的街道。蓝砖房蓝澄澄的，代表农民的家底殷实；红砖房红艳艳的，象征着日子火爆。我回到家中，没有进屋就先好奇地登上房顶。正值金秋，家家平顶房上都堆着丰收景象，火红的高粱，金黄的谷穗，雪白的棉花，墨绿的豆子，五光十色，绚丽多彩。玉米棒堆成的金字塔，熠熠闪光；芝麻秸架成的金山岭，此起彼伏；棉花垛的雪峰，银光闪闪。整个村庄就是个庆丰收的展览会，每个平顶房都是一块展牌，展示着农村的富裕、农民的笑容。平顶房上，昔日随风摇曳的茅草，已被电视天线替代，数以百计天线组成的幼林，显着农村的无限生机，每一根下面都该是连着一幅彩色的图画吧。

再往远处望去，好像有十来座楼房。我奇怪地揉了揉眼睛，真的是楼房，尽管只有两三层，可是打破了一抹平的规矩。

它不压别人的风水吗？别人答应吗？全村房角上的石狮子是否一齐向它咬去呢？母亲告诉我，全村第一个盖楼的是尚宏哥，他跑运输成了万元户，要了村东一个水坑，填平盖了个二层楼，因为没有四邻，没人攀扯，算是在村里冒了尖。后来大伙儿看到楼房的优越性，宅基地又很金贵，再有钱也买不来，住在村边的人开始盖楼。老规矩一破，人们特别是青年人也不在乎压不压风水，谁有钱谁就往高盖，二层三层比着盖，连庄窝心里的户也动心了。

突破，突破，历史性的突破，尚宏哥简直是一位英雄。他带头突破了千百年来一抹平的规矩，打破了千百年来狭隘的平衡，平顶房开始不平了。我第一次看到华北平原农民的房屋像他们的庄稼一样开始拔节了，开始向上，开始竞争。站在平顶房上打量故乡，感到农村在升高。生活变了，变成立体的了。作为生活包装的住宅也在变着，华北平原农民的身材仿佛也在增高。

"拔瓜"事件

　　河北正定，千年古县，土肥水美，向来粮棉高产，曾经是我国北方第一个粮食"过江"县，粮食亩产超过八百斤。20 世纪 70 年代末，却为一次"拔瓜"事件蒙羞。1979 年 9 月《"歌德"与"缺德"》座谈会上，"拔瓜"与"歌德"相提并论，当作河北省政策保守的例证。三十一年后，我来此地开会，出于职业原因，想对当事人采访，又怕人家不来。结果出人意料，对方答应得很爽快，如约而至。

　　来人时任公社书记，是"拔瓜"事件的主角。此人姓张名五普，神情泰然而有风度，年近古稀而腰板挺直，一脸红润，二目有神，硬朗得像田野上一棵老枣树。对面而坐，我这里揭人疮疤，于心不忍，忐忑不安。他那里回顾往事，从容自若，谈笑风生。原来在张五普心目中，所谓"拔瓜"事件，只不过是一场闹剧，嗤之以鼻。

1979 年麦收刚过，张五普带领公社一班人检查夏种、夏管。十一届三中全会后，农民思想解放，释放出压抑已久的积极性，田野上一片欣欣向荣。随着季节的转换，大地褪去一片金黄，展开一片翠绿，条状的田垄像一块硕大的地毯，铺开在春风里，绿油油，亮闪闪，美丽如画。

走到一块方田，他们停住了脚步，情况有些不对。两垄棉花苗夹一垄瓜秧，说不清这六七亩地是棉田还是瓜田。那时提倡科学种田，间作套种。如果小麦玉米间作，可以争取时间，"把天种长，把地种宽"。但是棉花和西瓜在一起犯克，这是常识。棉苗一拃高了，正是蚜虫、棉铃虫为害高峰期，五天打一次农药，1605、3911 都是剧毒。而此时瓜秧正在开花坐瓜，农药杀死蚜虫，同时也会积存在瓜内。将来毒瓜上市，必然酿成大祸。还有一层道理，棉花地除草务尽，不让草苗争肥。而瓜田必须有草，草长高了为瓜遮阴，避免太阳直晒，西瓜才能长好。

棉与瓜势不两立，必须拔一个留一个。事不宜迟，张五普找来村干部，晓以利害。还特别叮嘱，十一届三中全会开了，问题交给群众，发扬民主，拔瓜还是拔（棉）花，干部别表态，社员民主决定。社员大会上，生产队长说现在科学种田，我年轻，经验少，头脑一热，想套种西瓜，弄点钱花，盘子外边找菜吃。这样下去，就是损人利己。有的社员就念毛主席语录："毫不利己，专门利人。"群众是通情达理的，不大一会儿举手表决，达成一致意见：拔了瓜，留下（棉）花。

可是事情传出去就走了样，突出拔瓜了。北方一家媒体捕风捉影，一个记者来到现场，发现真的拔瓜了，这还了得，侵犯农民自主权，抓住就不松手。记者到公社核实情况，张五普一五一十说了。记者先入为主，只说拔瓜，不讲棉花，更不讲为什么拔瓜留（棉）花。过去说，秀才遇见兵，有理说不清。现在兵遇见秀才，由他狡皮赖。可叹这张五普比那秀才学历还高，石家庄师专中文系毕业，又有多年基层工作经验。

不久"拔瓜"事件见诸报端，放在重要位置，上纲到路线问题，其他媒体也一窝蜂跟进，墙倒众人推，破鼓乱人捶，张五普一下子成了众矢之的，被人口诛笔伐。那位记者又来到农科所，动员他们参加到批判的行列。农科所说张五普他们没有错，瓜就是该拔，不写。张五普自己写了反驳文章，媒体压着不发，木匠的斧子一面理。

此事惊动了作家杨润身，专程从平山来到这里。他想的是，人民公社化以后，好像农民不会种地了，领导干部坐在城市办公室里，发号施令，催耕催种，每亩地下几斤麦种，栽多少棵山药秧，都包办代替了。农业学大寨，"要过江，种高粱"，不管农民爱不爱吃。命令风、瞎指挥要不得，他也想在这方面做点文章。可是实地调查，猴吃麻花——满拧。登门上户，田间地头，深入了解，没有一个社员赞同媒体的观点，谁是谁非，秃子头上的虱子——明摆着的，这瓜就是应该拔，不拔就可能毒死人。最后他找到张五普，来前想好的批评改为安慰："你没错，社员也没有错。应该放下偏见，尊重事实，错的改正，对的坚持，这才是实事求是科学的态度。"杨润身走了，提着他那提了几十年的旧书包，留下一个和蔼可亲的背影。张五普想，这才是真正懂农村、体贴农民的知识分子哩。难怪他能写出《白毛女》《探亲记》那样的作品，为农民说话。他想起了那段歌词："山连山来水弯弯，果树开花红艳艳……"大声地向那和蔼可亲的背影唱着。

杨润身的话给张五普吃了定心丸，把劈头盖脸的批评当作耳旁风。不管风吹浪打，一如既往地挺着腰板，奔走在田间地头。县委、地委了解他，支持他，不为闲言碎语所动，不久还提拔他当了县委常委、县纪委书记。那位记者不服气，还要找碴儿算账。直到第二年全国棉花工作会议上，李先念副总理明确指示，棉花地里不许套种西瓜，一场风波才算平息下去。

天 缘

小县城有个十字街，大十字东北角上原来是城隍庙。20世纪20年代末，奉军一个营进驻县城，营长是胡子出身，拆大庙卖砖石木料充了军饷。此后十几年军阀混战，抗日战争，兵荒马乱，没有谁愿意收拾市容。昔日富丽堂皇的城隍庙断壁残垣，荒草没腰，成为乞丐栖身和儿童玩耍的地方。

新中国成立后休养生息，恢复经济，"要发家，种棉花"，农民的日子眼看着火爆起来，县城"一月一（庙）会，五天一集"的老制度又自发恢复起来。吃饱了肚子，就需求文化，东关村农会把城隍庙旧址平整了一番，建起了一座戏院。说是戏院，其实就是土库伦，土台子，罩上个大席棚子。开始是公益活动，商户捐钱，农民捐粮，义务演出。后来人满为患，连着两次挤倒了土墙头，才盖起票房，卖起票来。

虽说是县城，不过是个大村。黑压压的庄窝上亮起一簇灯光，悄没声的夜空响起了锣鼓、唢呐，寂寞已久的县城热闹起来。小戏院成了活动中心，先是东关村村民大会，后是县里三级干部大会都挪到这里召开，东北角盖起三间伙房，门外围了一圈小商小贩。因为收入不错，不仅有本县村剧团，还有周围的县剧团、邢台的剧团也来抢台口。甚至保定、石家庄、临清的一些名角马又良、刘砚芳、肖武仲等也都慕名而来，家家都赚个盆满钵满。到了 1958 年"大跃进"，县里成立了文工团，排练大型歌舞，还有人张罗着去河南写豫剧大王崔兰田、马金凤的戏。底气不足的是这戏院，有人说："别丢人了，像个大牲口棚。"有人说："没有梧桐树，难引凤凰来。"县政府领导下了决心，盖个县礼堂，开会、演戏两用。这个任务交给了县政府办公室主任高明，他是个戏迷，有积极性。

高主任多方征求意见，咬咬牙定了"高标准"。水泥做台，红瓦盖顶，蓝砖砌墙，定做了三十排木头长椅。但是老高是农民出身，标准也高不到哪去，舍不得多花钱，木头是从县林场平调来的，外墙不用卧砖用表砖。礼堂落成，前头高后头低，像一口大灰棺材。不过就这水平，在周围各县也算盖了帽了。

好戏唱了不过三五年，厄运来了，先是"四清"，后是"五反"运动，黑云压城。办公室有个干事爱看蹭戏，有时还捎带几个人，高主任批评了他，就心怀不满。这家伙戏也没少看，看了《一捧雪》《强项令》，学会了家奴诬告主人，向地委写检举信，说县里不顾群众生活水平，搞了"县礼堂、电影院、邮电所、汽车站"四大建筑。那时"五反"运动正反对建设"楼馆堂所",四处找典型,一下子就抓住了,不分青红皂白就定了性,定了性就要处分人。高主任是个红脸汉,一人顶起来,也就处分了他一人,连降三级,当了县礼堂的经理。

县礼堂属企业编制,除了经理还有一个售票员、一个检票员。自收自支,撑不死也饿不死。"文化大革命"后期,县主要领导都调走了,也没人管他的事,慢慢地认命了。熬到1980年代,电视普及,剧团失业,礼堂常年冷冷清清,老高他们连饭也吃不上了。县里为了甩包袱,标价两千元把这个礼堂合给老高。两个女服务员看不到希望,每人要去二百元辞职走了。老高愁啊,愁得像伍子胥过昭关,一夜白了头。

恰在此时,老高二小子广东铁道兵复员回来,听了他爹诉苦后,哈哈一笑,说:"你真是抱着金饭碗要饭,单凭这礼堂的位置,就是老天爷对你二十年倒霉日子的补偿。"儿子围着礼堂转了几圈,成竹在胸,要把大礼堂简单装修一下,划分成几十个摊位,租给卖衣服鞋帽的商贩,取名"服装大世界"。老高接受不了,说不能走那条路。儿子说,人得吃饭,不能一条路走到黑。依了儿子,果然奏效,虽说不算日进斗金,却也白花花的票子水一样流进来,很快成了一城四关第一个万元户。老高坐享清福,天天喝茶水,听收音机,时不时来两口儿:"一马离了西凉界,不由人一阵阵泪洒胸怀,青是山绿是水花花世界,薛平贵好一似孤雁归来……"昔日比他官大气粗的主儿来凑热闹,老高神秘兮兮地说:"升个官不如养个好儿啊。"

又过去五年,老高家腰更粗了,儿子提出拆掉旧礼堂盖座大楼。老高听说了,一夜睡不着,早起找到儿子说:"又是楼馆堂所,老子可是栽在这几个字上,几十年爬不起来的。"儿子说:"别翻那老皇历了,此一时彼一时也,船过三江口回不去了。"老高当然又依了儿子,从北京找来专业设计,从石家庄请的施工队,要的才是真正的高标准,保证三十年不落后。九层大楼,一二三层是超市,四五六层是专卖店,七八九层除了一家人生活起居,还请了影楼、美发、按摩、古玩、画廊,还特意免费提供给县散文学会、诗词学会、老人书画社做活动场所,足够的儒商气派。

让高家父子犯难的是给大楼起个名字,请来宣传部的干事、县文联的作家、工商联的干部,集思广益,七嘴八舌。什么家世界、北国春、十里香、百福隆,都没说到老高心里,因为脑子里的伤疤还在隐隐作痛。想到伤心处就落下泪来,哽咽着说:"当年我盖个破砖房就是楼馆堂所,就受处分,连降三级。现在儿子真的盖了高楼,还受表扬,连升三级,当了县政协常委,比我当年的官还大。父子两代,天壤之别呀。我那时是自己不长眼,现在是老天开了眼。"小高把大腿一拍说:"妥了,就叫天壤楼,天眼楼。"最后作家们给修正了一下,叫天缘楼。

天缘楼开业那天,惊动了半个县,十里八乡的人都来看热闹。九层高楼在县城拔地而起,远看,像高高竖起的一个大拇指，像大大标榜的一个惊叹号。近看，青石起座，钢筋水泥，大玻璃窗，凝重大方，像一个巨人的塑像，魁梧的身躯，亮堂的胸怀。只是楼顶"天缘楼"三个大字是郑板桥体，衣衫不整，步态踉跄，活脱脱是那戏迷高主任的身影。

马 胜 利

　　燕赵儿女不笨，且不说唐宗宋祖、祖冲之、郭守敬，就连近代发明创造也层出不穷。抗战时期的地雷战、地道战、雁翎队，农业合作化时拥有全国最多的劳模，工业战线常说：河北出经验，山东出效益。三十年前国企改革，邯钢经验，保定马恩华，名噪一时。石家庄更是一马当先，"马承包""张联合""许引进""夏服务"，并称石家庄经济改革"四大名旦"。

　　1983 年元旦我受命主持河北省作协工作，深感形势所迫，河北作家只熟悉农村，不大懂工业，不抓紧就会错失良机，酝酿成立作家企业家联谊会，聘请工人作家孟云奎联络。文企联姻，全国首创，得到省委副书记李文珊支持，1985 年初召开成立大会。会长关玉尧，原石家庄华北机械厂厂长，时任省机械厅厅长，正在筹建正定荣国府。我任常务副会长，副会长还有马胜利、张兴让、许期颐、郎宝祥、王汝林、刘汉章和作家陈冲。会上宣读了王蒙同志和国家经委的贺信。王蒙的话至今记得清楚，企业家和作家是改革开放两个最敏感的阶层，命运息息相关。会后组织一批作家深入工厂，孟云奎在塑料厂总结"满负荷工作法"。文学院作家王立新跟随马胜利，如同一个秘书。

石家庄市造纸厂在北道岔，北马路与京广线交叉口，距省作协仅两站地，我也常去看马胜利，他属虎我属兔，性格有差别，互相吸引。老马是回族，只上过小学，人很聪明，快人快语，嘴角常挂一丝笑意。原来在棉一工作，工会积极分子。棉一厂长调到造纸厂，让他当销售科科长。这时造纸厂正在困难时期，管理混乱，产品积压，已经连续三年亏损。1984年市一轻局下达利润指标十七万元，一季度末还不敢接受。马胜利坐不住了，反复研究农村家庭联产承包责任制，打算借用过来，承包造纸厂。

1984年3月28日，造纸厂门口贴出一张决心书，向领导班子表决心，署名马胜利，请求承包造纸厂，承诺利润翻番，工资翻番，达不到目标，甘愿受法律制裁。围观者人山人海，阻塞了交通。厂内更是炸了锅，说他"抢班夺权，野心大暴露"，立即免去科长职务。老马也不示弱，决心书送到一轻局，市民们议论纷纷，拭目以待。4月19日召开答辩会，一百多人赶来参加，马胜利在承包合同上签字，立下军令状，当年实现利润七十万元，力争一百万元，以后每年递增百分之二十。

马胜利又在厂门口贴出一副对联,"打破铁饭碗,砸烂铁交椅",横批"多劳多得"。随即出台一系列政策,层层承包,责任到人,明确奖惩。围绕既定方针,又制定了"三十六计""七十二变"。老马表现出大将风度,胸有成竹,指挥若定。他在产品结构和销售上下功夫,市场需要什么生产什么,把原来大卷卫生纸,包装一变六,颜色一改三,还发明了"香水纸巾"。政策调动了积极性,利润打着跟斗往上翻,1984 年达到一百四十万元,1985 年二百八十万元,1986 年五百六十万元。老马创造了"一包就灵"的神话,成为国企承包第一人,新华社发了通稿《时刻想着国家和人民利益的好厂长马胜利》。马胜利成为改革开放的符号,两次获得"五一劳动奖章"。

一马当先,一帆风顺,城府不深的马胜利有点飘飘然,做了一个超大的牌子耸立门口,上写"厂长马胜利",像一面飘扬的旗帜,赫然在目,走在大街上坐在火车上,一眼就能看见。树大招风,一天晚上王立新和马胜利半夜找到我家里,说中顾委有个老领导,新中国成立前就在华北搞经济的那位老人,看着刺眼,命令立即拆除。老马气呼呼地说:"牌子不能拿下,我马胜利事小,改革开放事业事大。"王立新说现在依法治国,法律哪一条规定牌子高低尺寸。我说先别着急,拖拖看,软磨硬抗,不了了之,"厂长马胜利"的牌子依然高高在上。

马胜利找到国企解困的药方,全国有八百家造纸厂要求他去承包。老马兴致勃勃,马不停蹄地考察了一百个造纸厂,闪电般承包了二十七家，成立"中国马胜利造纸集团"。1988年1月19日成立大会，号称"中国造纸托拉斯"，各界人士都来捧场，尽说拜年的话。马胜利准备不足，二十七家分厂法人都是他一个人，鞭长莫及，分厂只要老马的光环笼罩，不对集团负责。结果管理混乱，污水横流，纷纷受到限制。1990年马胜利造纸厂亏损三百万元，1991年集团解散，1995年口头通知，五十六岁的马胜利免职退休。

马胜利倒了，除了自身原因外，我还想起了一句古话："杀君马者道旁儿。"人们只顾看热闹，夹道欢呼喝彩，让你马不停蹄，一路跑死。这道旁儿可能包括我自己，不知不觉地参与了捧杀。大幕落下，光环褪去，老马还原了自己，渐渐反省，埋头总结"十大失误"，酝酿写自传《风雨马胜利》，明白了自己是人不是神。同时他也明确地表示，自己打出国企改革第一枪没错，也不后悔，后悔的是有勇无谋。就经济发展而言，没有失败，只有探索。

门口那块超大的牌子终于被拆下来。老马在厂门口摆了个摊卖包子，马胜利牌包子薄皮大馅，味道鲜美，慕名而来的人很多，我风雨无阻，每天必到，尽量多买一些，分给左邻右舍，也给老马一点支持。2004年山东一家鞋厂请老马出山，任总经理。老马问我去不去，我说当然要去。"马胜利"这三个字就是品牌，有特殊价值。中国人都知道，国企改革，千里之行，始于足下。

癸巳年一冬无雪，甲午年正月立春后，接连两天飘起雪花，大地一片银白，一片肃穆，老马也在正月走了，让人想起，那张白纸上马胜利写了第一笔。

石　窝　窝

　　石窝窝感觉是在做梦。这才几年的光景，他一个脸朝黄土背朝天的农民，说变就变成了四体不勤的市民。一年两季庄稼的土地，忽地蹿出一大片山峦一样的楼群。他这个曾经的乡级劳模，英雄无用武之地了，连使用过的锄头、犁耙，老伴的纺花车、织布机都有人收购，说是就要成为文物了。打从小平房搬到高楼上都半年多了，每次看到这个 18A 的门牌还都认生："这是家吗？"站在窗前往外看，还是头晕，腾云驾雾似的。

　　做梦都没想到，20 多里外的城市像乡下馍馍的酵子，可劲地膨大。小村被裹了进去，从农村、城乡接合部到城中村，没用几年。开发商跑马圈地，他们吃肉也给老百姓喝汤，一座庄稼小院换了三套单元楼房，外加 50 万元人民币，住一套出租两套，铁杆庄稼，旱涝保收，月进 4000 多元，顶上一个处级干部。前几年还发愁，儿子没考上大学，靠谁养老，现在把心放在肚子里了，指望不上儿子，指房子，老来福。

对于这次城中村改造，开始他也想不通，心里嘀咕了多半年。靠出租房为生，过去叫"吃瓦片"，可是有前车之鉴呀。本家有位六叔，新中国成立前在市里开饭馆，家大业大。后来六叔没了，六婶不会经营，把十几间门脸租出去，一年200大洋，享了几年清福。冷不丁遇上土地改革，算剥削账，划阶级成分，房子轻易就没收了，资本家帽子牢牢戴在头上。"文化大革命"时扫地出门，赶回老家监督改造，自家没落脚之地，塞进村口破土地庙里，风雨飘摇。1969年一场大雪下了5天，雪停了民兵连长喊她出来扫街。白茫茫雪地，只有她家门前没有脚印。喊了几声没人应，破门而入，人早冻僵了。这件事想起来就让人打寒战，能不后怕吗。

一场变革太过突然，思想准备不足，失去土地，农民下岗了，自谋生路。年轻人紧跑几步还跟得上，文化不高，去打工，干保安，送快递。上年纪的跟不上，月月跑银行，领几百元养老金，衣食不愁，没营生可干，吃了睡睡了吃。还保持农村那个习惯，不吃独食，开饭时间端着大碗下楼梯，凑在一起，叫饭场。边吃边聊，说说笑笑，道听途说，国家大事。饭场就在小区花园凉亭下，被都市报的记者看见了，觉得很新鲜，起了个洋名"众议院"，后来又升了一级叫"餐（参）议院"，一日三餐的餐。"餐议院"的议题永远从石窝窝开始。石窝窝降生的那年，初级农业合作社升作高级社，统购统销，常年吃糠咽菜，窝窝头成了农民的理想。如今成了市民，窝窝头也下岗了，一天三顿大米饭、白面馍馍。可他石窝窝还不满意，说城里的馍馍太暄，棉花瓤子一样，手一攥就没了；还一块钱两个，放开肚皮，一顿能吃5块钱的；吃馍馍就吃锇面的，杠子压的。有人说不怕硌了你的牙，有人说那你就吃面包。石窝窝说面包更暄，吃在嘴里就像老棉花套子。

一般老头老太太，慢慢适应了城市生活，吃了喝了，拿一个马扎，坐在马路边看风景。石窝窝坐不住，毕竟是劳模出身，没事就溜达，见门就进，见人群就凑，连闻带问，摊上了许多好事。比如超市，每天早9点开门，先处理头天剩下的面条，怕酸了，1.28元一斤，便宜一半。蔬菜柜上，隔两天下午7点处理一次，刚打蔫就打折，有时一两折，或者论堆儿卖，比自己种菜都合算。有些卖保健品的，定期搞推介会，进门就发鸡蛋，七个八个，石窝窝不听讲领了就走。召集会的改了规矩，散了会发，石窝窝就得耐着性子坐下去，为了那几个鸡蛋。石窝窝消息灵通天天挺忙活，天天有收获，白得的鸡蛋吃不完，攒起来腌咸蛋，有时也带到"餐议院"，大家分享。有人故意逗他，要饭吃要来的，咱不吃。窝窝忙分辩，不是，要饭吃得靠门框，喊人家爷爷奶奶，咱这是有人下请帖，大闺女们又拉又拽，喊咱爷爷呢。时间不久，小区的闲人们都出动了，跟着石窝窝去创收。

天天排队，天天开会，跟进的人越来越多，农村人叫手稠了。石窝窝跳出来，找到另一份工作，给建筑商发广告，一天发出去 500 张，给 50 元工资。8 开的、16 开的画片，印刷精美，花花绿绿，一张成本七八元。开始石窝窝还舍不得发，看着谁都不像有钱的，半天还没发了 100 张。同行告诉他，不能那么认真，落叶纷纷，大海捞针，老板说上钩的人有概率，只管发就是了。石窝窝开了窍，溜溜达达，见人就发，天女散花，500 张不大一会儿就发光了。一天 50 元，十天 500 元，一个月 1500 元，顶过去一个民办教师呢。发着发着有了发现，这印刷精美的广告，人们并不喜欢，有人躲着，有人不接，有人看一眼随手扔在地上。扔得他心疼，七八元一张呢，回过头又一张张捡起来，摞起来 300 多张，攒多了卖废品，一斤 0.45 元，又一笔收入。有人说他，脱了裤子放屁，干脆领过来就卖到废品站是了。石窝窝连忙摆手，那可不行，咱农民办事也有底线，我发是一种劳动，捡也是一种劳动，公私分明呢。

游／
记／

陶醉壶口

到壶口看瀑布去！清晨还颇大的吸引力渐渐被漫长的旅途磨损，加上黄土高原平淡无奇，车过宜川渐渐寂静下来，歌声笑语听不见了，代之以鼾声断续。

忽然有谁从梦中猛醒，惊呼雨来了，听那隆隆雷声。可窗外分明风轻云淡，没有变天。司机笑说，那就是壶口瀑布的响声。真是先声夺人，车上立时活跃起来，个个侧耳倾听，如火车出站，航班起飞，放炮开山。感觉地在颤抖，山在摇晃，车窗忽闪，大家的心也被强烈地震撼着，内心的激动从眼神里迸射出来。

车在旅游管理处停下，大家迫不及待地跳下而来，快步走下岩蹬，跑过石滩，来到面对瀑布的巨岩边选好位置。只见滚滚黄水从高高的崖头跌落下来，挟风带雨，雷霆万钧。如土山飞崩，黄海倒倾，溅起水雾腾空，蒸云弥漫，恰似从水底冒出滚滚浓烟。水底悬流激荡，如开锅沸水，浪滚涡翻，泡沫簇拥。这雾，这云，这烟，这泡，皆呈现为黄色，散发着泥土气息，使这瀑布增加了质重感，更使那吼声如洪钟闷雷，震荡峡谷，气吞山河。

大家聚精会神，全不知何时云破日出，那瀑布骤然亮起来，闪耀着金属般的光泽。那升腾的水雾因阳光折射，幻化出道道彩虹：有的从天际插入，似长鲸饮涧；有的横卧河上，如彩桥飞架；有的飘忽游移，像花团锦簇；有的断断续续，呈扑朔迷离。我们之中不知谁福大命大，吉人天相，带来如此好运气，使大家能够见到这天下奇观。

我默立在瀑布面前，被这气势这风采惊得目瞪口呆，任飞雨藏沫淋个痛快。我拜倒在这大自然的杰作脚下，不寒而栗，觉得自己这么渺小，骄娇二气荡然无存。我觉着一股清流爽气自百会灌入，注满膻中、丹田，流遍周身，最后从劳宫、涌泉溢出；觉着接上了天地之气，通了电流，调动磁场，加速血流，冲走了淤血浊气，浑身清爽，继而灼热，气力勃发，精神倍增。我忽然领悟了李白"黄河之水天上来"的境界，光未然、冼星海《黄河大合唱》的灵感，明白了为什么在民族危亡时刻，东渡抗日的将士们要选在这里誓师出征。

欲穷千里目，更上一层楼。我攀岩走壁绕行到高处，观察壶口的构造。黄河自秦晋峡谷北来，宽四百多米，来到这里骤然收缩，仅四五十米，断崖落差四十米，河槽真像一把巨壶，将每秒九千立方米流量收入。正如明朝人惠世扬诗中所云："源出昆仑衍大流，玉关九转一壶收。"壶口以下河槽很窄，不过一二十米，水急浪高，槽深流远，当地人称"十里龙槽"，相传是大禹治水时龙身穿凿而成。民谚说："九里三分深，一年磨一针。"意思是说水磨石穿，河床每年增宽一针。其实它是凭黄河自身的动力冲刷出来的。龙槽两岸危石如坠，巉岩飞突，河水奔浪狂放，犹如一条蜿蜒浮游的黄龙，摇头摆尾，呼啸而去，一种"奔流到海不复回"的恢宏气概。

古文中记载："壶口当河水之冲，奔溃迅疾，必先杀其势，而后河可治。"瀑布下游五公里，有两个江心岛，相传原为一整块，是女娲补天的神石，称作"息壤"，是鲧治水时从天庭盗来堵塞洪水的，但是堵不住。后来大禹治水把它劈开，疏通洪水，《水经注》说"禹治水，壶口始"。大禹还在距此不远的衣锦村娶妻成家，三过家门而不入的故事也发生在这里，至今村里人还把禹王庙称为"姑夫庙"。

此前，我曾多次见过黄河。在青海的约古宗列它是美妙的一缕，在宁夏河套它是平静的一湾，在中游郑州它是浩荡的波涛，在东营入海口它是平稳的漫流。而在这壶口，我看到了它性格的另一面，巨大的落差、雄壮的力量、磅礴的气势，看到了一条立体的黄河，一条完整的黄河，看到了它漫长的历史，看到了它丰富的内涵。活到五十岁，我才经过壶口瀑布的洗礼，领悟到黄河的气质，得到了它的真传。它的威力在我胸中鼓荡，它的雄风在我血管里呼啸，它的精神在我眼睛里闪光。从今天起，我才成为一个真正的黄河的子孙。

壶口，天下第一壶。盛满了互助大曲，盛满了西凤、杜康，盛满了汾酒、竹叶青，盛满了陕北的米酒。当年灌醉了李白、王之涣，灌醉了光未然、冼星海，今天又灌醉了我，灌醉了我们大家。

壶口，我陶醉了。

金山岭长城

 提前一天住进山下酒店，晚上特意吃了一片安眠药，养精蓄锐，准备天明登山。偏偏天不作美，阴雨不期而至，热情被雨水浇湿了大半。懒洋洋走到山脚下砖垛楼，直到望见一身戎装的戚继光塑像才打起精神，戚帅一向治军严厉，不愿意看到有人松松垮垮的样子。

 上山石阶窄而陡，仿佛一架天梯靠在悬崖峭壁上，旁边就是大沟深涧，必须两眼紧盯脚下。脚下云丝生起，浓而成雾，漫过脚面，拦腰绊腿，有蹚水的感觉。走着走着，腿脚轻省起来，云雾渐渐稀薄，石阶渐渐清晰。听谁吆喝一声，猛抬头，已经跳出雾霭，站在云彩上面了。回望来路，云海淹没山峦，填平了沟壑，大小山头变成岛屿，岛屿之间一条整齐的堤岸，这便是雨后的长城了，面对滚滚而来云涛的扑打，岿然不动。"敌人"一次次被撞得粉身碎骨，终于偃旗息鼓，全军覆没。这场景似乎是一幕幕古代战争的回放，又好像今天世界上一次次军演，看得人目瞪口呆。

说话间，不知哪来的风把头上云帐撕破，阳光瀑布般倾泻下来，把天空照亮，把山峦染红，给原本壮丽的长城镶上了一道耀眼的金边。整个金山岭绮丽如天上宫阙，那长城更灿烂如神话中的南天门了。这般景色太少见了，真是因祸得福，让人想起苏东坡描写西湖的那两句诗："水光潋滟晴方好，山色空蒙雨亦奇。"

心满意足，身上给力，直上长城最高处。四下张望，满目葱茏。看那长城依山凭险，曲折蜿蜒，像一条游龙，在万山丛中高低隐现，纵横盘旋，摇头摆尾，带动天上的云脚下的山，一起飞动起来。站在长城上的我，也像骑在龙背上，腋下生风，提神长气。

专家们说："万里长城，金山独秀。"真是概括得好。我也曾差不多游览过全国各地的长城，有个比较。山海关单刀入海，引人注目的是外面的海；八达岭一字排开，看点是前后的山；唯独这金山岭，展示的是全部的自己。横空出世的气象，变化无穷的阵势，美轮美奂的建筑，精益求精的艺术，还有更多我看不清道不明的奥妙和神奇。这段长城东起望京楼，西到古北口，长二十一里，碉楼一百五十八座，一楼一点，一段一线，摆成各种各样的几何图形，有角，有弧，有圆；形似一个一个方块汉字，如人，如丁，如之。凹进来的像口袋，诱敌深入；凸出去的像拳头，互成掎角之势。我没见过诸葛亮的八阵图，大概就是这个样子吧？如果航拍它就是一串长长的外国字母，让外国人或者外星人去研究考证吧。

天工开物，事在人为，这里的奇迹与一个古代的奇人有关，民族英雄戚继光。他曾是蓟镇总兵，任职十六年，督修长城一千二百里。金山岭长城是他得意之作，也是中国长城收官之作。清兵入关，康熙作了一首诗："长城尽处海山奇，守险无劳百万师。寰宇苍生归历数，当年指顾定鸿基。"从此再也没修长城。万历年间北方无战事，戚继光放开手脚修城备战，总结前人经验："因地形，用险制塞。"摒弃雁门关、得胜口关城垂花门的富丽堂皇，又改进大境门、紫荆关要塞的平淡无奇，呕心沥血，集思广益，完成了千古长城由简到繁、由繁到简的演变，既符合实战要求，又完善建筑美学。二十万北方民工，三千名浙江戚家军，按照他的蓝图施工，一丝不苟。为了体现责任心，工匠把名字刻在城砖上，"延绥营造""镇虏奇兵营万历七年造""万历五年山东左营造"，如今大小弧顶段垛口墙，还保留着文字墙五百多米长，成为金山岭长城一道奇观。

在长城上走走停停，爬上爬下，思绪随之起伏，目光随之远去。闭上眼睛还能听见历史上种种议论、评说。有人写诗："君独不见长城下，死人骸骨相撑拄。"也有人说："孤岛漫砖秦声里，长城自是万年功。"山海关长城，一边有哭倒长城的"姜女坟"，一边有代夫守边的"媳妇楼"。我身边的两个青年诗人，一个说它是历史版图上一道裂痕，一个说是民族团结的一条拉链。一堵墙有两个侧面，从不同的角度看长城。两个侧面合在一起，长城就是一个主体——和平。长城是中华民族追求和平的鉴证，长城的每一块砖石都凝结着中国人民的愿望和期待。

中国的长城并非始于秦，早在春秋时期，各诸侯国都筑城，保卫一方平安。随着战争兼并，国土越来越大，边城越来越长。早期的长城并不都是东西向的，纵横都有，楚长城是 U 字形，称方城。公元前 656 年，齐攻楚，楚将屈完迎敌，对齐侯说，楚国有方城，可以作为城防，又有汉水做城池，足可以抵挡。齐侯见楚国防御坚固，只好收兵，这便是长城保卫和平的第一次实例。秦统一中国，把各国长城连起来，成为万里长城。汉、明两代又大规模修建长城，地球上出现了个最大的汉字：一。

今天，长城已经是一个符号，一个国防建设的代名词，国歌里写着："把我们的血肉筑成我们新的长城。"1984 年邓小平题词："爱我中华，修我长城。"有备无患，拥有强大的国防力量，就可以化干戈为玉帛。历史上，长城和丝绸之路常常是并行的。

鸡 鸣 驿

　　参加鸡鸣驿笔会，小车到京便被我打发回去了，改乘火车到怀来，对京张公路堵车遭遇记忆犹新。想不到今天北京的同行们重蹈覆辙，等我到宾馆睡了一觉，吃罢晚饭，月上三竿，他们遭围困六个小时之后，才被派去的交警解救出来，一位诗人写了打油诗给我看："怀来只为怀古来，宝马没有驿马快，鸡鸣驿摆起谱儿来，不到鸡叫莫进来。"

　　次日去鸡鸣驿，出城不远望见孤零零一座山峰，突兀在洋河盆地上，状如覆斗，更像一座天然墩台，就是鸡鸣山了，驿因山而名。山南隔110国道一座旧城，森森然如山之余脉。城墙高高，雉堞犹在，巍巍然如山之断壁。城砖又厚又长，年龄当长于平遥古城。在先前土堡的基础上，明隆庆四年（1570年）镶为砖城，直角方形，周长六百九十九丈，垣高三丈五尺，与宣化府城墙一样尺寸。东门有"鸡鸣山驿"四个大字，进门顺斜坡登城，城头有越楼，摇摇欲坠的样子。南望洋河，一条白练，喧闹着生机。古驿路从远方蹒跚而来，像一条干瘪的血管，似乎还在跳动着。

世界古代邮政，以波斯、罗马著名，岂不知中国的驿路要比波斯、罗马悠长得多。《周礼》上说："凡国野之道，十里有庐，庐有饮食；三十里有宿，宿有路室，路室有委；五十里有市，市有候馆，候馆有积。"鸡鸣驿自古就是西北干路枢纽，四通八达。东至幽州、高丽，西到咸阳、西域，北出龙关去俄罗斯，南下紫荆关抵中原，位列"极冲"，是中国最高等级的驿站。迎来送往者，秦皇汉武是传说，李世民、忽必烈、朱棣、康熙均有据可查。特别是元代，统治者往来穿梭于大都与上都之间，密报、奏折雪片似飞来，圣旨、公文流水般回去。驿骑们白日鸣铃，夜间举火，五百里快报，六百里加急，"朝文夕至，声闻必达"（《经世大典》）。这条驿路曾是当时世界上最先进的"高速公路"和"宽带"。

回头看驿城，城墙完好，里边有些破败荒凉。不知何时，民居土房像洪水般涌进城来，淹没了官家的青堂瓦舍，只剩下一些庙宇、戏楼的尖顶，飘摇其上，一抹土黄上飘逸着黑灰的线条，像一幅古板水印画。但是，一旦走进其中，就会惊奇地发现，这是一座无比丰厚的历史文化宝藏。

三横两纵的大街，将全城分为十二个小区，驿丞署和公馆院位于中心。三进院落，都是正房五间、厢房三间，垂花影壁上有"暗八仙"（葫芦、洞箫、花篮等），雕刻精美，暗示是道教艺术。后花园的马槽、太湖石，已经风化去了棱角。1221 年长春子丘处机应召拜见成吉思汗，去铁门关路上，曾在这里留宿，常到后花园练剑，夜夜斩落满天繁星。如今满院枣树，硕果累累，吃起来格外脆甜。

鸡鸣驿规格等于州县，也有相应的立身设教。十七座庙宇分布有序，庙后都有戏楼。玉皇阁、永宁寺前后排列，关帝庙、财神庙东西对置，马神庙、龙王庙左右呼应。文昌宫的斋房附设驿校，专门培养驿站官兵子弟。庙堂壁画精美绝伦，还带有明显的行业特点。财神庙西墙沥粉壁画，有各国大使来朝的场面，金发碧瞳、隆准深目、黧面虬髯，一眼就看出是俄罗斯、西亚、印度的使节。泰山行宫一套四十八幀连环画，描述碧霞元君修炼成道的故事，画家把神仙本土化了。公主走的是西北驿路，在青龙关受到御史张钦的款待，经十八寨、炒米店、黄河渡口到泰安。张钦史有其人，明正德年间曾任居庸关巡关御史。当那个风流天子要夜间出关，可能又去"游龙戏凤"时，他冒死拒从，写下名震一时的"闭关三疏"。青龙关也实有其地，就在居庸关北面，当时叫青龙军站。十八寨、炒米店，都是天津西南路上著名的驿站。

已发现的珍贵古碑四十座，是研究鸡鸣驿历史的重要依据。比如乾隆年间"鸡鸣驿新建奎星楼碑"，有三十八家商号九家当铺的名字，包括茶馆酒楼、钱庄米号、旅店脚行，应有尽有。

至今尚有信成永、永隆两家铺面保存下来。走在鸡鸣驿街上，处处让人血涌心跳，步步让人惊叹不已，好像置身当年人欢马跃、繁荣兴旺的景象里。

更加令人惊奇的是 1998 年出土的石碑上有"鸡鸣驿邮政厅"及"司厅"的题刻。从行文看，"邮政厅"即驿丞署，"司厅"即驿丞。此碑立于雍正十三年（1735 年），可见德国人在中国海关试办邮政，发行"邮政局"大龙邮票一百四十多年前，"邮政厅"称号已经存在。1896 年"大清邮政"创办，裁汰驿站，也不忍对中国邮政的元老、立下汗马功劳的鸡鸣驿下手。1900 年八国联军攻占北京，慈禧太后挟持光绪皇帝西逃，7 月 26 日曾住在这里的贺家大院，至今门口"鸿禧接福"的刻题还在。这是鸡鸣驿最后一次辉煌，随着 1913 年北洋政府下令撤销全国驿站，也便寿终正寝了。

鸡鸣驿，论资格之老、规格之高、规模之大，加上保存之完整，无疑是中国邮政史上一大奇迹，全世界也绝无仅有的稀世瑰宝。它东距北京一百七十公里，可以说近在咫尺，但是没有受到足够的重视。几年前万国邮联两千名代表在北京开大会，宁可舍近求远，飞到江苏去看盂城驿、横塘驿，也没有来看鸡鸣驿。而盂城驿面积仅为鸡鸣驿的四十分之一，又是落架重修。横塘驿才是个附城建筑，一个驿亭，显然不能与鸡鸣驿同日而语。所以如此，理由只有一个，交通不便。京张之间，这段曾经是世界最先进的交通通信干线变得落后了，堵车现象也把万国邮联堵在一边，使鸡鸣驿失去了一次走向世界的机会。出城踏上驿路时，我心里忐忑不安，好像听到远方传来急促的马蹄，五百里快报，六百里加急，传递着祖先们的不满和责备。

下午爬鸡鸣山，山高一千一百多米，京西第一高峰。据乾隆四十六年（1781 年）一通古碑记载："唐太宗驻跸其下，闻鸡啼而命鸡鸣。"山路上果然鸡叫声不绝于耳，因为常有香客供鸡给寺庙，佛家不杀生，越养越多。合唱起来，便有排山倒海之势，听得人热血沸腾，手舞足蹈。山有两顶，东观日出，西看云海，最精彩的一景当是俯瞰鸡鸣驿城。阳光之下，轮廓清晰，线条分明，像一记蹄印，像一方邮戳，更像一枚大龙邮票，印在中国邮政的首日封上。

苍山不老

儿时看老奶奶们朝拜苍岩山，三寸金莲一步步挪一二百里，以为是迷信。想不到这些年自己也与此山结缘，每年都要来三两次。倒不是相信南阳公主，而是迷上了自然女神。每当摆脱冗繁事务，全身心投入苍山怀抱，便有一种说不出的亲切感，一种生命复苏感。

越是旧地重游，越是感受到大自然生机无限，而人的感官逐渐老化。二十年前我曾写诗，把苍岩山喻为精致的盆景，是大错特错了。自然的美不是化妆出来的，它也不是一种道理，无须说明。自然的美不是静止的，而是变化无穷，常看常新，任何笔墨和摄像机都描绘不出来。

比如这碧涧灵檀吧，清人诗曰："选胜重来手自扪，桠槎拔地抱云根。何年剥落凡皮相，修得梅山石上魂。"仔细观察，那白檀原来也有皮，薄如蝉翼，且颜色四时变化。春浅黄，夏淡青，秋银灰，冬雪白。清明虬根蜿蜒，穿缝抱石，与磊磊山岩浑然一体。立夏枝繁叶茂，绿荫如盖。秋风过后，树叶脱落，露出纤秀枝条，随风旋舞，呈现一种裸体美。

再如山腰绮柏，《直隶通志》上说："万物皆向阳，独柏向西，受（西方庚辛）金之正气，均坚韧不凋。"古希腊人认为每一棵树上都住着一尊神，这行行古柏，如仙人列队，向大山的中心桥楼殿做揖恭状。来得多了，看那满山柏树，在不同天气有不同姿态。微风细雨中，如蒙纱巾，格外青翠。恋人们躲避其下，树与人彼此听到喁喁细语。急风暴雨里，"雷声千嶂落，雨色万峰来"，泉眼竞张，山水横流，让人感到山在蠕动，树在奔走。大雾天气，那柏从茫茫雾海中浮出，似琼岛玉树，随着雾霭起落流动，时隐时现，如梦如幻。大雪过后，那柏像威武将士，白盔银甲，仰天长啸，像杜甫诗中景象，枝如铁，干如铜，挥舞刀枪，向风暴刺杀，发出金属般的声响。

还有这"横空金壁如虹飞"的桥楼殿，一天之中也有多种变化。晨曦初照，因为朝东，整个建筑镀上一层玫瑰色，琼楼玉宇镶着金边儿，桥下千级石磴，变成了一条红飘带。傍晚背着阳光，阴阳分明，线条突出，恰似一幅水墨丹青。在粗犷山岩和苍劲柏树衬托下，那桥楼更显得构思精巧，工笔细密，更加突出来，成为景区的中心。到了夜间，住在绝巘回栏，万籁俱静，月光如水，桥楼沐浴其间，大小星星在屋檐上眨巴着眼睛。石栏杆外，空谷鸟声，如雷鸣在山间回荡。让人感到时光静止，空气凝结，神经安定，心理平衡，耳边无一点杂音，心中无一丝杂念。

苍岩山来得多了，好似一位熟悉的长者，但也有深沉到领悟不及的地方。看那表面凌乱，或者有规则的形状变化中，有永远不变的东西，大山有不变的生命，发展运动，永远走在人类前面。比之大山，人生是短暂的，如同它的一片叶子，一朵小花。正因为人生短暂，才需要只争朝夕，让生活变得更有意义，使这一片叶子长得水灵，使这一朵小花开得鲜艳，开拓内心世界的旅行，适应外部世界的运行。所以，我拜苍山为师，不像老奶奶们那样乞求生命不老，而是要从不老苍山寻觅自己生命的力量。

雨中长寿山

昨日看长寿园，游兴犹存；今天要登摩天岭，期望值更高。觉睡得不踏实，早晨五点钟，几声雨点将我从梦中惊醒，急忙出门看天。糟了！天正阴上来，缕缕薄雾从谷底冉冉上升，在山顶松林聚而为云。风吹云动，漫过头顶，就飘下一阵罗面雨。天公真不作美，雨天山高路滑，又无石阶，那摩天岭肯定与我无缘了。回屋取了把伞，漫不经心地向山上爬去，看雨中的山色与昨日有什么不同。

说话间雨点渐密，淅淅沥沥下起来，打湿了地面。只有村口的龙盘树撑起一把巨伞，留下四周半亩大一块干地。这棵千年老栎，粗逾合围，十几条老根，布满鳞片，死抱山岩，像群蛇盘曲。赵匡胤千里送京娘的故事就发生在这树下，千年老栎真有当年那红脸大汉棍扫天下的威风。

穿过小村几十米长的石板街，两旁商户和家庭旅馆都还没有开门。走到小街尽头，叫醒长寿园守门人，说明来意，那位老乡点头惊疑一阵，放我进去。园内净无一人，只有站在高台上寂寞的老寿星雕像向我微笑着，好像说这天气还不待在宾馆，来给我做伴儿。右手台阶上，汉白玉栏杆经雨水浸湿，颜色变淡了，给人半透明的感觉。沿雕花木廊走到山根，右边封闭的龙吟泉，比昨天提高了嗓门，声音也畅快了许多。左边玻璃罩里的第二泉，依然清澈透明，但是好像吃饱喝足，流量增大了，扬程也提高了，双手伸到出水口，掬而饮之，甘冽之味有增无减。

顺一路整齐的石阶向上爬去，钻进核桃、柿子树枝叶交织的长廊，光线阴暗下来，但是头上淅淅沥沥的雨声被放大了，噼里啪啦炒豆一般。脚下石阶上的刻字，经雨水渲染，更加清晰了。同一个寿字，一个台阶一种变化，金文、篆、隶、楷、行、草，颜、柳、欧、赵、苏、黄、米、蔡，如花如树，似鸟似兽，绝无重复，充分展示了中国书法艺术的无穷魅力。

走完二百一十个台阶，来到连翘泉平台，这里因满山遍野生长连翘而得名。连翘是一种中药材，高灌木，叶对生，椭圆形，有清热解毒的功效。这个小村原来叫艾蒿坪，因村里人普遍活的年岁大，被人称作长寿村。全村二十三户，一百零四人，八十八岁以上的就有十六人。长寿村长寿与连翘有关，祖辈流传喝一种连翘炮制的茶叶，习惯叫"打老儿茶"。传说有人进村，见一个青发妇人追着一个白发老头打，上去解劝，说孩子打老人为不孝。青发妇人扑哧一笑说："我是他娘，八十三岁，这个少白头才六十一岁，因为不吃那神仙茶显得比我还老。打他咋的，打他是为了逼他喝茶。"

站在连翘泉平台，望长寿村，真是一块风水宝地。四面环山，西南青龙山，东南白虎垴，东北桃峰山，西北轿顶山，山山有形，逶迤连绵。一条通天峡冲门而进，直向摩天岭，但是又一座影壁山挡在山口，并不透风漏气，形成一个气之所蓄、精之所聚的聚宝盆。盆地四缘，原始次生林郁郁葱葱，形成一圈绿色的屏障。盆地中间，果树庄稼，整整齐齐，起起伏伏，好似一池清潭，泛着细波浪和涟漪。

雨中看青龙山崖上，石刻"寿"字经雨水一淋，红得更加醒目。而且冥冥中仿佛看到那个"寿"字加上雨水，变成了"涛"字。于是感受长寿山之美，不只用眼看，还可以用心听呢。森林果林的林涛，山间瀑布和谷中溪水的涛声，形成了一种天籁。

雨水把大山激活了，把草木摇醒了，它们更加畅快了，一齐向空中释放有益的分子。湿漉漉的空气，浓浓的负氧离子的气味，还有泥土的酵香，松柏的清香，菌类的醇香，野花的芳香，果树的甘甜，药材的微辛，混合出一种综合的味道，妙不可言。这种美妙的气味溶进雨水之中，就是一种天生的"竹叶青"。我索性扔去雨伞，把头伸进雨中，张开鼻孔张开嘴巴，尽情地呼吸，尽情地啜饮，陶醉啊陶醉。

雨越下越大，乌云填平了盆地，雨帘遮住了视线，目光只能触及身边景物。路旁草叶上水珠成串，树叶上的水滴由小变大，最后坠落下来。山坡泥土里的水早已饱和，轻易不往外溢，表现了巨大的涵养能力。只有走到村里的水泥路上，才感到今天的雨量不小，细水在路上漫流，无声无息。一旦汇入坡下的谷中，加入奔腾的小河，便大声喧闹起来。

村里的老人说："这里夏天多雨，十天总有六七个雨天。"专家说："长寿泉的水龄为 1070 年，也就是说目前饮用的泉水，是唐朝的雨水，依次经过植被根须过滤，山体缓慢渗透，与各种植物的矿物的成分融通交流，地球磁场长时间物理能的富集而成。"也就是说，到公元 3076 年这一天，人们饮用的泉水才是今天的这场雨水，我想他们会品尝到一种特殊的滋味，因为它已经融进了一位诗人的真情和祝福。

愧对紫金山

　　紫金山在河北邢台市西南 65 公里处。从东南仰望，五峰连绵，状如游龙，加上山色深紫，从早到晚灿若朝霞，颇有一种神秘色彩。山不算高，海拔 1370 米，但险峻无路，需绕道东北，翻越十八盘，爬上太行山脊。本有邢（台）左（权）公路相通，但晋煤外运车车超载，把个好端端的柏油路轧成了搓板，坑坑洼洼，只得换乘吉普车，好不容易才到达山顶。

　　上到山顶却完全是另一番景象，地势平缓，一望无际。隔一道山梁与山下相差两个节气，邢台已是杨柳依依，小麦扬旗，玉米埋芽，这里树木刚刚抽芽，玉米还在地膜下面，大片地膜白花花如一汪湖泊。穿过左权县东山村，吉普颠簸半个小时，坎坷小路才到尽头，向南一望，紫金山就在眼前，只是比在山下看矮了许多。

　　山阴一片松林，林海上那连绵五峰似蛟龙出水，更加精神抖擞。绕过松林向那"龙"头攀去，手脚下面岩石都呈紫色，学名紫砂岩。这大概就是紫金山的来历。接近山顶一片背风坡地，断壁残垣，从根基看规模不小。从垭口向山的阳面一条羊肠小道，通向一个道士古洞。洞口宽敞，高三四米，越往里越窄小，深奥莫测，可直通山顶真公崖庙。庙前两棵古树，一榆一杏，如龙之双角。那古榆树干弯成山洞状，破门而入就是龙头真公崖庙，庙前有几幢石碑。崖头前方有一座稍低的孤峰，峰顶浑圆，好似龙戏之珠。站在崖头如临仙境，清风扑面，云絮飘来。面向东方双手伸开，便是河北、山西两省的界线。一条山脊两旁色彩分明：前面林海葱郁，层峦叠嶂，波峰浪谷；背后一抹土黄，十分平静，近于呆板。西北角干梁突起，沙尘滚滚，是电影《老井》的拍摄场地。这紫金山就在分水岭上，拔地而起，倒有一股超凡脱俗的灵气，当地群众称之为"灵山"。

比起许多江南名山，这紫金山既无飞瀑林泉，也无奇花异草，那么荒凉土气，那么不起眼，何言灵气？但是读了历史，不由你不大吃一惊，目瞪口呆，继而五体投地，相见恨晚。

古人云："山不在高，有仙则灵。"这紫金山确曾住着一批"仙人"，一批出类拔萃的人才。金元时期，这里曾有过刘秉忠的书院，山阴那断壁残垣就是紫金山书院的旧址。元史曾有大量记载，崖头真公庙前碑碣也有简要记述。

刘秉忠（1216—1274），邢台县人，少年匿居西山避乱，出家为僧,博览儒、释、道,史称"凿开三室,混为一家"。精通天文、历法、水利、算术、三式六壬,皆有论著。他创建紫金山书院,课授张文谦、王恂、张易、郭守敬诸人,与朱熹、张栻等主持的江南四大书院不同,不"以经义为上,辞赋论策次之",而是以自然科学为主,标榜"算术六艺之一,定国家安人民行大事也",用现在的话说就是主张科学兴国。这五人后来都成为元世祖忽必烈的开国功臣。刘秉忠"参帷幄之密谋,定社稷之大计",拜光禄大夫,位太保,参领中书省政事,"汉人文武位居三公者仅刘一人"。张文谦(沙河县人),曾任枢密副使,累官至左丞相。张易(太原人),累官至枢密副使,知秘书监。王恂(唐县人),曾为太子赞善,官至太史令。郭守敬(邢台县人),同知太史院事。

他们做了官掌了权,就劝农桑,减赋税,兴学校,保护汉人,谏不可嗜杀,"所全活者不可胜数"。特别在兴修水利、制定历法方面堪称中国历史之最。在刘秉忠授意下,郭守敬向忽必烈"面陈水利六事",修复西夏唐徕、汉延诸渠,疏通燕京旧漕河,开凿通惠河,引西山泉水入京,"一生相治河渠伯(坝)堰百余所"。郭守敬还是世界"海拔"概念的最早提出和应用者,黄河源头第一个探测者。在王恂、张易和郭守敬主持的太史院(相当于现在的科学院)里,天文、数学取得了世界领先的成就。郭守敬创制的简仪是世界最早的大型赤道仪,比西方第谷早300年。他发明的滚珠轴承比西方达·芬奇的设计早200

年。他组织了空前规模的天文测量，创建了登封观星台、大都司天台，在此基础上制定了《授时历》，在世界数学史上最早提出和运用了三次内插法和球面三角法的计算公式，规定一回归年为365.24日，和现在世界通用的公历计算数值完全一样。此外刘秉忠的胞弟刘秉恕，学识丰厚，官至礼部尚书。郭守敬的后人郭伯玉，在中国珠算从兴起到完善过程中起过决定作用。他在高等数学、球面几何、三角等方面都有很高造诣，被认为是中国几何学的创始人，中国数学史上的一座里程碑。在郭守敬逝世17年后，他用珠算协助制定了《大统历》。

从历史和科学的角度来看，这紫金山骤然高大了许多，那连绵五峰就像刘秉忠、张文谦、王恂、张易、郭守敬五人，是一道绝妙的风景线，一座北方的五老峰，是中国人的骄傲。然而眼前的紫金山却无人朝拜，无人修葺，这样没于荒芜，默默无闻，被冷落了七八百年，很少有人提及，就是在邢台当地也耳生得很，只能尘封在茫茫史书里。问何以然？除了知识界历来看重经史诗文轻视自然科学之外，还有一个原因就是认为刘秉忠等人仕元，是丧失气节，不足为训。假若这紫金山位于江浙，哪怕是为弱小的南宋办事，恐怕早已炒得沸沸扬扬，名冠中国诸山了。

时至今日，难道还不应该为紫金山落实政策，还以历史本来面目吗？

黄巢峡记

出黄巢殿，过金水桥，向西南方向的峡谷走去。我慕名已久，急盼一见，脚步无形中加快起来。

右面的大北崖，如刀削斧劈一般平整光滑，红石英砂岩在阳光下如同一面赤旗，在云雾里飘动。它是农民起义的大旗，上面少了一个斗大的"黄"字，不过"斗"也太小了，这个字恐怕要有一亩方圆，笔画也要像国道那样宽，因为此山有千米之高。

左面一座山，三峰相连，如同笔架，有瀑布自山顶飞泻下来，好像挂起迎宾的缎带。两山之间的峡口，被一片树丛遮掩，河柳、白杨、山榆，茂茂密密，严严实实，只闻水声，不见水来。

拨开树丛，好像拉开大幕，一台好戏出现在眼前。只见一道强光、一道闪电，把黑黝黝的岩壁炸开，险峰对峙，峰岩并立，何等壮观！一条涧水如白龙带雨，雪涛翻滚，从远方呼啸而来，万雷齐鸣，充塞峡谷，还向上拔着高音。涧水把人行小道挤到山里去了，把山根掏空，形成一道长廊，突出的岩石如同屋檐、抱厦，挂着水帘。岩壁灌木丛生，多是白檀、黄栌，几乎交织在一起。光线阴暗，空气湿漉漉的，草木枝叶嫩绿嫩绿的，连涧水和空气也都嫩绿嫩绿的，弥漫着初春的气息。

峡谷很窄，涧水随坡就势，跳跃而来，婀娜多姿。有时细如银线，像水晶滚动，铮铮琮琮，婉转低吟，声如蟋蟀；有时粗如银龙，张牙舞爪，披雷带风，声如铜钹；不粗不细的溪水，哗哗流淌，声调柔和，抑扬顿挫，妙似管弦。隔不远就会有一块巨石，卡住咽喉，围成一汪清潭，溢出一道瀑布。重门锁翠，潭水清澈见底，波光闪闪，细沙如一层金屑，卵石像一窝鸭蛋。偶尔一两块彩色石头如锦鲤摆尾，伸手捞出，在手中把玩，便失去了原来的光彩和性灵。还是放生回去吧，自然之物不可强求。

向纵深走去，由于常年少见天日，岩壁越来越黑暗，上面流水闪亮。空间细雨蒙蒙，树下淅淅沥沥，总是阴雨天。细看两厢，爬满藤蔓植物，点缀着五颜六色的小花，美如羽衣霞裳。隔一段又没了植被，赤壁裸体，如仙女袒胸，玉肌生香，铅华凝露。有时壁光如纸，黑水肆流，任意勾抹，呈花草模样，一幅水墨丹青。有时岩面粗糙，风刀雨錾，刻出佛像人形，一幅生动的浮雕。不尽的峡谷，是一条不尽的画廊，展览着大自然的杰作。

　　幽暗峡谷，人烟稀少，成为动物和鸟儿的天堂。今天是周末，它们特别活跃，好像是在开娱乐晚会。大尾巴松鼠枝头跳来跳去，小胖子刺猬地上滚来滚去，尖嘴狐狸崖上东张西望，长耳朵野兔水边扑朔迷离。山雀扑摆着翅膀，叽叽喳喳，吵架似的做着游戏。画眉追逐着浪花，一会儿悬在空中像转着陀螺，一会儿尖叫着钻到天上，像一支响箭。鹞鹰苍色翅膀，横扫云絮，翻起跟头，如黑色闪电。啄木鸟红帽子，黑领圈，披一身华丽的外套。喜鹊像个花花公子，蓝外衣，白衬衫，一会儿向这个点头，一会儿向那个鞠躬。蝙蝠介于动物和鸟类之间，刚才还贴在岩壁上，像一片干树叶子，忽然间跃入空中，变成了一朵黑玫瑰。

　　走着走着，涧急路断，只能移步壁上云梯，人在空中驾云腾雾。望天一条线，云崖倾扑，几欲合拢，把人挤扁；看地一道沟，下临深渊，涧急浪大，尖石倒立，巨齿獠牙，一失足粉身碎骨。头上的天也像一条涧水呀，蓝蓝的河水，蜿蜒曲折，山顶草木如同波浪。脚下的涧也像一线天呀，白白的云彩，飘飘悠悠，大小石头，繁景万点。天上的涧，地上的天，默默相亲，心心相印，亿万斯年，一成不变。而空中的人，说说笑笑，指指点点，却是匆匆过客。

　　原来的贺坪峡称一线天，那峡谷才长八百米，宽二十米，高七十米。而这条黄巢峡才是真正的一线天，长四千米，高二百米，宽仅几米，而且越来越窄，伸手可扪。一路看山、听泉，一路观画、听歌，到了仰天吼，一根二十米高的天桂峰，才达到长峡的终点——燕尾峡，仅剩下一条几十厘米宽的石缝了。据说峰回路转，那边有一块更加神秘的天地。

北 戴 河

大自然之山水沙树，客观存在，有形态而无意识。一旦被人看中，产生相应的思考，赋予特殊的情趣，便成为景观。仁者见仁，智者见智。同一条北戴河，曹孟德引发政治抱负，毛泽东关注换了人间，张学良留恋此地，会见宾客旧友。更多的人为了避暑，图一时之痛快，做客而已，人走茶凉。

我也是凡夫俗子，在华北平原腹地生活忙碌到四十岁。第一次见到海，惊喜得目瞪口呆，原来世界上还有这么美好的地方，可以放松身体，栖息灵魂。从此结下不解之缘，年年来赴约，岁岁来还愿。有时趁开会之便，小住几日，不能尽兴。更愿意在劳累过度、心情浮躁、状态失衡时，自我放假，丢下电话本，关掉手机，用身份证上不为人知的乳名，在刘庄或河东寨找个家庭旅馆住下来，过一段外息诸缘、无自无他的生活。

不戴手表，太阳晒着屁股时分，被一阵鸟儿叫醒。伸几下懒腰，吃几口瓜果粗粮，然后读几页王维和嵇康，屠格涅夫或东山魁夷，气定神闲下来，做下海的准备。

北戴河海滨，西起联峰山，东至金沙嘴，二十里海岸状似月牙。窄窄的马路，一边远山如黛，松林含烟，一边沙滩金黄，大海碧澄，像一幅经典的油画，上帝手指调出的色彩，华丽而和谐。

浴场很多人，大家都去掉衣服的包装、职业的标签，一样的赤条条、白花花，再无高低贵贱之分。走在黄缎子似的沙滩上，沙子细如罗面，一脚踩一个坑，水从脚趾间冒出，凉凉的，痒痒的。拔出脚来，一汪清水，大大小小的脚印都是快乐的音符。躺下身来，四肢伸展，成一个大字，让家人把一捧捧细沙浇在身上，半截入土时，便有一种融入大地的感觉。

抖抖身上的沙土，一步步走进大海。开始有些惊怕，慢慢地由浅而深，由凉到温，越来越感觉到大海的宽容和友好。几个来回狗刨，再行仰泳，闭上双眼，在大海的律动中，感觉自己在缩小缩小，缩回到了摇篮，缩回到了母腹，缩回到了胎盘，周围是浑浊的羊水，用一根脐带呼吸。体会到自己微乎其微，也就自然找到了平衡。原来一切烦恼和虚妄，并不在身外，都在自己的心里，看破，放下，便没了负担，便有了自由自在。大海就是这样训练我们的情绪和思维。

疯玩一两个时辰，爬到老虎滩礁石上面休息。回头一看，大海舍不得我走，层层波浪追赶过来，扑到脚下，喃喃絮语。

有一个大浪扑来，碎成粒粒珍珠，那是大海举起的一束浪花。我也舍不得离去，与大海面面相觑，直到心酸眼热。直到下午四时，涨潮了，大海热情愈高，叫声愈高，礁石的平静被大海的激动淹没了，让我一步一回头，感谢大海最讲信义，天天来月月来，而自己此生能有多少次回报。真是人生苦短，而自然永恒。

跨过马路，钻进松林，海风又尾随而来，把树冠摇成绿浪，向坡上涌去，松林变成了站起来的大海。二十里松林，二十里海岸线，是北戴河一道风景。借改革开放的光，我走遍中国，周游世界，敢说这等风景在三亚在青岛，在克罗地亚在夏威夷都是不曾有过的。

北戴河是松的王国，数以万计，千姿百态，有的亭亭玉立，有的爬地卧龙，有的皮白如雪，有的长筒如裙。最多的是成年油松，树干被海风吹得龟裂如鳞，而侧枝横股四向展开，任性任情地生长，被称作"开心型"树冠。树与树间，枝叶连接，结成浓郁的云霭，遮天蔽日，顿生凉意，空气中弥漫着大海的微腥和松树的浓香，让人禁不住敞开胸肺，连连地深呼吸。松林中富含负氧离子，被称为"空气维生素"，以每立方厘米计算，北京和石家庄三级天气为1000—1500个，一级天气2000个，而这里为10000—14000个。名副其实的天然氧吧，一次深呼吸就洗了一次肺。几天林浴，就会排尽体内的浊气，清气充盈，头脑清醒了许多。

漫不经心在林中散步，就会发现一幢幢古老的别墅。高高台基，素墙红瓦，深室明廊，一宅一式，绝不雷同，一种建筑风格，一种宗教文化背景，据说有二十多个国家。

19世纪末，洋务运动在中国兴起，最早被这块奇异风水所吸引的，是一些西方的传教士和园艺师。1898年，北戴河被清政府辟为"中外人士杂居"避暑地，跟着进来一批中国的官僚和商人，建起了"吴家楼、段家楼、霞飞路的大草房"。不能不佩服文艺复兴后的西方知识分子，更懂得热爱自然，人与自然的和谐。这些别墅，全部依山面海，随坡就势，标新立异，互不相连，追求天然意趣，田园情调。这些建筑艺术也代表了他们的生活主张，讲究舒适、优雅、享受，张扬个性。自然即我，我即自然。松林使我懂得了，内心宁静，需要环境的和谐。

溜溜达达，蹦蹦跳跳，听着山雀、百灵的歌喉，追着喜鹊、雉鸡的翅膀，自己也变成一只小鸟，自由飞翔，最后落在了联峰山上。回头望去，北戴河风景历历在目，松林中片片红瓦，大海中点点白帆，天空中朵朵云彩，都向着山顶的夕阳拥来，染上一层火红的颜色。

北戴河真美，难怪清末民初的才女吕碧城夸它为"西洋美人"。看得多了，我倒觉得它是一个"混血儿"，集东西方的美于一身，所以才更动人心魄。

重访白洋淀

看过 1963 年的白洋淀，洪水滔天，安新城沦为一座孤岛。东大堤上的柳树只剩下半个树冠，状如浮萍；芦苇荡只剩下星星点点的叶子，像才出土的草芽。"北地西湖"被洪水淹没。

经过 1988 年的干淀，赤地百里，拖拉机在淀底横冲直撞，尘土飞扬。再不见"水乡的路，水云铺，进庄出庄一把橹"。村边一只只木船倒扣，鸭群张着大嘴干号。"华北明珠"黯然失色。

前几年看电视，上游工业污水排放进来，淀水变了颜色，有了臭味，鱼群被放翻，露出白花花肚皮，惨不忍睹。白洋淀又濒临前所未有的危难。

我虽非安新县籍，却有着浓郁的白洋淀情结，曾经常来亲近它，写过它，所以牵肠挂肚，惴惴不安。前两次是天灾，大自然本身能够修复，而工业污染是人祸，美丽的莱茵河曾因鲁尔工业区的发展，变成"欧洲的下水道"，著名的滇池也因为城市污水的侵犯而臭气熏天。不知在强悍的工业化洪流面前，弱势的白洋淀能否躲过一劫。所以此次环保采风，让我忧心忡忡。想不到重游之日，大喜过望，时刻挂在心上的白洋淀，不仅安然无恙，而且比以前更洁净更漂亮了。

记忆中的东关码头，只是护城堤的一面斜坡，走起来小心翼翼，而今变成凹身内弧避风港式。一座很大的广场，彩砖铺成，玉石栏杆彩雕细刻的图案，每一幅都是表现水乡风情的艺术精品。一字排开的金属灯柱，银白色的灯罩，好像盛开的白莲花。三百米长的码头，六十个泊位，停靠着整齐的画舫和快艇，很少看到划桨木船的身影了。

跳上一只快艇，驶进大清河水道。远看左岸，依然长堤如带，万柳覆水，如烟如云。靠近时，长丝垂垂，坠进水中，如少女洗发，轻柔素雅，楚楚动人。正如宋人王十朋诗句："东君于此最钟情，妆点村村入画屏。向我无言眉自展，与人非故眼犹青。"

快艇知我看淀心切，开足马力。我贪婪地吸纳淀风，有几分晕眩，也有几分陶醉。很快柳暗花明，进入大小"鸭圈"。"鸭圈印月"是安新八景之一，水面开阔，水质很好。碧绿的淀水，平静无波，就像刚刚擦过的玻璃，清澈见底。天上的云絮映在水里，鱼儿游在其中，好像鸟儿天空飞翔。天上鸟儿飞过，影儿投进水中，好像鱼儿在水中游动。一群群鱼儿穿行在青荇紫藻中间，两腮如樱唇翕动，吞吐着水花。

淀里鱼类品种颇多，认得的有鲤鱼、鲫鱼、黑鱼、鲇鱼、草鱼、刀鱼等，它们各有习性，民谚说："黄瓜鱼溜边儿，泥鳅沉底儿，鲤鱼会跳，鲇鱼认道。墨鱼颤，刀鱼弓，鲫鱼扭秧歌，鳜鱼不爱动。"风平浪静时，它们在水中撒欢儿，有的体态轻盈，是喜欢在水皮儿上搔首弄姿的浪子；有的身子粗壮，是喜欢横冲直撞的莽汉；有的温文尔雅，像清秀飘逸的仙姑；有的圆滑狡黠，是善于投机钻营的鼠辈。

走出"鸭圈"，进入无边无际的芦苇荡。《诗经》里有一首情歌："蒹葭苍苍，白露为霜。所谓伊人，在水一方。"蒹葭就是芦苇。毛苌诗疏说："苇之初生曰葭，未秀曰芦，长成曰苇。"芦苇生性喜水，集群而生，白洋淀九十九淀，都是芦苇的天下。白洋淀的苇地，如农田的阡陌，成方连片，是一块巨大的青纱帐。芦苇长于台地，根部没于水下。台地之间，沟壕纵横，可以行船。船行其中，如进村寨，大壕是街，小沟是巷，两厢绿色的墙，密不透风。时值盛夏，芦苇正旺，从根到梢一色翠绿，油光闪亮，每片叶子都要滴下水来的样子。侧耳细听，有轻轻的"丝丝""嘎吧"响声，那是它们舒展筋骨，正在拔节。

芦苇本身就是"环保卫士"，维管束结构，便于把水分、氧气和养料输送到根部，参与分解那里的有机物和纤维素，然后再把产生的有益成分输送到全身。这个过程和我们治理污染的常规方法中曝气原理完全一样。所以芦苇荡里空气含氧量很高，风摇苇动，又是天然的搅拌器，促进空气和水分的流动。

芦苇荡空气新鲜，虫蛾滋生，自然是鸟儿的天堂，接纳了许多留鸟和候鸟。苇莺俗称"呱呱鸡"，背羽浅棕，腹部黄白，眉纹金黄，歌声婉转。它会将芦苇秆折弯编织，填充枯草，形成浮于水面的盘形巢，随波荡漾。苇莺能预感气候，旱年把窝搭于芦苇下部，涝年搭在上部，所以有"淀上气象学家"的美称。鹪莺灰背白腹，像老鼠一样在苇丛里钻来钻去，累了站在苇秆上摇着尾巴唱歌，声如响铃，也是一种发情求偶的呼唤。缝叶莺小巧玲珑，头戴棕红色纱巾，身穿橄榄绿上衣，下着浅绿绒裤，尾巴修长，嘴巴尖细如针，能用蛛丝棉线在苇叶上缝制杯状小巢，高兴时叫两声停一下，所以也叫"哒哒跳"。黄苇莺是小型鹭类，体长三四十厘米，颈长腿短，颈、背、腹部黄色，头、飞羽和尾羽黑色，飞行时黑黄两色对比显明，十分显眼。平时曲颈弓背躲在苇丛，像一堆枯苇，涉水觅食时能叼出一条大鱼，所以人称"水骆驼"。

驶出苇地，便进荷塘。白洋淀常常是苇荷相间，色彩绿白交错，古人就懂得科学种田，间作套种。田田荷叶，叠翠铺锦，正面深绿，背面浅碧，浮在水面如玉盘，凌波而立如铜锣，叶面上的经夜露水，圆润如珠，滴溜溜滚来滚去。微风吹过，碧波绿浪，淡若明镜。细雨来时，水中飞花，叶上溅玉。

农历六月称荷月。带刺的小茎擎起尖尖小荷，像婴儿小拳头，招人喜爱。亭亭玉立的荷苞微微展开，露出粉红的笑靥，娇羞欲滴。绽开的荷花亮美展艳，天生丽质，雍容华贵。正是"莲花出水不整齐，初花先叶晚花迟，时令不与君不对，不开此时开彼时"。众多美女粉墨登场，争奇斗艳，好一场豪华的歌舞晚会。

荷花更有大量的"粉丝"、追星族，鱼儿游戏于叶下，蝴蝶飞舞于花间，蜜蜂朝饮荷露，夕眠花房，嘤嘤嗡嗡，采撷花蜜，各色蜻蜓，或盘旋空中，或停落花上，或以小小尾尖轻点水面，散开层层涟漪。欸乃声中，采莲姑娘破浪而来，罗裙与荷叶一色，笑容与芙蓉齐绽，指指点点，轻歌曼舞，让人想起白居易一首小诗："菱叶萦波荷飐风，荷花深处小船通。逢郎欲语低头笑，碧玉搔头落水中。"

"依红泛绿往来频，载得盈盈一段春"，行行复行行，小船抵达千亩荷塘，又称"荷花大观园"。弃舟上岸，踏上浮桥，脚下颤颤悠悠，心里如痴如醉。浮桥九曲迂回，三里多长，途中有不少观赏小亭。亭中小憩，四下望去，一派"接天莲叶无穷碧，映日荷花别样红"的气象。

千亩荷塘一角的精品荷园，是个长方形平台，四周绿柳成荫，中间一簇簇池栽的荷花，荟萃了我国和世界各地二百一十六个名贵品种。大者"南美王莲"，像个巨大的铜盘，周围卷边儿，可以坐下一个小孩儿。小者"碗莲"，不过手掌大小，仅够一只蜻蜓立足。资深的"新金县古莲"，用不久前出土的古莲籽培育，该是千岁的老者了。新品种"中日友谊莲"，出世不久，才是七八龄的孩童。"并蒂莲"，金黄大朵，"徒劳画史丹青手，漫费词人锦绣肠，向夜酒阑明月下，只疑神女伴牛郎"，花如银盆，"素蘤多蒙别艳欺，此花端合在瑶池，无情有恨何人觉，月晓风清欲堕时"。千亩荷塘大则大矣，精品荷园奇则奇矣，毕竟有人为痕迹。闭目回味，还是自然的荷花淀好，因为扎根在人们心中的荷花，还是"天然去雕饰"的好。

回程船上，一颗悬吊多年的心终于落实在肚里。我梦牵魂绕的白洋淀依然如诗如画，而且更新更美了。同时也了解到，这一盆清水，这一方蓝天绿地来之不易。为了它，上游的保定市关闭了若干工厂，淀区的安新县停止了许多企业，还有投资成千万上亿元的污水处理厂。功在当代，利在千秋。比较起来，几十元一张的景区门票，不过九牛一毛而已。

坎 布 拉

从西宁乘车，东南行 100 公里进入青沙山区，前面一条河明明灭灭，时隐时现，像一条亮闪闪的带子，飘扬在起伏的山间。朋友的一句话惊了我一跳，说这是黄河。怎么会呢？从小学课本上早就熟悉的这条母亲河，在这里改了姓氏，变得如此陌生。浅蓝，淡绿，清波碧浪，妩媚得像朱自清笔下的秦淮河，肖洛霍夫笔下静静的顿河。果真如此，那就颠覆了一句千年古话，跳进黄河洗得清了。真想叫停司机，跳进去，扎个猛子泡半天，洗褪往日的记忆。

化隆康扬大桥之后，美丽黄河的身影不见了，朋友指点，它已经深藏在峡谷的底部，需俯视才见。原来黄河从源头流经 1800 公里至此，从青藏高原一下子跌进黄土高原，落差 3500 米。这段黄河实际上已经是一条长长的瀑布，横冲直撞，在高山峻岭中冲杀出一条血路，变成一条桀骜不驯的巨龙，势不可挡。当地人民敬畏它，沿途修了许多寺庙。水利专家却看到了它的神力，在多级阶地上筹建了13处大中型水电站，可发电468亿千瓦时。龙头工程龙羊峡水电站发电、供电系统已于1989年全部竣工，这里的李家峡名列第二，也于1996年并网发电，黄河母亲的乳汁又变成另一种能量，加入我们的民族血液中。

眼前的李家峡水库，是一座面积31.58平方公里的人工湖。千顷一碧，绿得像一块玻璃，一尘不染，蓝得像一匹锦缎，闪闪发光。北面的拉脊山，南面的尖扎山，奇峰对峙，嶙峋突兀，垂直地浸入水中，耸立在湖上，美如画屏，恍惚是海上仙山。山后的峰峦，八月天残雪未化，闪着蓝幽幽的光，好像是仙女的珠冠。头上的天空，也像湖水一样湛蓝，水洗过一样洁净，真个是水天一色。几朵棉絮一样的白云飘过，渐渐地被风纺成缕缕的细纱。大块云彩遮住太阳时，周围便出现彩云，近处是红色的，艳如桃花，依次是粉莲、黄菊、白玉兰。它们的影儿映入水中，便成了红鲤、金鱼、白条儿。朋友们说这儿比西湖更美，我以为说错了，不可同日而语，一个是小家碧玉，一个是天上仙姬。真个是腹中惭愧，无以形容，不只是诗，不只是画，说是梦幻还贴近一些。

湖边的尖扎山，相对高度在2000米以上，植物的垂直带谱十分明显，花花绿绿，条格相间，该是仙女的长裙。欲穷千里目，更上一层楼，汽车带着我们盘旋拔高，真有乘电梯的感觉，一层一种景色。峡谷底部的青稞由绿转黄，正如湖水向坡地过渡。庄稼不及之处，野草芳菲，山花烂漫。草本的紫菀、柳兰、铁线莲，木本的海棠、杜鹃、忍冬、金露梅、银露梅，自由自在，寂寞开无主。往上的油松、青海云杉密密层层，冠盖如云，难得漏下一丝阳光，阴湿的地面寸草不生。再往上的白桦林，成年树修剪过一样整齐，亮亮的像一排排大理石柱。小白桦美丽得像一群窈窕少女，亭亭玉立，身披轻纱，在风中翩翩起舞，从根到梢带着音乐感。树木的枝丫本能地伸向天空，推动着林涛绿浪，整个山地坡像李家峡湖水一样涌动着，而且站立起来了。

林海还是鸟儿和动物的天堂，鹰在天空自由自在翱翔，松鼠在地上跳来跳去，锦鸡拖着华丽的长尾，百灵鸟卖弄婉转的花腔。远远地看到游人的车队，花喜鹊就站在枝头报喜，梅花鹿也更不怕人了，常常在公路上徜徉。偶尔看到护林人的木屋，精美得像个鸟巢。花香鸟语，森林的鸟叫比什么音乐都动听。

公路的尽头，是尖扎坎布拉国家地质公园机关所在地。这里是一处山洼，三面靠山一面临水。所有的山都是红色的，地质上叫丹霞地貌，阳光之下，宛若朝霞。山体形状，如塔如柱如城堡，平地拔起，陡然屹立。更有许多小尺度造塑，千姿百态，有的像人，有的像兽，有的像物，被命名为"神龟爬山""佛手指天""老翁拜佛""倚天抽剑"，无不惟妙惟肖，栩栩如生。最为惊奇的是德杰峰，藏语是"天龙八部"的意思，方形山体，巍峨壮观，犹如一座布达拉宫，门框、窗棂、帷幕、窗帘，依稀可见，地质上属蜂窝状地貌。小瑶池景区，像一座宫苑，四周圆锥状山峰如仙女起舞，中心台地上奇花异草，似王母瑶池，令人叹为观止。山、水、林、田，奇、险、幽、美，是人与自然、自然与文化和谐共存的典范。

坎布拉，美丽神奇的坎布拉，三生有幸到此一游，使我过了一天退出现代生活、回归自然的日子，不仅感官上精神上受到一次启示，而且焕发了思维的活力。大自然创造了如此独一无二的美景，交通闭塞，经济滞后，原始生活状态把它完美地保存下来。我想，人类本来是大自然的一部分，大自然食物链的一环，与自然环境本是和谐存在的一体。仅仅因发明了钻木取火、蒸汽机，就不可一世，相信自己优于自然，凌驾于它之上，肆意掠夺，任意破坏，终于遭到报复，大祸临头，濒临灭顶之灾。我害怕美丽的坎布拉也逃不过这种厄运，写下这篇文章，留给后代子孙看吧。

雨游黄龙

九寨沟之前先去黄龙。前者早已闻名于世，后者知之甚少，大家表现不够热情，向导面带诡谲，也许跟着他走没错儿。

从松潘到黄龙要翻过一座海拔四五千米的藏龙山。五月中旬，山下晴天丽日，山腰云雾缭绕，到了山顶雪花飘飘，两个钟头穿过了四季。汽车在云雾里蠕动，在雪地上爬行，一边是悬崖峭壁，一边是万丈深渊，司机稍有闪失，全车人都报销了。大家屏住呼吸，手心捏出了汗。也有几个少男少女兴致勃勃地在那儿拱猪，不知此时处境危险。藏龙山的龙藏在哪里，可别惊动了它。

翻过山去，汽车开进一条葱茏山沟。下车后，天气依然阴沉，细雨霏霏，颇有几分寒意。在向导带领下，跨过涪江木桥，穿过一个木门，进入原始森林。出林后首先看到一片黄山坡，向导面现异色，三步两步跑了上去。我们也尾随其后，看到许多没水的池子，像农民淋过石灰的那种干池子，大家大失所望。再看向导，目瞪口呆，脸色比天气还要阴沉。一向笑语连篇的他，嘴里嗫嚅着："怎么没水，没水还有什么黄龙？"不好意思地宣布："可能是季节不对，夏天雨多那是相当壮观的。"是呵，从池边那些名字看，"迎宾彩池""飞瀑流泻""金瀑泻银"，是可以想象它们是多么美丽。可是现在大家情绪受到传染，那几个少男少女犹豫是否还有必要继续看下去。我们几个北方人兴致不减，权当一次爬山运动吧，而且单就眼前景色看也够新鲜的，有的漫坡如黄金铺地，有的断崖如黄云堆积。

踏着池边树丛中的木板栈桥上行不远，渐渐听到汩汩水声，我们不由加快脚步，有谁惊叫起来。眼前出现一个水池，浅蓝色的，清澈见底，中间几株小树，取名盆景池，倒也贴切。盆景池以上一面黄色山坡，跌宕着层层叠叠千百台阶，白花花泉水漫坡流泻，给人黄河西来之感。

过了迎仙桥，山势平缓，有几个较大的池子，水是蓝色的，好像阴云的天空开放了一片片晴天。"明镜倒悬池"云影徘徊，"梭罗映彩池"异彩纷呈，"琪树流芳池"树影婆娑。最大的一个"争艳池"有半亩大，池中有池，池沿曲折蜿蜒，连环相套。池中水位有高有低，颜色有深有浅。黄色池沿如同泥捏一般，有的竟似纸一样薄。这种奇观，不身临其境，是很难以想象的。我们好笑向导是那样沉不住气。步云桥后，没了池子。溪水源头有二，我们在两溪中间的山坡上攀登。沟口海拔三千一百米，这里大概四千米了。有人开始出现高山反应，胸闷，头疼，腿软，而我尚能健步如飞。别人羡慕我体质好，我说家住六楼，一上一下一百八十磴台阶，天天爬山不止练出来的。顾及同伴的体力，我也放慢脚步，开始注意两边的林木随着山势增加，高大的落叶松、冷杉、鳞皮云杉渐渐稀少，代之以各种杜鹃、山柳之类灌木。树枝上挂满黄色的菟丝子，丝丝缕缕，随风飘摇。路边紫色的枝叶上凝聚着细小的水珠，看上去好像银色小花。再往上走，小树刚刚泛青，鹅黄色的小苞伸出嫩绿针叶，叶反而像花。还有一种高山柏匍匐地下，高不过膝，是松柏中的侏儒，不留神是看不到的。我后悔以往旅游行色匆匆，只抬头盯着高山飞瀑，忽视了多少细微景致，丢掉了多少知识。

　　走出灌木林，眼前悬挂一道银瀑，可是听不见涛声。走近是一挂冰川，冰层很薄，下面是深深积雪。那冰雪似化非化，我们小心翼翼地爬上去拍了照，心里说不出的痛快。这一景观叫簸箕海，其后是藏龙洞。相传大禹治水，黄龙负舟导江，溯茂州而上，始有岷江，此洞是黄龙化身修炼成道之所。一株雪松后面，娑罗花掩映洞口。我大胆下去，洞顶挂着许多乳帘，微风吹过似有声响。十余米处有三尊佛像和石床石桌，头上吊盏白色的"宝莲灯"。四壁各式花纹，有的如行云流水，有的像海底水族。这一切都非人工雕成，而是岩溶风化，鬼斧神工。加上洞里暗河水声哗哗，更增加了几分神秘气氛。

　　黄龙洞过去，就是被称作"人间瑶池"的五彩池了。从下往上看，是梯堰垒成的山，水银四溢；从上往下看，是湖水铺成的田，镶满玻璃。大池一亩大水面，水色潋滟，中有玉树，倩影离离。池水似蓝似白，绿中带紫，紫中泛青。周围小池错落相连，活水同源而色彩各异。下池淡黄，注入小池则色如柠檬；左池淡青，流入右池则成橄榄绿。正惊诧间，太阳从云缝中间露出脸来，一下子出现了奇迹，整个水域骤然闪亮起来，池水变成了画家的调色盘，上下池水虹霓连环，这儿荡红漾紫，那儿泼墨濡黄，再那边摇蓝堆雪。加上池沿串连，幻若一顶珠冠，镶满了琥珀、玛瑙，缀满了珍珠、翡翠，各种颜色，光怪陆离。身居池上，仰望南山，宝鼎雪峰，云山雾罩。回首下看，十里山谷，流壑飞泉，三千四百个彩池，片片鳞甲，真像从雪山飞下一条龙来。这等奇观，正如一副对联所概括：玉障参天，一径苍松迎白雪；金沙铺地，千层碧水走黄龙。

正当我们扬扬得意时，太阳又忽然缩回云层，只给了我们几分钟的机会。我们暗自庆幸，心诚则灵，饱尝眼福，不虚此行。这时向导带着少男少女们刚刚上来，然而留给他们的却是一种遗憾。

下山路上，雨丝更密，山色变暗。两种山色在我眼前交替出现，一种是初见的干坡，一种是后来的水池。渐渐地，两种山色又变成两条龙，一条卧于浅滩，一条行于云间，两种命运都维系于雨水。树是山的衣服，水是山的灵魂，雨水越多，山越精神。那龙不愿困卧浅滩，也不愿受四季限制，它渴望腾飞，渴望自由，渴望着雨水。

又见泉城

河之阳，岱之阴，阴阳相生，孕育了济南这座历史文化名城。历下又是闻名的药都，道光年间，北京同仁堂乐敬年，仿大栅栏老店格局，在济南开设宏济堂，电视剧《大宅门》白景琦济南创业，好像就是演绎的这段故事。宏济堂现在改做国药博物馆，传播中医中药知识，济南人都能说几句"医之始，本岐黄"。从中医眼光看，济南的风水在大明湖和趵突泉。大明湖是济南的肾，七十二泉是膀胱经。肾是先天之本，济南肾水充盈，南是千佛山石灰岩含水层，北是华鹊二山火成岩阻水层，湖底火成岩防渗，大量山水由高而低露头成泉。肾主水，藏精纳气，肾主骨髓，其华在发，历下便有了"家家泉水，户户垂杨"，便有了"四面荷花三面柳，一城山色半城湖"。肾经与膀胱经相表里，足少阴肾经与足太阳膀胱经共有七十一个穴位，济南有七十二名泉。肾经上的涌泉穴称作肾根，最为敏感，济南有趵突泉，名字与功能都有相似之处。

对泉城向往已久，直到 1980 年才有了游览的机会，应济南诗人塞风之邀，流沙河和我结伴而来。住下后，海吃黄河鲤鱼，而不提游湖观泉，推托再三才得一见，原来二者都在病中。趵突泉仅剩半池水，半天才冒出一两个水泡，少气无力，哪里谈得上"三窟并发""势如鼎沸"。名声很大的大明湖，比记载中的九顷十八亩大大缩水，变成一片沼泽地。历城八景中的"明湖泛舟""历下秋风""汇波晚照"也已残缺不全，哪里还有"群鸭戏水"，原先的水鸡子、红冠子也早择良而栖，投奔他乡去了。想象中的泉城明珠黯然失色，塞风先生也觉失了面子，脸上也和残荷衰柳一样一层锈色。

不仅塞风难堪，济南归来我自己也落下一块心病。要说河北山东两省，八竿子打不着，哪轮着我多愁善感？只因一辈古人，"后七子"领袖李攀龙，济南名士，曾在大明湖修了历下亭，建了白雪楼。偏偏这李学士后来做了一任顺德府知府，顺德就是邢台，我的故乡。邢台也有泉城之名，西有达活泉，东有百泉。李攀龙吏治有方，兴修水利，建清风楼，青史留名。如今邢台正与济南同病相怜，河断泉枯。从此这便成了我与塞风先生书信的必谈内容，他告诉我，第二年趵突泉停喷九个月十八天，第三年停喷十二个月，那年我去临朐开诗会，路过济南也不忍再去看了。几年后塞风信中火气降下来，说济南人终于形成共识，泉城之灾正如医圣张仲景所说："非天降之，人自为之。"为了搞工业，"有水快流"，打深井，挖煤窑，超量开采地下水，釜底抽薪，GDP上去了，水位下来了。找到原因，病就好了一半，历下不乏名医。

山不在高，有水则灵。趵突泉是济南的灵魂，一旦停喷全城人都像丢了魂，坐立不安。这次重访济南，顾不上看市容，直奔趵突泉。泺源堂前很多人，多半是老人，他们说天天睁眼三件事，量血压、测血糖、看趵突泉水位，泉涌心花放，心就放在肚子里了。趵突泉花开三朵，呈鼎足之势，虽不如刘鹗所说"冒起有五六尺高"，也不如王渔洋所说"溅珠喷雪，仰出二尺许"，咕突突跳起一尺高，也足以"天下第一"了。古人形容它为"玉壶""雪莲""银烛"，我倒觉得它是三朵山东白牡丹，洁面粉腮，霜魂雪魄，一身清白水中生，疑是嫦娥月下栽。那泉声也不像"四时常吼半天雷"，是泉城人心声倾诉，侃侃而谈，哗哗若笑。可惜塞风先生不在了，那泉声中也有他九泉之下了却心愿后长出的一口气。

趵突泉是济南名士，谈吐不凡，口若悬河，而老城中的珍珠泉则是芸芸众生。一块方池，清澈见底，大大小小的水泡从沙地慢慢腾腾、悠悠闲闲地升起，银灿灿，亮晶晶，串串簇簇，纷纷扬扬，不声不响。它们积少成多，汇入一条玉带河，曲曲弯弯，如丝如带，千枝百蔓地伸到古街旧巷，家家户户，人在泉上过，水在脚边流。揭开石板，泉水深深，浇花沏茶，淘米洗菜，生豆芽。还真有个豆芽泉，用它生出的豆芽，鲜嫩脆生。

老城的居民与泉为邻，白天与泉对话，夜晚枕泉而眠，把鱼水关系表现得淋漓尽致。

大明湖恢复盛时景象，吐纳有序，不满不澜，四十六公顷，八十三万立方米湖水，每十天更新一次，人体的水分十八天更新一次，所以它充满活力。经过这几年封井拆迁，疏浚清淤，湖面扩大了一倍，浩瀚壮阔，水澈清明。阳光下流金点点，风起时波光粼粼，风平浪静时沉默不语，更增加几分神秘色彩，让你猜不透水下深埋多少文明宝藏，名士风流。小船轻轻前进，涟漪缓缓散开，像一枚唱针划在古老的唱片上，慢慢释放出从郦道元、杜甫、曾巩、张养浩、李攀龙到顾随、老舍、臧克家的篇篇诗文。荷柳争辉，画舫往来，大明湖优雅如一幅水墨丹青。驶入护城河，更感觉是一个精致的画框，环绕老城，四四方方，全长近七公里，汇入了四大泉群的水，清风碧水，烟雨蒙蒙，两岸一会儿古木参天、柳丝拂地，一会儿奇石斑驳、陡崖耸立，也是一道天然画廊，一步一景，美不胜收。

观景最佳处在湖东超然楼，仿古新建，高十七丈，朱楼金瓦，凌虚临风，泉城历历在目。真个是湖在城中，城溶湖色，水天共浮。环湖皆柳，柳外新楼，楼外蓝天，让我想起宋人赵孟頫的一副《鹊华秋色图》，现在珍藏于台北故宫博物院，我见过仿品。不过画面大明湖的背景鹊华二山已不再是济南独有的标志，如今又增加了现代化的泉城广场和奥体中心，谁来再画一幅明湖春景呢？

天坑地缝记

仙女山，一个看似通俗的名字却概括着一个极其独异的个性。长久不为人知，除了身居深山，还因为隐身地下。郦道元足力不及，徐霞客擦肩而过，连流云和季风也不曾送出一点消息。直到前不久，现代交通和通信技术才撩开它神秘的面纱，露出一位绝世佳人的特别风采，一鸣惊人，惊艳世界。推迟出场也并非全是坏事，使它躲过了饕餮般的山水消费者。

武隆仙女山，地表为国家级森林公园，满眼青翠，郁郁葱葱，清风吹拂一头青丝和飘飘裙裾，充满了少女的青春魅力。从林区腹地明景村入口，不是爬山而是入地。小心翼翼踩着近乎垂直的石阶，树荫极浓，如同黑暗的隧道。中途改乘电梯，深80米，好像坠落竖井，这场景如儿时听评书《无盐娘娘下地穴》。

走出电梯，一面巍巍绝壁通天彻地，如同一扇大屏风，平整如纸，长长短短的节理，星星点点的草束，大大小小山水浸染的痕迹，像一幅朦朦胧胧的印象派招贴画，挂在景区门口。向前走去，眼前闪出一条垂直白线，越来越亮，最后豁然开朗，展开一座高大门洞，如放大的北京前门。前门楼子九丈九，它有八个前门高，235米，拱高96米，跨度34米，这便是天生三桥之一的天龙桥，半圆单拱，横卧天空，山为骨骼，云为霓裳。门楣犬牙交错如同雕刻，两旁凸凸凹凹好似浮雕，如龙如象，美轮美奂，形态如同苏州枫桥、浙江南浔桥，若论高大雄浑，更像河北赵州桥。再走几步回过头来，左边又出现一桥洞，大小相似，中间的山体便成了桥墩，一桥两拱，双月比肩。惊叹！震撼！如庄子所说"独与天地精神往来"，好一座连接浩渺时空的桥梁！审之赏之，品之悟之，简直是一部天书，一幅美术经典。"赵州桥，鲁班修，玉石栏杆圣人留。"我敢说这座桥鲁班修不了，应是他的师傅大自然的杰作。天怜见蜀道之难难于上青天，造一座天桥给巴人，指一条道：人往高处走。鬼斧神工，力与美的象征，看朵朵云彩桥上悠闲散步，我也想上去走走，体会一下神仙的滋味。

天龙桥以下，四面环山，都在300米以上，中间一块袖珍盆地，绿草如茵，像塌陷下来的一片青天，人称天坑，天坑不是天瓮，透水透风，还伸进来一条老官道，涪州通黔州，始于唐初，还留下一座青砖灰瓦的四合院——"天福古驿"。明《一统志》上载："龙桥山逶迤如龙，下有空洞，即五龙山。"后来长江、涪江水运发达，这里成为交通盲点，官道逐渐废弃，一度沦为土匪巢穴，更加路断人稀，连石达开兵败入川也摸不着它。直到近人张艺谋溜进来，以它为外景地拍了《满城尽带黄金甲》，马蹄踏破了千年寂静，武隆之野也变成了金山银山，站在驿道上看天桥，顿生天上人间之叹。

天龙坑另一出口，便是天生三桥之二青龙桥。这青龙比天龙更高更大，高281米，拱高103米，跨度31米。洞口狭长，从这边看是一把明晃晃大砍刀，穿过洞去回头看，是一条银鱼，正跳龙门。桥头悬崖像一个鹰首，左右岩壁雄鹰展翅。雄鹰俯瞰下的小盆地称神鹰天坑，四四方方，像一个大大的天井。再走下去就是天生三桥最后一个黑龙桥，山体灰黑，拱洞幽深，壁上多窝穴、溶孔、流痕，自拱顶飘下一连串的雾泉、珍珠泉、一线泉、三叠泉，一条烟雨茫茫的水帘洞，给每位过往的游客以淋漓尽致地洗礼。泉水蒙蒙而并未聚而成潭，据说都流入后山地缝里去了。

地缝入口在白果村，一条长长斜洞，石头多见螺纹，可惜这一把把螺号吹了多年，没人听得见。再进入一个大大的溶洞，曾经是村里生产鞭炮的作坊，可惜鞭炮响了多年，也无反应。直到公元2000年，重庆大兴旅游，有人冒险深入地穴，才探得这一人间秘境。

电梯落地，就是龙水河峡谷，两山对峙，高三四百米，山间空谷，宽不过10米，放眼望去，一条特大胡同，冷风飕飕，

寒气逼人。胡同起点是一座石窟，光线阴暗，裂隙纵横，最大
一条伸入山腹，宽不盈尺，深不可测，有汩汩水声自地下传来，
这便是黑龙桥流过来的暗河。暗河流出百米成为明溪，随坡就
势，在乱石间闪转腾挪，像一只活蹦乱跳的野兔。

　　溪水湍急，又不知深浅，移步观景只能借助栈道。栈道嵌
在山腰，曲折蜿蜒像一条银蛇。战战兢兢行走栈道，鸟在头上
飞，水在脚下流。山壁自上而下分布着云杉、藤萝、苔藓，是
仙女的一条美丽的百褶裙。印象最深的是一种灯台树，枝叶对
生，层次分明，像成都三星堆出土的金灯盏，照亮了时空。湿
漉漉山壁上，多有亮晶晶的水珠滑落，小者滴答，大者叮咚，
擦石如琴，过穴如笛，汇成一组动人的乐曲。泉水密集处，烟
雾蒸腾，飞沫如雪，形成了诸如"仙鹤沐浴""孔雀开屏"等景
观。最大的一条瀑布天外飞来，落差百米，随风飘荡，栈道穿
过其后，如渡银河。

　　"银河飞瀑"以下，峡谷更窄，看天一条线，看地一道沟，
称地缝实为妙喻。两厢青山默默相对，一对情人矜持相守，保
持一定距离，倘若一时冲动，越雷池一步，我们大家就被挤扁
了。峡谷越窄溪流越急，激流把山壁冲出两个涡穴。最窄处仅
有 1 米，一步可以跨过，但是没人敢试，谷深 20 米，下面激流
漩涡张着血盆大口。更有甚者，不知何时落下一块巨石，正卡
在河床，需侧身贴壁而过，或以手爬行。此刻谷深已逾 400 米，
刹那间感觉摸到了地脉，触到了地心，我心与地心一起咚咚地

跳。地脉地心强劲有力，节奏鲜明，我们的仙女已经摆脱了自闭和忧郁，加入大江大河的循环中去了。也庆幸自己这次地心之旅，在自我征服和满足中，感受到生命与自然的契合，体验了一次生命的互证，心灵得到了一次空前的充实和抚慰。

　　头上一线天，脚下一条溪，一明一暗，一阳一阴，形状相似，形影相随。你曲我曲，你直我直，你忧郁我也忧郁，你欢跳我也欢跳。"玉兔出关"以后，又一齐舒展开来，放缓脚步。走到"小小天生桥"，简直就是青龙桥的浓缩版，仿佛回到今日山水之游的原点。钻出地缝，走出如梦如幻的龙水峡，又见久违的阳光。太阳是这次旅游一个圆圆的句号，用自己的金线给仙女山镶了个金边儿。我不舍离去，一步三回首，回味这一视觉盛宴，又跑回"龙潭映月"，掬一捧水慢慢咽下，永远留在心里。

君山品茗

壮年以后，忌了酒喝起茶，由于工夫尚浅，对茶的理解还处于初级阶段，不过是猎奇或者美感收藏而已。这几年遍尝名茶，大范围的红、绿、花，细分目的雀舌、蝉羽、片甲，奇峰、毛尖、紫毫，碧螺春、铁观音、黄金桂，西湖龙井、巴山银芽、凤凰单枞，不下二三百种，唯独君山毛尖还不曾尝到。这次去娄底开会，特意中途下车来到岳阳，填补一项空白。

经人指点，从岳阳楼上公交，过长江大桥，二十分钟到了洞庭湖边。弃车登船，远远望见一座小岛浮于水上，就是刘禹锡"遥望洞庭山水翠，白银盘里一青螺"的君山了。上得岸来，一行杜英树（叶面红色背面绿色）像一队盛装的礼仪小姐躬身相迎。君山岛很小，不足一平方公里，却布满大小七十二座山头，如同一个大盆景。湖上有山，山中有湖，山山有庙，步步有景。湘妃祠、柳毅井、朗吟亭、杨幺寨，美不胜数。君山还是一个奇竹的世界，斑竹、方竹、连理竹，名目繁多。只是我心在茶上，无暇分心去欣赏罢了。

一条蜿蜒小径，引上山顶试茗阁，曾是清朝诗人吴梅村隐居的地方。塔式建筑，上下五层，坐在里面可以纵览洞庭湖全景，是君山品茗最好的去处。阁上一副楹联："天池峰上拥洞庭，洞庭好风月；试茗阁里品香茗，香茗有文章。"传说是乾隆皇帝和纪晓岚所作。这并非空穴来风，乾隆确实登过君山，《巴陵县志》载"乾隆四十六年始，岁贡十八斤"。乾隆嗜茶，早午晚都要喝一杯君山毛尖，以每天五钱计算，正好一年十八斤。即将退位时，一大臣惋惜："国不可一日无君。"乾隆手将银须说："君不可一日无茶。"《红楼梦》里贾母不喜"六安瓜片"，妙玉用梅花上的积雪化成水来烹"老君眉"，所指也是此物。

茶艺师邓小姐人长得漂亮，茶艺也很出色，取上等君山茶来展示，叶片淡黄，裹一身白色茸毛，所谓金镶玉者也，形如雀舌、鹤羽。茶具并非陶壶、盖碗，而是透明的玻璃杯。用的是岛上龙涎井中水，清人万年淳曾有诗："试挹龙涎烹雀舌，烹来长似君山色。"先用开水把杯涮热，放入茶叶，再以滚开水冲之，壶嘴从杯口迅速上提二尺，杯中开水正满。然后很快把水杯盖严，捂上三分钟，再猛地揭开杯盖。这时奇迹发生了，随着缕缕白烟缓缓升起，立时茶香四溢。

邓小姐却让暂停鼻、舌，只用眼看。但见一根根芽头水中悬立，每个芽头上顶一个小水泡，称为"雀舌含珠"。少顷芽头徐徐下沉，晃晃悠悠，如雪片坠落、鱼翔浅底。接触杯底后又挺直起来，如春笋出土、刀枪林立，而且反复浮上沉下，三起三落。茶艺师小姐像魔术师一样，指挥她杯中的小精灵们，如凌波仙子，亭亭玉立，翩翩起舞。饱尝眼福之后，按照邓小姐的教练，眯起眼睛，轻闻一下，香气扑面而来，如春草、幽兰，清芬绵绵。再睁开眼，轻呷一口，润润舌头，继而吸一口气，漱一下口。再小饮三口，三口为品，真如啜饮春水甘露，润喉清腑，齿颐留香，产生唐人卢仝那种骨轻神爽的感受，"唯觉两腋习习清风生"。

问君山茶何以如此神奇，邓小姐说有特殊的自然条件，也有科学的采制工艺。君山小岛，四面环山，日照长，云雾缭绕，湿度大，沙质土壤，鸟粪丰富，还有各种害虫的天敌金龟，一只金龟一天能消灭数千条害虫。每年清明前后七天内，村姑用手指将芽头轻轻采下，不能用指甲。还有露水芽、雨水芽、空心芽、开口芽等"九不采"。每个芽头长25—30毫米，宽3—4毫米，必须带上2—3毫米茶柄。一斤银针限制在5000—6000个芽头。然后经过十二道严格的工序，制成长短一致、粗细均匀、白毫完整、成色金黄、如绣花针一样的茶叶珍品。

至于三起三落的原因，邓小姐说秘密就在那两三毫米的茶柄上。茶柄毛细孔大，吸水力强，水浸后重量增加，便带动银针下沉。又因为每个芽头由五至七片叶子抱在一起，如同包菜。沉底后芽头还留存空气，排出时芽尖形成气泡，带动芽头慢慢浮起来。第一批气泡露出水面破裂，浮力消失，芽头便再次下沉。如此上下两三次，芽头空气排尽，沉到杯底再不动了。因为茶柄比重大，茶叶头重脚轻，一根根倒立起来，成刀枪林立状。

好个试茗阁，窗含洞庭八百里，俯瞰君山七十二峰，美女香茗，让人醺醺然、飘飘然，原来好茶也能醉人。苏东坡说"从来佳茗似佳人"，而这君山的美女算得上"倾国倾城"了，让人产生"君山归去不论茶"的想法。但是出得门来，一阵湖风又把人吹醒了些。识得君山真面目，"只缘身在此山中"。殊不知山外还有山呢，中国茶文化博大精深，如何能浅尝辄止，下一个目标还在等着我呢。

对 台 戏

公元前206年刘邦来到南郑，委身汉王。历史在这儿拐了个弯儿，中华民族进入大汉时代，汉中成为一个重要历史舞台，并且进行了一次"戏改"。上千年的封建宗主被赶下台，代之以一个草根皇帝，几个布衣将相，演绎了许多精彩故事，其中《追韩信》《未央宫》成为汉中的保留剧目，永不落幕，那几个角儿天天在眼前晃来晃去。

城市南隅的汉台，典型的汉代建筑，堆土成台，拔地而起，高七米，有首诗说："留此一抔土，犹是汉家基。"雄踞台上的望江楼，高十八米，巍巍乎高哉，正是高祖刘邦的形象。底部白色山门，是粉底朝靴；中部棕红梁枋、隔板、回廊，五色彩绘，是蟒袍；顶部庑顶歇山，翼角飞檐，错综交织，突出一个攒尖，是王帽。那个高鼻子皇帝，正拨云纵目，望着蜀波楚浪吟哦：大风起兮云飞扬……

也许当年刘邦偏居一隅，迫于无奈，权宜之计，还无心营造宫苑。不久天下归汉，这儿便成龙兴之地，后人添砖加瓦，大兴土木，渐渐变成观瞻的名胜。看亭台楼榭，珍木修篁，蔚然大观。汉桂九株，浓荫如盖；旱莲二株，清香袭人；铁树二株，一高一矮；皂荚二株，一雄一雌，树龄都在数百年以上。博物馆占据一角，更是艺术的园林，古栈道陈列，石门十三品，都是国之瑰宝。台分三级，高低相间，花木掩映，深不可测，让人联想起未央宫，霎时剑拔弩张起来。

汉台西南三百米，有拜将台，正方形，高四米，白玉栏杆。两侧石碑相对，西碑舒同题字"拜将台"，东碑刻有祝绍周绝句："辜负孤忠一片丹，未央宫月剑光寒。沛公帝业今何在，不及淮阴有将坛。"为韩信鸣不平。台前韩信戎装石像，高六尺，一手握剑，一手托印。气势不够威武，倒像一个白面书生。也难为雕塑家，《史记·淮阴侯列传》并无相貌刻画，只有一句"奇其言，壮其貌"。大概韩信并没有武功，更无项羽那样拔山之力，其军事才能全凭脑子聪慧，善于知己知彼，排兵布阵。一旦失去军权，轻易束手就擒，连几个宫女也对付不了。

两台南北相望，曾经相互依存，情同兄弟。刘邦接受萧何举荐，听了韩信"登台对"，喜出望外，"择良日，斋戒，设坛场，见礼"。从此明修栈道，暗度陈仓，得关中。继而出井陉，背水一战，征服山东，夺取天下。拜将台成为汉军由守而攻的转折点。可惜刘邦能共患难而不能共富贵，功成狗烹，用时如金，弃之如土，拜将台连着断头台。从此汉中两台唱起了对台戏。站在北台看南台，像是公审，这边居高临下，那边是弱者。站在南台看北台，像是答辩，这边据理力争，那边无言答对。控辩双方，各执一词，各有各的群众。我问身边两个当地人，观点对立。一个怨刘邦"卸磨杀驴"，另一个说，拉完磨又踢又咬，还不收拾你。全国范围好像更同情弱者，评选中国十大名台，拜将台榜上有名，与琴台、丛台、孔雀台等位列一起，而汉台落选了。外地人说起汉中，往往只知拜将台而不知汉台。

不仅刘邦丢了许多选票，连萧何也遭诟病。当年汉朝甫定，论功行赏，以萧何最盛，食邑最多。刘邦称其为"功人"，诸将为"功狗"。连太史公也说"天下俱称其美"。但是百姓并不认同，认为他忠而不义，"成也萧何，败也萧何"。汉中人心里有杆秤，给张良修庙，为韩信设祭坛，给萧何的评价只是路边一块石碑。在汉中以北八十里马道村，村边有条河，河北有个不大的石碑，"萧何追韩信处"。有民谣说："不是寒溪一夜涨，焉得炎汉四百年。"立碑人打了伏笔，萧何月下追韩信，从汉中到关中只有一条道，沿褒斜道一直向北走，自西向东流的寒溪，二人都应阻滞在河南岸，而把碑立在河北，暗里指责萧何把事做过了。

有张良、韩信两位教员，时时耳濡目染，汉台有个镜吾池，天天对照洗心，影响了汉中人的性格，看透世事，不热衷仕途，不激进。除了东汉李固当过太尉，再没出什么达官显要。本地人外出当兵上学，急着回乡。外地人进来求职，都想留下。不图山清水秀，物阜财丰，看重的是汉中民风淳厚，生活安逸。中医说"甘温除大热"，汉中人心态好，不卑不亢，不温不火，随性自如，不与人比。常说："他们吃蒸饭，我也有锅边吃。他们吃肉，我们也吃红豆腐。"《华阳国志》上说，汉中人"尚滋味，好辛香"，民谚说"有酒不怪菜"，"三天不吃酸，走路打蹿蹿"。汉中人血液里多了些浪漫因子，见面话是"好耍吧"，"耍汉中去"，"过得去，攒个述劲"，有些个世外桃源的味道。

武侯墓说戏

　　诸葛亮是智与勇的化身，国人奉为神明。据我所知，全国现有孔明庙三十三座，武侯祠九座，为争先生生平中一段户籍，南阳、襄阳打不完的官司。唯独武侯墓，"自汉至明一千三百年来从无异说"。（清道光三年〔1823年〕《忠武侯祠墓志》）因为先生病死五丈原前有遗嘱："死后葬汉中定军山，因山为坟，冢足容棺，殓以时服，不须器物。"坟地、规格都定死了。为匡扶汉室，先生驻节汉中八年，六次北伐，鞠躬尽瘁，死后也要守护国门。一朝主宰，而不还葬成都，另有意图，不使自己威逼汉室宗庙，至忠也。

　　以朝圣心情，沿先生首次北伐之古金牛道北行，过定军山便看到望碑，停车步行，足下沉重，生怕惊动先生安息。站在玉带桥环顾四方，前书案（山），后笔峰，襟军山，带沔水，桥下溪水，静静绕墓一周，奔汉江而去。山光水色，茂林修竹，眼前仿佛是躬耕陇中场景，一派卧龙待顾气象，有少年出世之生机，无英雄迟暮之悲凉。先生果然是易学大师，堪舆高人。

步入山门，绿荫如盖，碑碣林立。卷棚式献殿，香烟缭绕；重檐式大殿，气氛森严。正面先生塑像，纶巾鹤氅，一手扶膝，一手握卷，书童侍立左右，外站龙骧虎贲（关平、张苞）。两侧墙上，悬挂岳飞手书前后《出师表》，大气磅礴，似从胸中呼出。先生一脸庄重，二目深沉，依然在运筹帷幄。方形神龛像一辆战车缓缓行进，窗外林涛飒飒，山影重重，疑似汉中练兵的木牛流马、八阵图。

三进院落，殿宇相连，许多门楣廊柱，便有了许多牌匾楹联，皆出自历代名家之手，仿佛一个跨时代的诗书联展，真草隶篆，百花齐放，名言警句，标新立异。"出将入相""坐言起行""内敬外直""汉祚难延，忠魂痛裂三分鼎；军山在望，高冢灵通八阵图""铜雀台荒，七十二疑冢安在；定军山古，百千载血祀常新""虽知天定三分鼎，犹竭人谋六出师"。从不同角度，概括出一个千古伟人的形象，也省去了这篇拙作许多文字。

大殿之后，四方攒尖坟亭，亭后圆形墓地，墓在中心，汉制覆斗形，头西脚东，永怀西蜀之意。墓高四米，周长六十四米，围以大理石裙板。墓上兰草青青，如同新坟，却被两株护坟汉桂说出已有一千七百多年的历史。树高十九米，胸围三米，年年八月开花，花色金黄，香飘十里，因此生发一副名联："水咽波声，一江天汉英雄泪；山无樵采，十里定军草木香。"与汉桂同龄的还有满园参天古柏,《忠武侯祠墓志》上说:"蜀汉炎兴元年所植汉柏五十四株,象征武侯在生之年。"柏林看似无序,实为八卦太极图形,冢为圆心,行株距离按爻线长短布局。《墓志》记载,祭期为每年清明,演戏三五日,通宵达旦。出于对先生崇敬,墓地千多年安然无恙。直到抗日战争时期,国民党八十三军伤残医院进驻骚扰,砍树作饷,汉柏损失过半,仅剩二十二株。

演戏的舞台在墓园出口,一座明代戏楼,意在回头看史。当年上演剧目,多是三国题材。戏剧界有"唐三千宋八百,唱不完的三列国"一说,三国戏的主角又多半是孔明。历代国人对先生的文治武功,由敬仰而神化。由民间传说文人诗词,一千年发展到长篇小说《三国演义》,又六百年演化为京剧《空城计》《借东风》,一个"羽扇纶巾,谈笑间、樯橹灰飞烟灭"的智圣形象,神乎其神,家喻户晓。然而有的剧情纯属虚构,与史实相距甚远,比如《空城计》。勉县博物馆馆长、陕西省三国文化研究中心主任郭清华,历经四十年史籍研究和实地考证,指出了《空城计》的空穴来风。公元228年诸葛亮首次北伐,即街亭之战,与他对阵的并非司马懿,而是张郃。彼时司马正任荆州都督,镇守宛城,三年后大都督曹真病死他才接任,"始与亮在汉中抗衡耳"(《三国志·诸葛亮传》)。再者地理也经不住推敲,当时蜀军驻扎阳平关(今汉中勉县),而不是西城。古西城县在今安康市西北,街亭在今甘肃秦安县,古街泉县街中有井称街泉亭，简称街亭。西城与街亭差之千里，那救兵赵云飞也过不来的。倒是九年前（219年）定军山之役，曹操运米千万囊于天荡山，赵云放火烧山后被曹兵包围，营中兵少，弄险使了"空营计"："大开营门，偃旗息鼓，曹操疑有伏兵而去。营内鼓声震天，强弩劲射，曹军惊骇，自相践踏，纷纷坠入汉水，大败而去。"次日刘备赶来，惊呼"子龙一身都是胆"。如此看来，《空城计》确有移花接木、张冠李戴之虞。

话说苏三

到山西临汾开会，前一站报是洪洞，狂喜，恨不得跳下火车去。会议没有结束，就急忙返回，只因为一个女人，名叫苏三，与我像发小、乡邻一样亲近。

孩提时入村剧团，开蒙就是《女起解》，唱了半辈子。高中时唱《玉堂春》，演苏三，也扮过王金龙。同班有个同学，河北曲周县人，说王三公子是本县人，父亲是明朝兵部尚书。对上了，苏三有句唱词："他本是兵部堂前三舍人。"

等到暑假，我央求同学带我访查，果然曲周东街出过一个王一鹗，簪缨世家，曾任南京刑部主事，后升兵部尚书。又对上了，"哪一位去往南京转？与我的三郎把信传。"王家坟地在城西，南北长三百米，碑石林立，牌坊巍峨。神道旁侧有一个小土堆，传说是苏三坟。每年春节闹社火，外地剧团争相赶来，唱《玉堂春》往往遭到王家后人出来反对，手拿蓝皮的《广平府志》《曲周县志》，指点辟谣，书上说王一鹗仅有一子，何来王三？没有王三，何来苏三？

高中毕业，慕名报考当时在天津的河北大学中文系，系里有北方著名八大教授之一顾随，当代著名词曲大家，中国最后一个元杂剧作家，他写的《垂老禅僧再出家》《祝英台身化蝶》《馋秀才》等，如放在元杂剧里也是上品。顾先生冀南清河县人，在广平府上过四年中学，都与曲周近邻，本事自然明白，我来求教却笑而不答，让我去图书馆找，门牌"三言二拍"。果然在《警世通言》第二十四卷，找到了"玉堂春落难逢夫"。何人何时写成剧本，搬上舞台，没有找到。后来在 1920 年代上海《戏剧丛刊》里发现，最早把它唱红的是荀慧生。他先从王瑶卿学习，后与剧作家陈墨香一起打磨，开始求全，从"游院定情""金尽被逐""关王庙会""梳妆骗卖""遭陷起解""三堂会审""监会装疯"，直到"洞房团圆"，全本四天才能演完。后来求精，以"起解""会审"为主，前加"嫖院"，后带"团圆"，一天就能演完。荀慧生前花旦后青衣，唱做俱佳，轰动沪上。麒麟童、马连良、高庆奎、马福禄，都曾为之助演。

答案出来了，苏三是艺术形象，但是我还不死心，典型形象背后往往真有其人。曲周没有王三，不代表别处没有王三，没有苏三，所以急切地想赶到洪洞。第一次来洪洞，感觉是旧地重游，我就是苏三。洪洞县有三大名胜：广胜寺、大槐树和苏三监狱。论知名度，一个弱女子苏三起解比明初百万农民大迁徙毫不逊色。

　　当地人说苏三真有其人，千真万确。苏三监狱在古槐南大街，是我国仅存的一座完整的明代监狱，始建于洪武二年（1369 年），距今六百多年了。坐东朝西，青砖灰瓦，垂花门楼。因为是专政工具，给一般人造成心理障碍，便没了古朴的美感，甚至在人们眼里变了形。门前一对汉白玉狮子，没有通常吉祥物的憨态，显得面目狰狞。门楣匾额"苏三监狱"系董寿平题字，这位艺术大师的书法一向挥洒自如，这四个字却写得十分呆板，可能因为是洪洞籍勉强为之的。

　　一个县级监狱规模不大，普监、死牢共六百一十平方米，也不过容纳一二十人。据说那时犯罪率低，轻罪由父母管教，重罪才押监。进门右手一条小胡同式过道，两厢十二间窑洞式的牢房，窄门小窗，窗棂很粗。房间进深小，长度大，便于监视。房檐间有铁丝网和响铃，防止越狱，只有正午才能漏下一点阳光。过道尽头两间小屋，是狱卒住处。再过去是死囚牢院，西墙供奉狱神皋陶。皋陶是尧舜的司法大臣，传说是洪洞县上师村人。神龛下方有一小洞，是专门为拖出瘐毙犯人设的通道，犯了罪死后也不许从正门通过。

　　最早没有监狱，"画地为牢"，顶多用两只狗看着，《说文》曰这就是"狱"字的来历。到了明代就不同了，上层建筑越来越牢固。这里的狱墙高一丈八，厚五尺一，内灌流沙，难以挖掘脱逃。院中一口水井，青石作盖，中间只留七八寸盘子大小的井口，仅容小小水桶出入，防止犯人跳下去。井旁有洗衣石槽、搓板石，传说名妓出身的苏三有洁癖，常洗衣服，石井口被勒出来几道沟槽。

对面是虎头牢，专关死囚的，所以狱神不分昼夜死死盯着。其实门头青面獠牙的石刻并非老虎，而是一种叫"狴犴"的动物，传说是龙之四子，形似虎，有威力，平生好讼，所以看守狱门。牢门很低，仅四五尺高，怪不得舞台上苏三、崇公道出来进去都要有一个低头弯腰的动作。猫腰走完三尺宽一丈长的通道，迈过门槛就是死牢。一孔三间枕头窑，一明两暗，当年苏三就禁闭在西边一间，暗无天日，阴森森，湿漉漉，一股霉味让人窒息。土炕窄小，不能躺下，只能"坐牢"。我沉下心来坐了三分钟，体验角色，当年一个弱女子的身心受到何等戕害，以后再唱《女起解》我会演得更好。

据说苏三的全部档案曾一直保存着，解放洪洞时陈赓将军专门向攻城部队下令，不得丝毫丢失。可惜"文化大革命"破"四旧"，毁于一旦。如今苏三的遗迹只剩下一个药罐，就是当年皮氏以五十两纹银贿通王婆到"一元堂"买毒药，盛砒霜的药罐。六百年改朝换代，老字号"一元堂"改名"益元堂"，那药罐一直摆在柜台右角，上面还贴了红纸，上写"苏三药罐"。

"苏三离了洪洞县，将身来在大街前。"这个"县"字不是县界，而是泛指县衙、监狱，出门就是大街才好哀求："哪一位去往南京转？与我的三郎把信传。"百感交集，迈着沉重的步子，唱完"十可恨"，十几分钟，二百多米，出了县城，过了大槐树，来到石塔口，就是原广胜寺元代石经幢下。现在立了一块石碑，上写"苏三卸枷处"。正是在这里，这个压在生活最底层的弱女子，发出了"左也恨来右也恨，洪洞县里无有好人"这一声惊天动地的呐喊。

京剧《玉堂春》与评剧《杨三姐告状》一样，是从真人真事演化而来，是一曲伟大的爱情赞歌。著名戏剧家马少波为苏三监狱题诗一首："弱女哀哀诉冤情，古槐俯首不忍听。位高敢认缧绁侣，南北至今唱金龙。"

朱自清故居

在南京开会，同室的张老师是扬州中学退休语文教师，言谈话语中听出我对朱自清先生的崇敬，遂引为知音，诚恳地邀请我到扬州，瞻仰先生的故居。

解放前，上海人瞧不起扬州人，讥之为江北佬。而大作家朱自清虽祖籍绍兴，却理直气壮地声明：我是扬州人，够得上"生于斯，死于斯，歌哭于斯"。张老师声音里满载着骄傲，为朱自清，也为扬州。

南京到扬州，大巴只用一个小时。下车时秋雨绵绵，扬州依然是王昌龄的"秋色明海县，寒烟生里闾"，依然是杜牧的"街垂千步柳，霞映两重城"。顾不上瘦西湖，顾不上平山堂，好像游子归家一样，我急切地要去朱自清故居，张老师是个扬州通，肚腹里也装着一部朱自清传记，先生的每个脚印他都可以找到。

朱自清祖籍绍兴，祖父和父亲分别做过县里的承审、盐务小吏。六岁时举家迁居"淮左名都"扬州，从 1903 年定居到 1946 年迁出，几近半个世纪，先后租赁的住宅有七处之多，遍及一城四关，我俩打着伞步行，一一拜访，也就走遍了扬州的大街小巷。

天宁门街，城楼门边，是先生儿童时期住所，在这里读《三字经》《百家姓》，受到良好的教育。弥陀巷城墙根，他跟一位老先生读夜塾，做文言文，考入淮扬中学。皮市街一座小楼，藏书甚多，先生得意扬扬地钻进了古籍的海洋。琼花观东头大院，先生获品学兼优奖状，考入北京大学预科，寒假中与扬州名医之女武仲谦完婚。著名散文《背影》就是写父子浦口车站分别时的情景。毕业后回淮扬中学，先生满怀激情为母校写了校歌："浩浩乎长江之涛，蜀岗之云，佳气蔚八中。人格齐全，学术健全，相期自治与自动。欲求身手试豪雄，体育需兼重。人才教育今发煌，努力我八中。"老宅倾注了先生青年时代的悲欢歌哭，是他一生最为怀念的地方。南门禾稼巷，家道中衰，房舍简陋，先生在浙江教书，不曾住过。东关城根仁丰里，与一户庄姓人家共租，就是后来世界乒坛名将庄则栋的祖父。夫人武仲谦于此病逝，先生在《给亡妇》一文中，寄托了无限的怀念之情。

以上六处因为时间久远，或不复存在，或面目全非，至今保存完整的只有安乐巷 27 号一处了。巷窄而长，仅能容一辆三轮车单行，27号是左手黑漆小门。我们收了伞，把一天秋雨留在门外，又把脚下泥巴蹭了又蹭，朝圣般低头而进。这是一所传统的扬州四合院，三间两厢一对照。步入天井，左有柴屋，右有厨房，门边还有一口腌菜缸。正室三间，一明两暗，中堂挂有一副对联："开张天高马，奇逸人中龙。"当年余冠英先生常来登门做客，说诗论文，其乐融融。然而这所居住十六年的小院，也留下先生许多悲恸，父母相继去世，朱自清是个孝子，每次奔丧都是守灵七日，亲自送到念四桥安葬。

天井向北开一八角小门，有两间小客座，先生假期回扬州，都是住在这里。条几、书桌、太师椅，中堂一幅秋山行旅图。内室雕花木床、印花被。书桌上笔架、墨盒、烟斗。还有先生为学生季镇淮批改的作业，以及季镇淮怀念先生的一首诗："舒愤娱忧一卷诗，陈言务去把新词。从来唐宋难分界，赏析精严忆佩师。"夫人去世后，经叶公超介绍，先生认识了齐白石的女弟子陈竹隐。旅欧回来，在上海结婚，携新妇归来，就住在这里。

其实朱自清在扬州还有一处住地，就是梅花岭下的史公祠。辛亥前夕，其父病返扬州，借住祠中休养，少年朱自清相随年余。耳濡目染，对史可法《复摄政王书》等五通遗书和《扬州十日记》耳熟能详，对其诗句"忠孝立身真富贵，文章行世大神仙"，"自学古贤修静节，唯应野鹤识高情"，"千里过师从枕席，一生报国托文章"，以及祠中楹联"生有自来文信国，死而后已武乡侯"，"数点梅花亡国泪，二分明月故臣心"，"时局类残棋，杨柳城边悬落日；衣冠复古处，梅花冷艳伴孤忠"铭记于心。如此大忠大勇、高风亮节，对朱自清世界观和文学观的形成产生了巨大的影响，史公祠也成为他毕生依恋的精神家园。

朱自清幼名自华，取自苏东坡"腹有诗书气自华"，号实秋，一者补命中缺火，二者期望春华秋实。考北大时，经济困难，为了勉励自己不随流合污，改名自清，字佩弦，借用韩非子"性缓，故佩弦以自急"，意在发愤图强。1937 年 7 月 7 日夜，他挥笔疾书"壮志饥餐胡虏肉，笑谈渴饮匈奴血"，署名右边加了一句"时远处有炮声"。之后，跋山涉水，步行入滇，到西南联大任教。穷困潦倒、疾病缠身时，以心爱的砚台、碑帖换钱，有诗曰："执手相看太瘦生，少年意气比烟轻。教鞭画笔为糊口，能值几钱世上名。"得知闻一多被害，义愤填膺，写诗"你是一团火"，"烧毁了自己，遗烬里爆出个新中国"。回到北平，在抗议当局任意逮捕人民的宣言上签名，名列十三教授之首。宁愿挨饿，拒绝低价购买美援面粉，直到 1948 年 8 月 12 日，弥留之际留给妻子一句话是"有件事要记住，我是在拒绝美援面粉的文件上签过名的，我们家以后不买国民党的美国面粉"，让人想起史可法的遗笔。

张老师说，是扬州的秀山丽水和文化土壤孕育了朱自清。朱自清文学成就和高风亮节，又给历史名城增光添彩。扬州市政府把安乐巷 27 号朱自清故居列为文物保护单位，在全市掀起一个"学朱自清文，做朱自清人，献出爱国情，铸就民族魂"的活动热潮。不虚此行，在扬州找到了做人为文的榜样。

艾青故居

艾青诗歌节与金华茶花会一起召开，大会组织者只安排参观茶花而不去瞻仰诗人故居，我想不通，联合几位诗人提出强烈要求，在艾青夫人高瑛支持下得以成行。而这一天恰好是3月27日，艾青九十四岁诞辰。

出金华市东北行，路旁油菜正是花期，满眼金黄。艾青自己说出生在山区，"亲爱的双尖山，你是我的摇篮——早晨，你看着我起身，晚上，你看着我睡眠；你显得多么高，显得多么庄严"（《双尖山》）。其实这里山坡低平，只能算作丘陵。"显得多么高"，是诗人童年眼里的故乡。诗人热爱这片土地，"为什么我的眼里常含泪水？因为我对这土地爱得深沉"（《我爱这土地》）。

车过付村，镇政府所在地，当年曾是浙南革命中心，被称作"小延安"。这个小镇出了三个名人，艾青、吴晗、施复亮。

吴晗和艾青还是亲戚，儿时常在一起玩耍。施复亮是中共最早的党员之一，曾任团中央书记，他的儿子就是著名的音乐家施光南。

艾青的故乡畈田蒋就在公路旁边，顺着曲里拐弯的小巷，来到村落中心的一个长方形小广场。北面是艾青故居，南头是村委会，中间两排江南罕见的法国梧桐，浓郁的绿荫给小村添了好大的生气。梧桐是几十年前乡亲们特意栽种的，他们知道诗人曾经留学法国三年，过着"精神上自由，物质上贫困"的生活，让他回家时找到青年时期的浪漫。

故居坐北朝南，两层小楼，好像诗人国字形的脸庞。上面的窗户是明亮的眼睛，下面的门是笑开的嘴巴。1979 年我参加他领导的诗人访问团，第一次见面就是这般模样。唯一不像的是脑门上缺少那个闪亮的鼓包，在一起开玩笑时，我说那是诗包，他说是头上长角，所以当了二十二年"右派"。

进门是浙南流行的"三间二排楼"格局。穿过堂屋就是天井，而且真的有一口水井，四周还有水沟。迎面墙上一块"天伦叙乐"匾，诗人儿时就有，不过现在换成了文怀沙的书法，四个大字古朴苍劲。环顾三面，都是"青砖黑瓦马头墙，肥梁胖柱小灰房"。堂屋两面是厢房，右为卧室，左是书房。艾青1910 年 3 月 27 日生于西厢房，据说因为难产，一个算卦的人说他"命克父母"，早早就成为一个不受欢迎的人，甚至不准叫"爸爸妈妈"，只许叫"叔叔婶婶"，交给邻村一贫妇人抚养。妇人没有名字，大家叫她大叶荷（乡音读作大堰河）。五岁才回到家中，成为父母家里的新客，忸怩不安。书房书桌上的一盏油灯，象征着诗人童年孤独的灵魂。

只有一百九十平方米的艾青故居，与乌镇上茅盾之家、沙湾的郭沫若之家不能相比，充其量只能算作一个小地主。而且艾青的祖父并不保守，还订了付村镇上唯一一份《申报》。只不过在大堰河家粗茶淡饭里长起来的艾青，回到这里，摸着红漆雕花的家具，吃着碾了三番的白米饭，感觉很不自在。他从小就反感父母，反对迷信，成了无神论者。九岁时赶上五四运动，从小学课本受到启蒙。中学时到了金华省立二中，这是一个革命的摇篮，同学有千家驹、冯雪峰、吴晗、曹聚仁、陈望道等一批革命青年。少年艾青也参与其中，上街游行，摇旗呐喊，学习《唯物论浅谈》，奠定了他人生的基础。

可是在艾青心里，畈田蒋并不是他真正的家。真正的家在大堰河的西周村。我们来到这里，两株千年古樟特别显眼，樟树娘矮胖丰满，樟树爹高大挺拔。树荫覆盖了半个村子，晴天遮阳，阴天避雨，当年曾是幼年艾青的乐园。大堰河在搭好了灶火，拍去围裙上的炭灰，补好了儿子们被荆棘扯破的衣服，掐死孩儿们身上的虱子之后，常常抱着艾青来到这里，用粗大的手抚摩着他，讲天上的牛郎织女，讲人间的辛酸故事，潜移默化中赋予他人格气质，形成他的美学核心。大堰河成为他感情的母亲，成为他人生的第一名教师。

走五分钟来到大堰河的墓地。这里已经不是诗人最早看到的那座"被雪压着的草盖的坟墓",已经被乡亲们重新修葺一新。我站在墓前默哀,献上一名艾青弟子的敬意。据说艾青一生四次回金华,每次都要来这里祭奠他的乳母,那个奉献给他无限的爱,并成就他诗名的大堰河。有三次还是带着夫人高瑛回来的,圆了大堰河"一个不能对人说的梦":"在梦里,她吃着她乳儿的婚酒,坐在辉煌的结彩的堂上,而她的娇美的媳妇亲切地叫她婆婆……"据说高瑛每次都大声地亲切地叫了。看,大堰河好开心呀,眼前的油菜花正是她灿烂的笑容。

1996 年 5 月 5 日诗人因病逝世,中国作家协会和当地政府在金华建立了以艾青命名的纪念馆和文化公园。诗人魂归故里,自由的灵魂在诗意的土地上徜徉。我想,令他驻足最多的不是畈田蒋的故居,而是西周村的大堰河墓。

石头的生命

对于死者的纪念，东西方各有自己不同的方式。中国人喜欢树碑，宣扬一种理念和精神；欧洲人习惯塑像，表现一种形象和事业。

苏联的雕塑艺术虽不曾有过古希腊和罗马那样辉煌的历史，也不曾出现过米开朗琪罗和罗丹那样的一代宗师，但每到一处，比比皆是的艺术塑像足以使我这初访者目瞪口呆，佩服至极了。

在基辅，当我在晨曦里仰望那高六十七米、一手持盾一手握剑的祖国母亲塑像时，它银光闪闪，让人感觉就是乌克兰的太阳。当我一步步走近巴比亚尔山谷那 1941 年犹太人遇难者的群雕时，感觉到强烈的命运抗争和生命呐喊，那站立的火山、岩浆凝聚的躯体，永远也不会冷却。

在列宁格勒[1]，法尔孔奈穷毕生精力制作的青铜骑士跃马奔

[1] 本文创作于 1987 年，地名沿用旧称。

腾，威武雄壮，给人以巨大的力感和庄严感。同一个彼得大帝在安托柯里斯基手下的形象，则是一手拄杖一手握图，神态自若，坚定沉着，集中概括地表现了他的事业和气度。

在莫斯科，马尼泽尔于1942年创作的卓娅塑像，昂首挺胸，健步向前，外表文静而内心燃烧着强烈的爱国主义烈焰。使我不由得想起她在出发上前线时，跟母亲临别时所说的最后一句话："或者牺牲，或者做个英雄回来。"这句豪言壮语，形象地凝结在这座杰出的塑像之中。

优秀雕塑的矗立意味着一种变化，使环境富有意义，使来到它身边的人沉浸在一种特殊的氛围之中，感受到生命的意义。这种认识在我参观莫斯科新圣母公墓时体会尤深。

在公墓门口，白羽同志买了几束鲜花，他显得很激动。三十年没来，他的几位老朋友法捷耶夫、西蒙诺夫、波列沃依相继谢世，从一踏上苏联国土，他就念念不忘到老朋友们的墓地去。

正逢星期天，参观的人很多，许多人穿着黑礼服，脸上表情严肃，像今天的天气一样阴沉沉的。翻译说，来墓地的人很多，还因为这里安葬着一个有争议的人，爱他的人、骂他的人常常在墓前辩论起来，有时甚至动用拳头，安全部门封闭了多年，开放时间不久。我知道他指的是赫鲁晓夫。

在公墓的南端，我一眼就看到了他的形象，这是一个很别致的造型。两米多高不规则的墓碑，一边白大理石，一边黑大理石，交叉镶嵌象征"解冻时期"，他自相矛盾，功过兼有。顶部石龛里，露出那副全世界都熟悉的头像，光光的头颅，记述着饱经风霜的不平凡的经历，脸部肌肉好像在动，不大的眼睛放射着严厉而又狡黠的光，嘴角自然而又微妙的苦笑，更增添了几分冷静而又成竹在胸的感觉。整个造型带有一种神秘色彩，一个毁誉参半、盖棺而又难以论定的政治家。

作者恩斯特·涅伊兹韦斯内是一名现代派雕塑家，曾经像骑士一样在"马圈"画廊与赫鲁晓夫争论，因而受到这位最高权威的训斥。当赫鲁晓夫沦为平民，奄奄一息时，又想到了他，指名死后塑像由他制作。于是这名现代派雕塑家煞费苦心，完成了他的遗愿。说起来像是开了一个玩笑，实际上这是历史的一个冷峻严肃的思考。

放着鲜花的基座上，刻着死者的赫赫大名。按规定他没有资格排列在红场列宁墓旁，只有死于工作岗位的最高领导人才能享受那种待遇，到目前为止共有十二人。他被安排在新圣母公墓，与众多的将军、作家、科学家、艺术家在一起，也许这正合乎他的性格。

整个墓地被大片郁郁葱葱的森林覆盖着，松、柏、椴、桦，还有和树木一样林立的塑像。白羽同志跟着翻译寻找他的老朋友们，在每个墓前都献了花，默哀几分钟，用他的心在问候、交谈。他眼泪汪汪，每滴泪水都浓缩着千言万语。他的哀痛也传染了我们，心里一阵凄楚。

　　我是第一次踏上这辽阔广大的领土，对公墓所有的知名人士，不管是沙皇时期还是苏维埃以来的，都想一一拜见，献上一名中国作家的敬意。

　　果戈理，这位严肃的幽默大师，深深的眼窝里含满了痛苦，紧闭的嘴唇咬着悲愤，脸上的皱纹描述着内心的悲惨，因为烦闷而敞开的胸怀，内衣下的胸膛似乎起伏不平。

　　马雅可夫斯基，巨人屹立，体格雄伟健壮，精神勇敢无畏，黑色的大理石仿佛有弹性的身体，青筋暴动，沸腾着生命的血液，给人的感觉不是冰冷的石头，而是一块炽热的火炭。

　　法捷耶夫的胸像下面，雕刻着《青年近卫军》的主人公们战斗的雄姿。作家的眼睛深情地望着他们，渴望永远地生活在他们中间。

　　二十世纪六七十年代的作家，舒克申赢得了最多的鲜花，因为他不光是深受欢迎的作家，还是人民喜爱的演员、导演，各方面的人都对他记忆犹新。

　　我在树木和石头的群落里穿行，流连忘返，对每个塑像都感到亲切，对每个对上号的人物都想迎上前去，走近他们，甚至想摸摸衣服，拍拍肩膀。感谢众多的苏联天才艺术家们，用出神入化的刀笔给石头以生命，创造了这样形形色色、千人千面的艺术作品，使这些石头具有了灵性，具有了感觉和理性，包含着纯洁的人的精神、强劲的思辨和温柔的亲情，让站在它面前的人感觉到它就是对自己的展现和象征。它们喊出了人的心音，又是对人的感知方式的丰富，对人的心理结构的优化，对人的视域的扩大。优秀的雕塑既表现发展着人，它本身又是对人的发展。

看，这是一位著名医生的塑像，两只手，两只挽救过无数生命的手，捧着一颗红水晶制成的心脏。那颗红心映红了医生慈祥的脸，好像还把血液输进石像的全身，走近它我也觉得心里热乎乎的。

看，那位和平战士的墓碑上，有两只洁白的鸽子。一只活着，宁静安详；另一只死了，垂下翅膀。和平战士忧虑的目光，在每个参观者的心里投下了阴影。

雕塑的艺术价值，就在于艺术家运用鬼斧神工，把人物的性格特征突显出来，把人物的灵魂突显出来，把人物瞬间的动作固定下来，给人的感觉不是动作的终结，而是正在进行。

在我眼前，大片绿荫之下，仿佛是另一个古老的城市，成千上万活生生的人，热爱生命、热爱事业的人群，不分男女老少，不管先来后到，将军、作家、院士、医生各自走完了一段艰辛的路程，在这梦想的世界里重新聚会。他们丢掉了以往的忧患和烦恼，各自继续着未竟的事业，继续生活着、工作着。谁说这里是石头的国度，沉默的街市？在我心目中它分明是一个人类社会，一个大千世界，丰富多彩，热闹非凡。

看那么多树木组成的绿色的仪仗，起伏的绿涛躬身膜拜，彬彬有礼地送往迎来……

　　天空越来越阴沉，终于下起雨来。这雨也许是众多的谒墓人的泪水引落下来的，许多人并不撑伞，任身体与石头一起淋湿。其实雨并不大，因为雨点打在树叶上，增加了声势。

　　雨水给墓地带来了生气，一个个石像更加精神起来。

枫丹白露

巴黎朋友叮嘱，慎莫独行南郊。那里地广林深，古堡幽深，劫匪出没，很不安全。可枫丹白露是我向往已久不可不去的地方，越是二游巴黎，越是恐难再三，越怕留下终生遗憾。遂耿耿于怀，逢人便问，恰好周末咖啡馆里碰到一位志愿者，愿驱车同行。此人马丁·米歇尔，四十开外，并无恶相，于是决心次日同游，买单时我故意坦露钱包，示意并无多少银两。

汽车出市不远，就一头扎进了林海。9 月的卡瓦尔河谷，早已秋意盎然，落叶成金，不时有松鼠跳跃，野鸡飞翔。米歇尔说我吉人天相，赶上了法国的黄金季节。

车行一小时，前方森林冒出一群建筑物的尖顶，好似海市蜃楼。再往前，出现一大块草坪，草坪上淌着一条小河，小河连着池塘，米歇尔说这就是枫丹白露了。由于草坪和池塘平阔，衬得古堡高大巍峨。古堡为意大利建筑风格，拱形门洞上面是金字塔和柱群，外形质朴而庄重，内部豪华典雅。教堂、舞厅、居室之间有长廊连接，装饰大量绘画、雕塑、瓷盘。漫步其间，如游览历史长河。

12 世纪以前，这里原是一处猎人小屋。随着法国的日益强盛而红火起来。16 世纪初，弗朗索瓦访问佛罗伦萨，对文艺复兴造就的意大利艺术惊羡不已，不惜重金把包括达·芬奇在内的一批建筑师、画家请过来，参与枫丹白露的建设。这里的建筑和雕塑体现了第一次文艺复兴的风格，白色石灰岩代替了红砖，蝾螈代替了豪猪，形成了著名的"枫丹白露画派"。达·芬奇在这里度过了他生命的最后四年，骨灰和艺术永远地留在了法国。

枫丹白露二次辉煌是 18 世纪末，做了拿破仑的行宫。米歇尔像一名熟练的导游，领我参观拿破仑一世纪念馆。厅堂奢华，陈设和绘画雕塑精美；居室简约，只有军事地图和行军床。代表着他性格的两方面，野心勃勃、好大喜功，又胆大心细、勤奋务实。展橱里还有拿破仑的遗物，绣着红白徽章的军帽、银灰色战袍、镶着水晶的宝剑、闪着寒光的手枪，如果把他们组装起来，就是一个完整的一代枭雄，叱咤风云，做梦都想征服欧洲。

枫丹白露记载着拿破仑传奇般的经历。1769 年 8 月 15 日，科西嘉岛上，随着一阵突如其来的暴风雨，一个哭声如雷的男婴呱呱坠地，他就是拿破仑。十五岁当兵，二十岁投身法国革命，二十四岁晋升将军。因为镇压保王党叛乱，受到大资产阶级欢迎，进入上层社会，觥筹交错中结识了年轻寡妇约瑟芬。此女身材高挑，优雅迷人，天生丽质外加一种媚态，便如炭上升起火苗，灯上冒出光焰，珠宝放出光芒，具备了倾国倾城的魅力。因为历史巨人生得矮小，他们成了一对地道的高女人矮丈夫，但是拿破仑气质非凡，英雄美人，传为佳话。雾月政变成功，枫丹白露成了总督府，灯红酒绿，衣香鬓影，金屋藏娇，情同鹣鲽，"回眸一笑百媚生，六宫粉黛无颜色"。

约瑟芬生性奢侈，挥金如土。每天换五六次衣服，柜里有六百套礼服，只有帝王之家才养得起。拿破仑像中国皇帝一样喜欢黄色，居室家具帐幔一片金黄。约瑟芬偏爱玫瑰红，从地毯到天花板，从床铺到家具一色玫瑰红。她的玛尔梅森玫瑰园奇花荟萃，中国玫瑰就有二十多种。名花美女，国色天香，堪称一绝。她听说英国从印度引进四种中国名贵花卉，就唆使拿破仑占为己有。当时英法正在交战，为了确保这批中国玫瑰安全到达，拿破仑出面交涉，双方竟然同意暂时停火。

拿破仑毕竟大英雄，并不沉迷女色，新婚燕尔即披挂上阵，东伐意大利，南征埃及，打败奥地利和英国，成为欧洲霸主。1804年称帝，教皇亲自在巴黎圣母院为他加冕。约瑟芬被册封为皇后，极尽恩宠，可惜红颜薄命，婚后十五年也没能生下儿子继承皇位。出于政治原因，拿破仑忍痛割爱，与奥地利公主结婚，辞旧迎新仪式都在枫丹白露举行。作为补偿，赠予约瑟芬一座古堡，约瑟芬非常珍惜与拿破仑的甜蜜生活，室内原封不动地保留着原来的样子，空守古堡，睹物思人，终日以泪洗面。拿破仑也深深思恋着约瑟芬，即便新皇后为他生下麟儿也难以移情。1814 年约瑟芬郁郁而死，拿破仑一把鼻涕一把泪地举行了厚葬，并替她偿还了三百万法郎的债务，但是无法偿还心里的愧疚。也许为此或多或少地导致了兵败滑铁卢，被迫于枫丹白露逊位，踏上流放南大西洋圣赫勒拿岛的英雄末路前，在这里举行了告别仪式。

1821 年 5 月 5 日，同五十一年前降生时一样，又一场暴风雨降临，拿破仑辞世，被埋葬在两棵大柳树旁。十九年后，英国政府才允许他的遗体回国。当灵柩溯塞纳河缓缓而上，到达巴黎时，万人空巷，大雪纷飞。灵车穿过凯旋门，驶过香榭丽舍大街，到达荣军院，结束了他长期放逐生涯。据说那一天，约瑟芬的古堡暗云低垂，大雨滂沱，一阵风挟着女人的哭声向北狂奔。

米歇尔是拿破仑的崇拜者，不断用手帕擦着泪水。走出枫丹白露时，天公也像受到传染，一阵雨点落在宫女般婀娜成行的法国梧桐上。灵机一动，我想起了一段曲子："惊我来的，又不是楼头过雁、砌下寒蛩、檐前玉马、架上金鸡，是兀那窗儿外梧桐上雨潇潇。一声声洒残叶，一点点滴寒梢，会把愁人定虐。"（元杂剧《唐明皇秋夜梧桐雨》）想起了一千二百多年前长安那场秋夜梧桐雨。米歇尔不懂，我说等你到西安，我当导游，讲中国的枫丹白露。

那不勒斯与庞贝

欧洲人有一句谚语:"看过那不勒斯,死了也值得。"世界上再也找不到这样迷人的城市了。关于那不勒斯,有个美丽的传说:从前有个少女帕尔泰诺佩,生就闭月羞花之貌,还有一副甜美的嗓子,一年四季站在海湾旁的小山上,用歌声为过往的船只祝福。帕尔泰诺佩死后葬于她经常唱歌的小山上,那不勒斯市就是从她的墓地发展起来的,至今,最著名的海滨大道也被命名为帕尔泰诺佩大街,是豪华宾馆和住宅区。

那不勒斯号称"阳光娱乐城",坐落在风景如画的海湾北侧,背山面海。半环形的雅沙海滩,在蓝天碧海间犹如一弯银月,岸上层层叠叠的楼群也呈半月形,仿佛一排雅致的包厢,欣赏变化无穷的海水和阳光。早上紫雾腾腾,中午金光灿灿,傍晚一抹胭脂红,夜间一片紫罗兰。阳光、大海哺育了那不勒斯人爽朗的性格,这个能歌善舞的城市是亚平宁半岛的"音乐之乡"，著名的高音歌唱家卡鲁索就诞生在这里。

那不勒斯湾一端有美丽的卡普里岛和其他几个小岛，是一弯银月的大小卫星。卡普里岛丛林密布，白色别墅掩映其中。从岛上乘船可抵"蓝洞"，是由一名法国画家在1826年发现的。洞口贴近水面，撑小船俯身而进，里边豁然开朗，像一个宽大的舞厅，长50米，宽20米，高10米。洞内无须灯光照明，海水把阳光折射进来，一片蓝光，以手掬水，指缝间便漏出串串水晶、翡翠，连手掌都变成了蓝色。导游不断提醒大家慎莫贪玩，否则滞留久了，涨潮的海水封住洞口，就得在洞中过夜，直到次日退潮时才能出去。此岛一向迷人，罗马皇帝尼禄南巡时，原计划上岛停留片刻，等到上去就乐不思蜀了，一住就是10年。苏联作家高尔基也在岛上住了10年，旖旎风光好像比苏维埃更有魅力。

到那不勒斯还有个地方不可不看，那就是闻名已久的庞贝古城。沿海湾东南行十几分钟，就看到维苏威火山耸峙路边，冷却的白色熔岩似一条挽联高高垂下。汽车蛇行而上，可抵山顶，灰砾堆成的火山锥高十多米，爬上火山口，可见烟雾腾腾，感觉底下有岩浆蠕动。2000年前，正是这个火盆大口吞噬了名城庞贝。此时我眼前便出现了一幅油画，俄罗斯画家布留诺夫于1993年创作的《庞贝古城的末日》：一片奇丽的彩云升起，迅速扩散遮住了晴空，紧接着天崩地裂，热雨倾盆，赤色岩浆漫灌下来，画面上30多个人物面临灭顶之灾，惊惶失措，露出一片绝望的眼神。那一天正是公元 79 年 8 月 24 日下午 1 时，从此，古城庞贝从地球上不见了，直到 300 年前修建水渠时，这个消失了 18 个世纪的城市才意外地被发现。然后经过 200 年的发掘，清理出 500 亩废墟遗址，约占庞贝原貌的四分之五。我参加过 1976 年唐山地震救灾工作，深知清理废墟工程的巨大和难度。幸运的是，从一片瓦砾中的断壁残垣，已经可以看出当年庞贝的轮廓。

古城遗址就在路边，向导先领进一个博物馆，展室陈列着公元初年庞贝人使用过的水罐、车轮、骨针，还有毁灭前的生活日用品、项链、手镯、宝石、铜币、粮食、天平、彩色玻璃、赌博用的骰子等，从这些展品可以看出那时的庞贝已经具有相当高的经济、文化水平了。从博物馆到街市，一具具扭曲的尸体如烧焦的木炭，可以想象出他们垂死挣扎的样子。烈焰中的灾难场面，让人惊恐不已。一条狗四肢抽搐，缩成一团。一名孕妇两手撑地，想尽力保护腹中的骨肉。

从已经清理出的废墟，可以看出火山爆发前城市的规模。石墙环绕古城 4.8 公里，开设 7 座城门，门上有塔。街道纵横呈井字，把全城分成 9 个社区，中心广场长 400 米，宽 100 米，是个非凡的闹市。街道的石板上留下深深的车辙，两旁是整齐的店铺，偶尔还可以看到石头柜台和陶制器皿。小巷深处的公共浴池，有单独的更衣室，更衣室还比较宽大，是有钱人休息和社交的场所。朱庇特神庙址上，十几根高大的圆柱，上有形态生动的神像，可以想见当年恢宏的气势。大大小小的剧场，小者可容 1000 人，大者可容 5000 人，最大的露天剧场，阶梯座位多达 12000 个。沿街串巷还可以看到大户豪宅，门口标明主人的名字，梅南德罗之家、韦蒂之家、福诺之家等。最大的私宅有 25 个房间，外加一个花园，两进院落。天井中有一眼水井，接纳四面房檐滴水，井栏上精细雕刻，客厅地面上镶着玻璃马赛克。右厢房有掌"桃花运"的神雕像，墙上有彩色壁画，从画中可以看出当时的庞贝有钱人耽于声色犬马，生活相当糜烂。

那不勒斯与庞贝仅一山之隔，好像一张脸被鼻梁分成了两半，一边是灿烂的笑容，一边是丑陋的疤痕。看过之后，感觉它们是在警示世人，不要暴殄天物，也不要无视自然，人不能胜天，只能适应自然。否则老天爷就会变脸，人类就会受到惩罚。

海 德 堡

　　九月的海德堡漂亮极了。蓝蓝的天空，明净如洗，青青的奥登山，着意地炫耀着一年中最绚丽的色彩，赤橙黄绿，五彩缤纷，纷披有致。掩映在树荫中的城市，石桥古堡，白墙红瓦，石径幽深，好一幅浪漫德意志的缩影。难怪古往今来，多少帝王将相、作家诗人对它神往迷恋。最具代表性的是歌德，他在这座美丽的城市，热恋美丽的玛丽安娜·冯·维勒美尔，留下一句名言："我的心遗失在海德堡了。"

　　侄儿小方在这里留学，生活了三年，已经是个海德堡通了。

　　首先引我去古桥，这座横卧内卡河上的九拱石桥，始建于公元1786年，两端有精致雕像，南边是城市的创始人选帝侯卡尔特奥多，北头是希腊智慧女神雅典娜，属于文艺复兴时期的作品，英俊潇洒，栩栩如生。南桥头有两个圆塔，塔下有门洞，曾是古城的入口。塔体上一个铜浮雕是猴子的笑脸，顽皮可爱。

旁边一组雕像，是一个猴子手拿一面镜子，镜子对准两只小老鼠。小方说，这暗含一个故事，一次敌人来袭，守城的军士睡着了，被猴子发现了，情急之下，猴子拼命敲打手中的饭盒，惊醒了守军，城市保住了，从此市民把猴子当神敬。两只老鼠，一只代表偷偷进来的外部敌人，一只代表内部贪污盗窃之辈。走近雕像，猴脸是空的，游人可以钻进去照相，提示人类应该自省。这个开场戏一下子抓住了大家，引人入胜，也是文明的海德堡的点睛之笔。

与古桥遥遥相对，是一座古堡，在内卡河那一边。看起来近在咫尺，开车也要 20 分钟。古堡坐落在王座山 80 米山腰上，仰望是一块红色巨岩，一座巍峨的悬崖峭壁。沿石阶攀登要 20 分钟，乘缆车抬腿就到，如坐电梯。

到了一块削去山头的平顶山上，古堡林立。这些古堡 13 世纪开始动工，历时 400 年才完成，建筑风格多样化，是哥特式、巴洛克、文艺复兴的混合体。经过历年战争破坏，已是残垣断壁，一片废墟。但仍然看得出当年规模宏大，结构复杂，工程坚固，可以叫作"欧洲的圆明园"。正面是选帝侯的官邸，断壁上有历代帝王和披甲武士的精美雕像。庭院中有凯旋门、喷泉、红色大理石柱。旁边一个碉堡，高 40 米，直径 24 米，石墙厚 7 米，墙外 5 米深堑，四下枪口密布，可以算固若金汤了，但还是被法国人摧毁了。碉堡好像被一劈两半，一半塌陷下去，一半还坚强地站立着。马克·吐温赞叹说："残破而不失王者之气，如暴风雨中的李尔王。"

官邸地下室，于1591年兴建，是个大酒窖，内有世界最大的酒桶，古铜色，直径7米，容量28万升，用来储藏全城酿造的葡萄酒。如果一个人喝，一天一升，可以喝上700多年。我曾是一个饮者，仿佛闻到了酒香，垂涎欲滴，深呼吸了几口，只恨迟到几百年，没有口福。酒桶旁有个小丑雕像，是意大利人佩克欧，传说他嗜酒如命，被当地人奉为酒神。引发酒瘾的游人，可以买酒品尝。现实的海德堡葡萄酒，一杯2.5欧元，绝不上当，酒精度达到了11.5%。

老桥、古堡只是个铺垫，好戏在后头——古老的海德堡大学。老城依河而建，长条形，主街豪普特与内卡河平行，长1.6公里，是条步行街。大街小巷布局整齐，房屋错落有致，哥特式、巴洛克、文艺复兴风格都有，古朴典雅。两端是俾斯麦广场，中间是集市广场，市容比德国任何城市都漂亮。二战中盟军的炮火把整个德国夷为平地，唯独对这里手下留情，因为有不少军官、飞行员是海德堡大学的毕业生。

走在街上，我问小方，大学呢？侄儿笑笑说，就在你脚下。海德堡大学与海德堡是同义语。大学没有校门，没有围墙，四通八达，校在城中，城在校中。不说从前，现在海德堡全市人口14万人，其中有学生3万人，教职工9000人，占据整个城市的四分之一，是真正意义上的大学城。

海德堡大学成立于1386年，是神圣罗马帝国创建的三所大学之一，另两所在布拉格和维也纳。初时 4 个系：神学、医学、法学、哲学，1890 年加上了自然科学，现在共有 12 个大系。在世界大学排名中，位于德国第 1、世界第 49 位。毕业生中有 55 人获诺贝尔奖，其中 11 位在校任职教授，获奖人数居欧洲第 1、世界第 13 位。此外还有 18 人获莱布尼茨奖（世界奖金最高的科学奖项），2 人获奥斯卡金像奖，5 位校友成为德国总理。在海德堡大学学习和工作过的还有著名哲学家黑格尔、伽达默尔，社会学家哈贝马斯，语言哲学家卡尔·奥托·阿佩尔，自行车发明者卡尔·德莱斯等。海德堡大学没有围墙，学校与社会融为一体，大学广场上有个喷泉，世界宗教史上马丁·路德和奥古斯丁修士曾在这里当众论战。无界的大学当然也会出现一些问题，一部分学生放浪自由，王孙贵族不爱学习，花天酒地，寻欢作乐，有个电影《学生王子》，我还看过，背景就是这里，王子经常光顾的酒楼还在。校方注意到了这些，于 1712 年专门设了学生监狱。学生们年龄偏小，调皮捣蛋，追居民的猪狗，打碎路灯，法律不能管他们，学校按他们违纪的过失轻重，关 1 到 30 天不等。白天可以上课，下课回来受管教，不准买东西，只给面包和白水。有钱的孩子以它为乐园，晚上在这里大吃大喝，也有的孩子羡慕这种生活，故意惹是生非，争取进来。学生监狱自 1712 年启用到 1914 年一战爆发才停止。房内铁床、桌椅、天花板上，至今还留下他们的涂鸦。这是一座三层楼，高墙小窗，今天门口的牌子换成了"日本京都大学欧洲中心办公室"。

　　我问小方，海德堡与国内大学有何不同。小方不好意思了，说不能一概而论。这里形式上没有围墙，但是学生们心里有警戒线，宽进严出，教师把关，一丝不苟，个别的本科生七八年毕不了业。国内大学有围墙，但很多学生们心里没有，从幼儿园到高中毕业，神经绷得紧紧的，进大学就进了保险箱，彻底放松了，有些同学抓紧补偿，吃喝玩乐找对象，没了紧箍咒，在学校里混日子，出门混饭碗，想象力和创造力很弱。没有输在起跑线上，却输在了终点。

陶醉摩泽尔

德国人说，莱茵河是父亲，摩泽尔河是母亲。女性的摩泽尔河发源于巴黎北边的孚日山，在法国涓涓细流，波澜不惊，是幼稚女童。到卢森堡一水如练，清亮明媚，是纯情少女。进入德国曲曲弯弯，左顾右盼，是风流女郎。至科布伦茨与东来的莱茵河交汇，浩浩荡荡，是体态丰盈的大妈了。

从申根入境，到瓦瑟比利希出界，84 里长，是摩泽尔最美的一段，蜿蜒的河水被连绵的山丘拥抱着。高高低低、错落有致的山丘，披着葱绿的外衣，织着细长的条纹，在薄雾里起伏，在山峰中飘忽，像中国南方的梯田、茶山。走近看都是葡萄园，铺天盖地。

这里的葡萄酒文化，像摩泽尔河一样源远流长，可以追溯到古罗马时代。河东的特里尔曾是罗马帝国的首都，公元 330 年君士坦丁大帝就在此建立了酒窖。选帝侯喝葡萄酒治好了顽疾，他便大力推广优良葡萄品种。卢森堡大公酒厂，也有上千年的历史了。拿破仑一世喜欢一种"朝圣者"酒，甘愿当起它的广告代言人。

摩泽尔河谷的葡萄种植得天独厚。平缓而向阳的山坡，底层的灰质风化岩和表层的白垩土、黏土，善于吸收阳光，宽宽的摩泽尔河又像一面镜子，把阳光反射到山坡上，形成二次日照，温度上升很快。海洋向大陆过渡的气候，阴冷潮湿，年均气温9℃，雨量853毫米，适宜葡萄和菌类生长。主要品种有赤霞珠、白贝露、霞多丽、琼瑶浆，听名字就十分诱人。加上株控粒选，迟摘晚收等技术，自然酿造出名贵的葡萄酒来。

摩泽尔河畅游在诗意的风景中，我追着它的脚步觅酒。走一山又一山，山山葡萄园；走一村又一村，村村有酒庄；走一家又一家，家家有作坊。国家通过合作社形式，把酒农组织起来，制定统一的葡萄酒法。1237公顷葡萄园，年产葡萄酒1250万升。按原料分晚收葡萄、冰葡萄、晾晒葡萄三种，产品有白葡萄酒、起泡酒、桃红葡萄酒几种，质量分特级、一级、列级三种，80%销售到比利时和德国，统一用"卢森堡摩泽尔"商标。

年年春天，卢森堡举办盛大的葡萄酒节。沿河村镇轮流做主场，张灯结彩，民族服装，管弦乐队，小号吹得山响。家家酒窖开门迎客，献上最好的产品，人头攒动，酒杯叮当，欢声笑语不绝于耳。空气里充满泥土气息，山风里夹带着酒香，摩泽尔笑出一个个酒窝，掬一捧河水都带着酒味，一河葡萄美酒流淌，怎不令人陶醉！

摩泽尔河谷，人称"酒鬼的天堂"，村村都有酒馆，酒香馋人，让人不忍离去。因为预订了酒吧，在此行终点，我只能一忍再忍。这酒吧叫普罗来梅，高踞申根西山200米断崖之上，须仰视才见，像小孩子搭的积木。绕道两公里，爬一段山坡，过一座松林，才到达目的地，真是个酒好不怕巷子深。这是一座不大的建筑，后面是酒窖，前面两层楼房，长桌木椅，大落地窗，左右青山溪谷山岚氤氲，眼前摩泽尔河流水汤汤，好像一切都因酒而设，唤醒大家的感官。

服务生彬彬有礼，献上优秀的产品和服务。开胃酒基尔之后是冰酒，以解旅途疲劳，喝一口透心凉，如立陡峻河岸，面对凛冽寒风，三伏天进了空调房。然后是主打品牌，白葡萄酒"雷司令"，看上去色泽清澈、酒体轻盈；闻起来果香浓郁、新鲜悦人；抿一口，清澈淡雅、细致温柔；好像春江花月夜，醉卧花丛，得意而忘形。一杯酒人喝酒，二杯酒酒喝酒，三杯酒酒喝人，轻飘飘不知身在何处，人生能有几回醉。

只顾喝酒，冷落了精心准备的菜肴，炸河鱼、熏猪肉、腌牛肉、甜豌豆。吃过中国菜，一切不在话下，而摩泽尔的美酒，却是"风光这边独好"。葡萄园和葡萄酒，是卢森堡的另一种魅力。

寻迹凡·高

　　到阿姆斯特丹，最想一看的是凡·高美术馆。这是一座摩登建筑，1973 年落成，由风格派建筑师里尔维德设计，两个相连的水泥玻璃大厅，方方正正，亮亮堂堂。展品按时序分成四个画廊，收藏 200 幅油画、500 幅素描、700 封书信，都由凡·高家人捐赠。同时还展出他弟媳约翰娜·凡·高·邦格的《凡·高传》，除了序言介绍生平外，全是凡·高写给他弟弟提奥的书信，让世人全面熟识了一个后印象派代表人物，一个疯狂的天才画家。

　　每幅画都是一个迷人的艺术世界，原野、麦田、农舍，绚丽而深邃，走进去就出不来。退后几步看，几乎所有的画都是黄蓝两种颜色，一冷一暖，反差很大，代表了画家内心世界的两极。凡·高从不把黄蓝混合成绿色，他心里没有春天。黄蓝对立，表现他心中不可调和的矛盾。其中有 35 幅自画像，尝试让自己平静地在镜子面前观察自己。最感人的一幅作于 1887

年，充分地吸收了修拉的"点画法"，把面部分解成显明的原色点，它充分地展示画家的焦虑、心神不安，看得我不寒而栗。

我决定去寻找凡·高的足迹。从阿姆斯特丹出发，到布雷达顺沿 115 号公路，来到达布拉班特省的津德尔特，一个与比利时交界的小村，马尔克特街 26 号，一座浅色尖顶教堂，大红门。1853 年 3 月 30 日凡·高诞生在这里，一个牧师世家，兄弟六人，头一个夭折，他行二。兄弟中他与提奥情谊最深。教堂前有一座雕像，凡·高与提奥相依相偎。生活中的凡·高是个低能儿，事事都要弟弟照顾，一生中喋喋不休地给提奥写了 800 多封信。

凡·高只上过 5 年小学，16 岁去海牙一家画廊打工。他热衷宗教事业，曾在比利时一个矿区传教，与矿工的孩子们住在一起，第一幅画的内容是早起的矿工。发生矿难时，他积极投入救灾，画了不少素描。因"不务正业"被老板解雇，成了一名流浪者，饥一顿饱一顿，20 多岁牙齿就掉光了。他不修边幅，衣着七拼八凑，一天到晚为画布、颜料奔忙。他说："一拿到钱，首先想到吃的，虽然很久没吃上一顿饱饭了，但是画画的欲望压过了一切，第一时间找到模特，直到把钱花光。"

凡·高青春期躁动不安，渴望有一个女人，曾经爱上邻居一个寡妇，又被拒之门外。他饥不择食地把一个下层女人揽在怀里，那女人邋遢、粗鲁，还是麻子脸，生了个孩子还是别人的。许多人鄙视她，他却说："她从来未见过真正的善，又怎么要求她善呢。"这话代表了凡·高心地善良的一面。

走投无路时,他回到父母身边。父亲传教的地方已经改为纽恩南村。受不了父母的唠叨,他常搬到农民家里去住,跟着他们一块下地,看到大自然就忘记了一切愁苦,废寝忘食地画,"麦田吃掉了我好多颜料"。提奥接济他买面包的钱,全都买了颜料,饥肠辘辘地把自己的食物都堆在画布上,堆成灿烂的向日葵、忧伤的鸢尾花。纽恩南成为他画家之路的起点,在这里完成了196幅作品,包括名画《吃土豆的人》。

凡·高自学成才,几乎没受过正规训练,靠勤奋掌握了一切绘画技巧。之后又毅然摒弃一切书本知识,漠视学院派教条,甚至忽视了理性。在他眼中,只有大自然才是美的,他陶醉其中,物我两忘。他忠实于对外界事物的感受,而不是看到的视觉形象。为了更有力地表现自我,色彩随心所欲,透视、形体也可随之变形,以此表示他与世界极度痛苦的关系。

在法国南部的小城阿尔勒长途汽车站旁,我找到了凡·高的画室,不远可以看到"凡·高的咖啡馆"。凡·高在这里度过了一生最痛苦的几年。他结识了画家高更,空乏的室内,仿佛还留着他们的大声争吵。在这里,凡·高贫穷孤独到了极点,一生真正的朋友只有艺术,用颜料和线条交谈。画画不是为了卖,而是为了爱,而他的爱还不被理解,一张画也卖不出去,成了一名被穷困和忧郁追夺的疯子。最后提奥还真的把他送进圣雷米的精神病院,疯狂到极点时,他割下了自己一只耳朵。

凡·高生命的终点是奥维尔——法国北部瓦兹河畔的一个小村。经人指点,我在一个小巷深处找到了凡·高最后居住的拉尤旅店。当年提奥把他接来,住在小楼顶层,面积7平方米,还保留着他当年用过的一张单人床、一把椅子。阁楼光线暗,从一扇小窗可以看到教堂的尖顶和公墓的围墙。后院一条小路通向村外小丘,这就是名画《奥维尔的阶梯》的原景。这幅画收藏在圣路易美术馆,画上是一条土路,而今被人铺上了柏油,再也找不到凡·高的足迹了。

1890年7月27日,凡·高像往常一样,背着画夹,走向玉米田,接着听到一声枪响,他朝自己的胸部开了一枪,没有击中心脏,踉踉跄跄回到这间小屋。第二天提奥闻讯赶来,第三天他在提奥的怀里死去。

因为凡·高的原因,这个旅店很少有人租住。后来老板逐渐明白了凡·高的价值,门店橱窗里打出一张旧照片,老板的女儿倚门而立,传说当年凡·高曾追求过她。餐厅的菜单上还标明,当年凡·高爱吃的比萨、菜汤,包饭伙食标准每天3.5法郎。

凡·高从27岁学画,到37岁去世,10年中画了2000多幅画。生前无人问津,死后每一幅画都是天价。2014年纽约拍卖会上,一幅插满雏菊和罂粟的静物画卖了5500万美金。一个时代欠下的账,下一个时代就会加倍偿还。最伟大的艺术家往往是隔代才被承认的。

科罗拉多大峡谷

　　中国人到美国急于看到大峡谷的心情，大概和美国人到中国对长江三峡或者黄河壶口瀑布的渴望差不多。不同的是长江、黄河是东方文明的摇篮，文字记载也有四五千年之久了，而人类对大峡谷相见恨晚，直到公元 1540 年它才被西班牙总督科罗纳多派去寻找黄金的远征军发现，1907 年西奥多·罗斯福总统立下了第一块石碑，1919 年威尔逊总统将大峡谷地区辟为"大峡谷国家公园"。闻名于世尚不足百年，故而它对于世界更具有神秘感，据说每天不远万里赶来参观者不下三四万人，我们来到时差一点挤不进停车场。

　　大峡谷全称是科罗拉多峡谷。科罗拉多河源出落基山西坡，横贯美国西南，全长 2000 多公里，是美国第四大河。每年春天山上积雪消融，山洪滚滚，洪水受到科罗拉多高原的阻挡，愤怒地胡冲乱撞，终于在亚利桑那州西北部杀出一条血路，年长日久，留下这悬崖、峭壁、高峰、小丘组成的世界奇观。最精彩的峡谷地带面积 67.3 万英亩（2723.5 平方公里），最宽处 29 公里，最窄处 6 公里，可是从南缘到北缘乘车要绕行 344 公里。

大峡谷位于亚利桑那州西北部，南缘景区海拔 2130 米，气候变化异常。在洛杉矶如同初夏，穿一件汗衫满可以，进入大峡谷大门，好像进入初冬，加上毛衣风衣还冻得瑟瑟发抖。站在南缘俯瞰，峡谷不时被一层薄雾笼罩，好像蒙上一层面纱，时而朦胧时而清晰。两岸褐色巨岩断层，重峦叠嶂，峡谷蜿蜒曲折。巨岩断面，层层叠叠，从山顶到谷底，像亿万卷书罗列着。峡谷边缘自然形成的曲线，曲曲弯弯，迂回盘旋，仿佛一条婉转飘动的绸带，显示着清晰的纹理。雾纱下面怪石嶙峋，影影绰绰，千姿百态。有的尖尖石林，像春笋出土；有的圆圆丘头，像蘑菇丛生；大片石柱，如战士列阵，好像世界又出土了一个兵马俑群；孤立的山岬，像古老的烽火台，最突出的那个美德岬又名帝王展望台，好像一身铠甲的统帅，站立在点将台上发号施令。

也许因为我们指指点点，对之不恭，也许我们胡言乱语，道破天机，只觉一阵冷风刮过，眼前薄雾变厚，雪片纷纷扬扬漫天而来。白茫茫一幅雪幛封住了峡谷，任什么也看不清了。又一次体会到大峡谷气候异常，一天里能碰上春夏秋冬。一般夏季温度为 31℃ 到 -1℃，冬季为 -1℃ 到 -18℃。南缘北缘相距 10 公里，气温相差 10℃，谷底比谷上低 10℃。

正当我们非常遗憾地要离开时，奇迹出现了：强烈的阳光刺破云层，照彻山谷，满天雪花踪影皆无。可能是上帝念我们远道而来，又给了我们一次机会，一睹峡谷风采。开始山色一抹玫瑰红，像北京秋天的红叶满山。壁立的山岩像垂天大红幕布，大片石林燃起红蜡烛，美德岬将军和他的士兵们都披上了红色战袍。天空云彩飘过，它的投影和幽深的山谷呈湖蓝色，整个峡谷好像一块红底蓝花的印花布。更为惊异的是，阳光下峡谷颜色变幻无穷，时而深蓝，时而淡紫，时而乳白，时而棕黄，将军和士兵的征衣也随之更换。这些色彩又随着光线的强弱而浓淡，整个大峡谷异彩纷呈，苍茫迷幻，宛若仙境。谷底的科罗拉多河，不是想象中的巨浪排空，涛声呼啸，惊险万状，而是细若游丝，缠缠绵绵，委婉多情。这扑朔迷离、变幻无穷的彩色舞台，像木偶师手中牵动的那根魔线。感谢上帝开恩，让我们看到了这世界一大奇迹，它的色彩和结构，它的鬼斧神工和万千气象，是人世间任何伟大的画家、雕刻家都无法描绘和再现的。

大家都被大峡谷的景色迷住了，提出最好深入谷底看个明白。朋友说谈何容易，交通不便，1900 年修了一条铁路，1950年作废了，1989 年才开通一条汽车线路，离这儿很远。坐直升机常常出事，最安全的是骑骡子，也要一天才能达到谷底，转一圈要 7 天时间，每天 70 美元，可是要提前一年登记才能拿到骡子票。如果实在要看，作为此行参观的补充，可以到博物馆看看电视录像。

在特大的宽银幕上，摄影师把谷底拉到我们的眼前。科罗拉多河波澜壮阔，惊涛骇浪，浪尖上颠簸着小木船，小木船上坐着粗壮的印第安人。光光的石壁上，原来也有流泉飞瀑，棕红色河岸上，疯长着绿草红花。天空中苍鹰追捕鹞子和野鸽，溪沟里仙人掌、野罂粟自由开花。已发现的动物有 90 多种，鸟类 180 多种，植物多不胜数。说不上世外桃源，只是一个蛮荒的世界。云杉和冷杉下有几处泥墙小屋的废墟，说明殖民者西班牙人到来之前，印第安人早在 13 世纪就成为大峡谷的最早开发者了。

马尔克斯与加勒比

这是一条美丽的风景线，一边是蓝蓝的加勒比海，一边是绿绿的安第斯山，中间金黄色的海岸像一条长长的项链，上边串联着圣玛尔塔、巴兰基利亚、卡塔赫纳、图尔博等几个璀璨的宝石。

这长长的海滩印着当代世界著名作家加西亚·马尔克斯深深的足迹。1927 年他生在依山傍水的阿拉卡塔卡小镇，在巴兰基利亚读小学，在卡塔赫纳读过大学，业余为《宇宙报》撰稿。辍学后投奔巴兰基利亚《先驱报》，住在"下流大街"妓女出没的旅馆，付不起房费以小说手稿抵押。失业时在瓜希拉半岛当图书推销员，终日奔波在海滩上。

在这些海滨城市中以卡塔赫纳最为著名，它濒临海湾，兴建于 1533 年，曾经是西班牙殖民者掠夺财物的集散地。为防御海盗的袭击，人们修建了坚固的城池和工事，主要工事名叫圣菲利佩·巴拉哈斯城堡。它坐落在一个海拔四十米的小山头上，1639 年动工，历时十七年建成。城堡用巨石砌就，据说用公牛血和胶泥填缝，固若金汤。城内还有一条曲折迂回的地道，全长二十七公里。城堡前耸立着"卡塔赫纳保卫者"拉斯·德米索的塑像，他本来是一名普通的水手，1741 年英国海军围城五十六天，西班牙人弃城而逃，他挺身而出，组织人民抵抗，战斗中失去一臂一腿一眼，仍然坚持指挥，直到最后胜利。

另外还有一个重要的塑像在市中心广场，是"拉美解放者"玻利瓦尔。1810 年加拉加斯起义失败后，他来到卡塔赫纳卧薪尝胆，重整旗鼓杀回原地。之后翻越安第斯山，波亚卡一战大获全胜，创建大哥伦比亚共和国。玻利瓦尔当选总统后多次重访卡塔赫纳，称它为"英雄城"。

卡塔赫纳碧海蓝天，城墙环绕，教堂林立。建筑多为西班牙风格，民宅多为二三层小楼，底层落地窗，窗棂构成各种图案，阳台大栏杆精雕细刻。院内绿草如茵，中间有喷水池。与这种幽雅环境不大协调的是马车广场，那是殖民时期专门拍卖黑奴的市场，地面灰暗，仿佛还有许多奴隶们的血迹。距广场不远还有个"宗教裁判所"，巴洛克式建筑，富丽堂皇，其实它曾经是一座监狱，专门用来惩治异教徒的场所。风吹院内树叶，似乎听到阵阵呻吟。

只有来到加勒比南岸我才悟到，这儿为什么会产生加西亚·马尔克斯和他魔幻现实主义的代表作《百年孤独》。

　　加勒比的自然环境和历史文化充满了魔幻色彩。哥伦布首先发现了这一片土地，因而才有了哥伦比亚这个名称。他在日记中描绘了这里的奇特现象：罕见的滂沱大雨，地动山摇的大风暴，深不可测的热带雨林，能把村庄抛上天空的龙卷风，波澜壮阔的大河，特别是一眼望不到边的亚马孙河。这里司空见惯的事物，在世界其他地方听起来就很夸张。黑奴市场，海盗云集，各色人等带来各国的神话传说、奇闻怪事。当地人热衷发明、炼金、打仗。马尔克斯的外祖父是国内战争时的上校，也是个手艺精湛的金银匠，有很高的权威，又有很多风流传闻。外祖母酷爱占卜算命，她的故事充满了预兆、巫术、迷信，比如说在牛身边念几句经就会从它的耳朵里挖出虫子来。这一切对马尔克斯的文学产生了不可磨灭的影响，正如他自己所说："加勒比教会我从另一种角度来观察社会，把超自然的现象看作是我们日常生活的一部分。"《百年孤独》是他童年时代全部经验的归宿，他把布恩迪亚家族许多离奇古怪的经历和当地的历史知识、神话传说、民间故事、风俗习惯联系起来，通过布恩迪亚家族七代人的命运表现哥伦比亚的现实生活。他的文学风格和语言都与童年经历有关，像外祖母讲故事一样叙述历史，用轶事趣闻描写现实。

　　马尔克斯在 1945 年十八岁时就产生了《百年孤独》的创作冲动，但苦于找不到门路，于是去写《枯枝败叶》《没有人给他写信的上校》。1964 年突然看到一个老头带一个孩子去见识冰块，他一下子获得了灵感，闭门谢客一年半完成书稿。1967年出版引起轰动，销售两千万册，译成了三十种文字，1982年获诺贝尔文学奖，引起了魔幻现实主义文学的风靡。

在哥伦比亚，马尔克斯是个家喻户晓的人物，被称为"国宝"，我入境后的第一个愿望就是一睹文豪的风采。朋友说加博（马尔克斯的爱称）不在这里，在"水深火热"之中。我说他著作等身，腰缠万贯，还会有什么困难？原来朋友是卖关子。马尔克斯现在常住墨西哥城，住宅在水街和火街的交叉路口。草木葱茏的大院中有一个小木屋，是他的写作室。书架上堆满书，墙上挂着画，酒柜摆着各种威士忌，花瓶里常插一束黄颜色的鲜花，加勒比人相信黄花会给人带来好运。马尔克斯为了创造一种身在故土的氛围，连雇的仆人也是瓜希拉的印第安人，室内空调模拟加勒比地区的天气，他说这样会带来灵感。

加西亚·马尔克斯永远是加勒比人，哥伦比亚人也深深地怀念他。去年春天波哥大发生了一起绑架案，暴徒的条件是让加西亚·马尔克斯出来担任国家总统。事情看来荒唐，但是明白无误地表达了一种倾向，马尔克斯是哥伦比亚人民的精神领袖、无冕之王。